FORCE OF NATURE

消失的吹哨人

珍・哈珀——著　尤傳莉——譯

U0028086

Jane Harper

獻給Peter和Charlotte，致上我的愛

序幕

後來，剩下的四個女人一致同意的只有兩件事：第一，沒人看到愛麗思．羅素走入那片雜木荒林中消失。第二，愛麗思個性刻薄得能割傷人。

女生組抵達終點的時間晚了。

男生組則是提早來到烽火台報到，離正午的截止時間還有足足三十五分鐘。他們從樹林裡走出來時，彼此拍著肩膀，慶賀自己漂亮地完成任務。這個員工自強活動的主持人正在等著他們，他身穿紅色刷毛絨制服，看起來溫暖又熱情。男生組五個人把他們的高科技睡袋扔進中型巴士的後車廂，爬上車時鬆了口氣。這輛車裡頭準備了充足的什錦乾果和裝在保溫瓶裡的咖啡。但男人們沒去動食物，而是彎著身子去抓那個裝著他們手機的袋子。美好的重逢。

外頭很冷，車裡也一樣。過去四天來，蒼白的冬日太陽只完全露臉過一次。至少車裡是乾燥的。男人們往後靠坐，其中一個拿女人判讀地圖的技巧來打趣，所有人都笑了起來。他們喝著咖啡，等待女性同事們的出現。已經三天沒見到她們了，再等幾分鐘也無妨。

過了一個小時，他們的沾沾自喜轉為煩躁。五個男人一個接一個從柔軟的座位爬起來，在泥土路上步履艱難地來回走。他們把手機朝天空指，彷彿多一隻手臂的距離就可以捕捉到難以捉摸的訊號。他們不耐地打著無法傳送的文字簡訊給市區的配偶。遲到了。有事情耽擱了。這幾天很漫長，熱水澡和冰啤酒在等著他們。明天還得上班。

那名員工自強活動的主持人盯著樹林。終於，他拿起了扣在腰上的無線電。幾個後援的自然公園巡查員抵達，他們穿上反光背心，同時輕鬆地說：我們會馬上把她們找出來。他們知道一般遊客會在哪邊走錯路，而且白晝還有好幾個小時。總之，至少兩三個小時吧。足夠了，不會花太久時間的，他們以專業的步伐走進荒林中。男生組又回到中型巴士上。

等到搜救人員再度出現時，車上的什錦乾果吃完了，咖啡只剩又冷又苦的殘渣。尤加利樹的輪廓襯著背後轉暗的天空，大家臉色凝重，玩笑話隨著天光消失了。

中型巴士裡，男人們沉默坐著。如果這是會議室裡的危機，他們就知道該怎麼做。花點錢，在合約裡加上一則多餘的條款，根本不必擔心。但是在這裡，雜木荒林似乎把答案遮得模糊了。他們把沒有訊號的手機放在膝上，像是壞掉的玩具。

搜救人員又朝無線電講了些話。車燈刺穿濃密的樹牆，呼出的氣息在冰冷的夜間裡凍成白霧。搜救人員打無線電回來要求詳細指示。中型巴士裡的男人聽不到他們討論的細節，但是不必聽也知道，那口氣就已經道盡一切。天黑之後，能做的就很有限了。

終於，搜救小組拆開來，其中一個人爬進了中型巴士的前座，說要載著男生組的人到這個自然公園入口的接待小屋。他們得在這裡過夜了，現在沒有人手可以開三個小時車載他們回墨爾本。五個男人一時還沒反應過來，就聽到了第一聲喊叫。

那喊叫的嗓門很尖，像鳥叫。在夜裡特別不尋常，大家都轉過頭去，看到四個人影爬上山丘頂。其中兩個似乎撐扶著第三個，第四個則搖晃不穩地走在旁邊。她額頭的血遠遠看起來是黑的。

幫幫我們！其中一個正在尖叫著。其實不止一個。我們在這裡！我們需要幫忙，她需要醫師！拜託幫幫忙！感謝老天，感謝老天我們找到你們了！

搜救人員連忙跑過去，男生組的人也把手機扔在車裡的座位上，落後幾步緊跟上去。

我們迷路了，有個人說。另一個人又說，我們找不到她了。

那些話融合在一起。女人們又哭又喊，聲音彼此交疊。

愛麗思在這裡嗎？她回來了嗎？她平安嗎？

在黑夜的混亂中，根本無法搞清四個女人中是誰問起愛麗思是否平安。

後來，當一切惡化，每個人都會堅持當初問起的是自己。

1

「別慌。」

聯邦探員阿倫·佛柯直到這一刻都沒打算慌張。他闔上正在讀的書，把手機換到沒傷的那隻手，在床上坐得更直一點。

「好吧。」

「愛麗思·羅素失蹤了。」電話另一頭的女人冷靜地說。「看起來是這樣。」

「怎麼說？」佛柯把書放到一旁。

「這回真的失蹤了，不是沒接我們的電話而已。」

佛柯聽著自己的搭檔卡門·庫柏在電話另一頭嘆氣。兩人合作的三個月以來，他從沒聽過她的口氣這麼焦慮不安，光這點就說明了很多。

「她是在紀勒蘭嶺裡頭失蹤的。」卡門繼續說。

「紀勒蘭嶺？」

「對，就在往東那邊？」

「我知道在哪裡，」佛柯說，「我只是想到那個地方的名聲。」

「馬丁·寇瓦克的案子？幸好，這回聽起來完全不像。」

「我們當然希望不像。那應該是二十年前了，對吧？」

「我想比較接近二十五年。」

不過有的事情總是縈繞不去。紀勒蘭嶺第一次成為最重要的晚間新聞時，佛柯才只是十來歲的青少年，接下來兩年又有三次。每一次，搜救隊人員跋涉過植物蔓生的雜木荒林、嗅聞犬竭力往前扯直了繫繩的畫面，都播送到全省的客廳裡。最後，大部分的屍體都找到了。

「她大老遠跑去那邊做什麼？」他問。

「公司的員工自強活動。」

「你在開玩笑吧？」

「很不幸，並不是。」卡門說。「打開電視吧；已經上新聞了。他們找來了一個搜救小組。」

「等我一下。」佛柯爬下床，在四角內褲外加套了一件T恤。夜間的空氣很冷。他悄悄走到客廳，轉到二十四小時新聞頻道。主播正在播報白天的國會新聞。

「沒什麼，只是工作。回去睡覺吧。」佛柯聽到卡門在電話另一頭低聲說，然後明白她是在跟旁邊另一個人講話。他腦中不禁浮現出她坐在辦公室裡的畫面。十二個星期以前，她的辦公桌被硬塞在他的隔壁，從此他們就開始名副其實地緊密合作：每回卡門伸展四肢時，她的腿就會踢到他的椅腳。佛柯看了一下時鐘。現在是星期天夜裡十點多；她一定是在家裡了。

「看到了沒？」卡門說，現在聲音壓低為耳語，怕吵到她旁邊的人。佛柯猜想是她的未婚夫。

「還沒。」佛柯不必壓低嗓子。「慢著——」螢幕邊緣掠過跑馬燈。「看到了。」

紀勒蘭嶺的搜救工作將於明晨繼續，以尋找失蹤的墨爾本健行客愛麗思．羅素，四十五歲。

「墨爾本的健行客？」佛柯說。

「我知道。」

「愛麗思從什麼時候開始——」他講到一半停下，腦中浮現出愛麗思的腳，穿著細跟的高跟鞋。

「我知道。新聞裡頭說是某種凝聚團隊的活動。她跟一群人出去幾天——」

「幾天？那她失蹤多久了？」

「我不確定。我想是從昨天夜裡開始的。」

「她打過電話給我。」佛柯說。

電話另一頭沉默了片刻。然後，「誰？愛麗思？」

「對。」

「什麼時候？」

「昨天夜裡。」佛柯把手機拿到面前開始滑，尋找未接電話。然後又把手機湊回耳邊。「你還在嗎？其實是今天凌晨，大約四點半的時候。當時我沒聽到鈴聲，醒來才發現有語音留言。」

又是片刻沉默。「她說了什麼？」

「什麼都沒說。」

「一點都沒有？」

「根本沒人講話。我還以為她是把手機放在口袋裡面，不小心按到了撥號。」

電視新聞秀出一張愛麗思．羅素的近照，看起來是在一個派對上拍的。她的金髮夾成複雜的髮型，身穿銀色洋裝，展現出她在健身房訓練的成果。她看起來比實際年齡年輕了五歲，說不定更多。她朝相機露出的笑容，是她從來沒讓佛柯和卡門看過的。

「我起床之後就回電給她了，大概六點半的時候，」佛柯說，依然看著電視螢幕。「沒人接。」

電視畫面切到一張紀勒蘭嶺的空拍圖。丘陵和谷地一路綿延到遠方的地平線。在冬日的微弱光線下，宛如一片起伏的綠色海洋。

紀勒蘭嶺的搜救工作將於明晨繼續……

他把電視聲音關小，然後撥了自己手機的語音信箱。那通留言是上午四點二十六分從愛麗思·羅素的手機打來的。

一開始佛柯什麼都聽不到，於是他把手機貼緊自己的耳朵。模糊的靜電爆擦音持續了五秒，接著是十秒。他繼續認真聽，這回聽到最後。那些白噪音如波浪起伏，聽起來像是在水裡一樣。其中有個含糊不清的嗡響，可能是有人在講話。突然間，有個人聲出現。佛柯猛地把手機拿離耳邊，眼睛盯著螢幕看。那聲音好模糊，他簡直懷疑是自己想像出來的。

緩緩地，他點了螢幕，然後在安靜的公寓裡閉上眼睛，把那段留言再播放一遍。一開始什麼都沒有，然後，在黑暗中，一道遙遠的聲音在他耳邊說了三個字。

……傷害她……

2

卡門把車停在佛柯住的那棟公寓大樓外頭，此時天還沒亮。佛柯已經站在人行道上等著，背包放在地上，腳上的健行靴因為太久沒穿而感覺僵硬。

「來聽一下那段留言吧。」卡門一等佛柯上車就說。她的駕駛座已經調得比較後面。在佛柯所認識的女人裡，卡門是少數個子夠高、有辦法在面對面講話時平視著他眼睛的。

佛柯把手機調到擴音模式，按了一個鍵。車子裡充滿了靜電爆擦音。五秒、十秒都沒有動靜，然後那三個字出現了，尖細而微弱。又過了沉悶的三秒鐘，電話切斷了。

卡門皺起眉頭。「再放一次。」

她閉上眼睛仔細聽，佛柯觀察著她的臉。卡門三十六歲，比佛柯只大六個月，同時資歷也比他早半年。但是在成為搭檔之前，他們兩人在聯邦警察署從來沒接觸過。她三個月前才剛從雪梨搬來，同時調職到墨爾本的金融調查組。佛柯猜不出她是否後悔。卡門睜開眼睛，在街燈的橘色光線下，她皮膚和頭髮的顏色看起來都比平常要深一些。

「『傷害她』。」她說。

「我覺得聽起來是這樣。」

「你聽得出最後有其他什麼嗎？」

佛柯把音量調到最大，又按了一次重播鍵。他發現自己竭力傾聽的同時，連呼吸都憋住了。

「這裡，」卡門說，「是不是有人在說『愛麗思』？」

他們又仔細聽了一次，這回佛柯在模糊的人聲中聽到了微弱的聲響，是嘶嘶的氣音。

「不曉得，」他說，「有可能只是靜電的雜音。」

卡門發動引擎，在黎明前顯得特別響。她駛離路邊上了路，這才又開口。

「你有把握那是愛麗思的聲音嗎？」

佛柯努力回想愛麗思．羅素的音質。她的聲音相當獨特，常常顯得短促而不太友善，而且總是很果斷。「我不能說那不是她。不過很難聽得出來。」

「的確太難了。我甚至不敢確定那是女人的聲音。」

「沒錯。」

在車側的後視鏡裡，墨爾本的天際線愈來愈小。在前方的東邊，天空從黑色轉為海軍藍。

「我知道愛麗思是個討厭鬼，」佛柯說，「但是我真的很希望我們沒害她惹上麻煩。」

「我也希望。」卡門轉動方向盤駛上高速公路，手上的訂婚戒指映著車外的光線閃閃發亮。

「那位省警局的警察之前說了什麼？他姓什麼來著？」

「金恩。」

佛柯前一夜聽過了愛麗思．羅素的語音留言之後，就立刻撥電話到維多利亞省警局。等了半個小時，那個負責搜救任務的資深警佐才回電給他。

「對不起，」金恩資深警佐的口氣很疲倦。「我得找到有線電話才行。天氣不好，搞得手機收訊比平常更糟糕。告訴我有關這則語音留言的事情吧。」

他耐心聽著佛柯說。

「好吧，」金恩聽完之後回答。「聽我說，我們已經去查她的電話通聯紀錄了。」

「好。」

「你會怎麼形容你和她的關係？」

「職業上的，」佛柯說，「線民。她正在幫我和我的搭檔辦一個案子。」

「你那位搭檔，他老兄叫什麼名字？」

「是女的。卡門．庫柏。」

佛柯聽得到電話那一頭傳來寫字的沙沙聲。

「你們兩個正在等她電話嗎？」

佛柯猶豫了。「沒有特別在等。」

「你的野外求生技巧很厲害嗎？」

佛柯往下看著自己的左手。有幾小塊皮膚灼傷的地方沒完全癒合，還是粉紅色的，且出奇地光滑。「沒有。」

「那你的搭檔呢？」

「應該也不行吧。」佛柯這才發現自己其實不清楚。

對方暫停了一下。「根據電話公司給的資料，今天凌晨愛麗思．羅素撥過兩個號碼，」金恩說，「分別是緊急救助電話000和你的手機。你想得出是為什麼嗎？」

現在輪到佛柯暫停了。他聽得到電話那頭警佐的呼吸聲。

傷害她。

「我想我們最好過去找你，」佛柯說，「我們當面談。」

「我想這是個明智的決定，老兄。帶著你的手機過來吧。」

第四天：星期日上午

那女人可以看到，眼前那三張回望著她的臉上，有著和自己同樣的恐懼。她的心臟跳得好厲害，同時聽到其他三個人急促的呼吸聲。在上方，樹林圈出的一小方天空是黯淡的灰。大風搖撼樹枝，一陣水花灑落在底下的這群人身上，但是沒有人閃躲。在她們後方，小木屋的腐爛原木發出哀嘆，然後又平靜下來。

「我們得離開這裡。馬上。」那女人說。

她左邊那兩人立刻點頭，因為恐慌而難得地意見一致，四隻深色的雙眼睜大了。她右邊那人則稍微猶豫了片刻，也點了頭。

「那麼愛麗思——」

「愛麗思什麼？」

「……那麼愛麗思怎麼辦？」

一陣可怕的沉默。唯一的聲音是頭頂上樹木發出的咿呀和窸窣聲，彷彿往下瞪著緊緊圍在一起的四個人。

「這是愛麗思自找的。」

3

兩個小時後，佛柯和卡門停下車時，天已經完全亮了，城市也被他們遠遠拋在後頭。他們站在路邊伸展四肢，天空的浮雲朝路邊的眾多牲畜小圍場投下游移的雲影。路上的房子很少，而且彼此間隔很遠。一輛載著農牧設備的卡車呼嘯而過，是他們三十公里內看到的第一輛車子。那噪音嚇壞了附近一棵樹上的一群粉紅鳳頭鸚鵡，紛紛拍翅尖叫著四散飛逃。

「我們繼續上路吧，」佛柯說。他從卡門手裡接過車鑰匙，爬上她那輛褐紅色破舊房車的駕駛座。他發動引擎，立刻覺得好熟悉。「我以前也有一輛同款的車。」

「但是你曉得要擺脫掉？」」卡門坐上了乘客座。

「不是自願的。車子今年稍早的時候損壞了，就在我的老家那邊。幾個當地人惡搞的，算是表示歡迎我返鄉。」

她瞥了他一眼，微微一笑。「啊，對了。那事情我聽說過。我想，說損壞也沒錯吧。」

佛柯一手撫摸著方向盤，心中湧起一陣懊惱。他的新車還可以，但感覺再也不一樣了。

「反正這輛是傑米的車。」卡門說，此時佛柯把車駛離路邊。「跑長途比我的車子牢靠。」

「原來如此。傑米最近怎麼樣？」

「很好，還是老樣子。」

佛柯其實不曉得老樣子是什麼樣子。他只見過卡門的未婚夫一次。傑米是個穿著牛仔褲和T

恤的肌肉男，在一家運動營養飲料公司做行銷工作。他當時跟佛柯握手，給了他一瓶藍色的氣泡飲料，保證說可以增進他的體能。傑米臉上的笑容似乎很真誠，但當他打量佛柯高瘦的骨架、蒼白的皮膚、白金色的頭髮，以及那隻有燒傷殘痕的手時，他的笑容裡似乎還有一絲別的什麼。硬要佛柯猜的話，他認為傑米當時有點鬆了一口氣。

佛柯放在前中控台的手機響起鈴聲。他的目光暫時離開空蕩的馬路，看著手機螢幕，然後遞給卡門。「那位警佐傳了一封電子郵件過來。」

卡門打開郵件。「沒錯，他說那個員工自強活動有兩組人。男生組和女生組，走不同的路線。他會把愛麗思那組人的姓名傳過來。」

「兩組人都是貝利坦能茨的員工？」

「看起來是這樣。」卡門掏出自己的手機，點開貝利坦能茨的網站。佛柯從眼角看到她的手機螢幕，上頭有那家小型會計師事務所的黑銀兩色字樣。

「好吧。布莉．麥肯齊和貝絲．麥肯齊，」她唸出手機上的文字。「布莉是愛麗思的助理，對吧？」卡門點了一下螢幕。「對，這裡有寫。老天，她看起來可以去當維他命廣告的模特兒了。」

她朝旁邊舉起手機，佛柯看著那張微笑的員工大頭照，是個二十來歲中段的年輕小姐。他明白卡門的意思。即使在顯醜的辦公室燈光下，布莉．麥肯齊依然健康而容光煥發，想必是每天早晨慢跑、熱中練瑜伽，那頭紮了馬尾的發亮黑髮，看起來就是每個星期天都認真做過護髮的。

卡門拿回手機又點了幾下。「另一個在網站上沒資料。貝絲。你想她們是姊妹嗎？」

「有可能。」說不定還是雙胞胎，佛柯心想。布莉和貝絲。他唸出聲，聽起來像是雙胞胎。

「我們稍後再來研究她，」卡門說，「下一個是蘿倫・蕭。」

「我們碰過她，對吧？」佛柯說，「中級管理人員？」

「對，她——天啊，沒錯，前瞻規劃策略主管，」卡門又伸出手機。「天曉得這個職稱是什麼意思。」

無論是什麼意思，蘿倫的瘦臉完全沒透露。很難估計她的年齡，但佛柯猜想是四十好幾、快五十了。她的頭髮是中等褐色，淺灰色的眼珠直視鏡頭，像護照上的大頭照般面無表情。

卡門又回去看那份名單。「啊——」

「什麼？」

「上頭說吉兒・貝利也跟她們在一起。」

「真的？」佛柯眼睛還看著前面的路，但是前一夜胸口裡就已經出現的那一團小小的憂慮，此刻搏動著放大了。

卡門沒費事去找吉兒的照片。他們兩個都很熟悉這位董事長壯實的面容。吉兒今年剛滿五十歲，儘管衣服和髮型都很昂貴，卻都沒能讓她看起來更年輕。

「吉兒・貝利，」卡門說，滑著手機繼續閱讀省警局傳來的電子郵件。然後她的手指停下。「狗屎，她弟弟是在男生組。」

「你確定？」

「確定，丹尼爾・貝利，執行長。白紙黑字列在上頭。」

「我一點也不喜歡這樣的狀況。」佛柯說。

「沒錯，我半點都不喜歡。」

卡門的指甲在手機上輕敲，同時認真思索著。「好吧，我們所知道的不夠多，沒辦法形成任何結論。」最後她終於說。「那個語音留言完全沒有前後脈絡。無論是從實際上、或是統計上來看，最可能的狀況，就是愛麗思．羅素不小心偏離步道，迷路了。」

「是啊，這是最可能的。」佛柯說。但他覺得兩個人的口氣都不怎麼肯定。

他們繼續往前開，隨著沿途風光掠過，廣播電台的聲音也愈來愈微弱，最後完全沒了。卡門一直轉著旋轉鈕，最後找到了一個雜訊很多的ＡＭ調幅電台。整點新聞的聲音忽大忽小，說墨爾本的失蹤健行客還沒找到。馬路緩緩往北彎，忽然間，佛柯可以看到地平線上紀勒蘭嶺的丘陵了。

「你來過這裡嗎？」他問。

卡門搖搖頭。「沒有。你呢？」

「沒有。」他沒來過，但是他從小長大的小鎮跟這裡有點像。地勢孤絕，樹林茂盛而濃密，不肯輕易讓任何東西逃脫。

「這一帶的過往歷史讓我印象不好，」卡門繼續說，「我知道這樣很愚蠢，但是……」她聳聳肩。

「馬丁．寇瓦克後來怎麼樣了？」佛柯問，「還關在牢裡嗎？」

「我也不清楚。」卡門又開始滑手機。「沒有，他死了，三年前死在監獄裡。享年六十二歲。其實呢，現在仔細想，我還有點印象。這上頭說，他跟一個同獄的犯人打架，腦袋撞在地上，再也沒有醒來。這種事你很難感到太遺憾。」

佛柯有同感。當年第一具屍體是一名家住墨爾本的二十來歲健行客，來到紀勒蘭嶺享受一個週末的新鮮空氣。一群露營者發現了她，已經死了好幾天。她短褲上的拉鍊被扯開，裝著健行用品的背包已經不見了。她打著赤腳，鞋帶緊纏著脖子。

接下來三年，又發現了兩具女人的屍體、外加另一個失蹤報案之後，臨時工馬丁・寇瓦克的名字才首度在這些謀殺案的偵辦中被提起。此時嚴重的損害已經造成。恬靜的紀勒蘭嶺長期籠罩在一片陰影下，那一整代青少年一聽到這個地名都會心底一凜，佛柯也是其中之一。

「很顯然，寇瓦克直到死前都不承認他攻擊過那三個女人，」卡門說，看著手機上的資訊。「始終沒找到的那第四個，莎拉・桑登堡，他也不承認。這個特別讓人心疼，才十八歲。你還記得她父母在電視上的那些呼籲嗎？」

佛柯記得。二十年過去了，他還是忘不了她父母眼中的哀傷。

卡門滑著手機想看往下的內容，然後嘆了口氣。「對不起，畫面卡住，收不到訊號了。」

佛柯並不驚訝。路邊樹木的陰影擋住了早晨的陽光。「我猜想我們就要脫離訊號範圍了。」

接下來他們都沒再講話，直到駛離幹道。卡門找出地圖來指路，同時馬路縮窄，擋風玻璃外的丘陵愈來愈大。他們經過一小排販賣明信片和健行設備的商店，頭尾各是一家小超市和一座冷清的加油站。

佛柯看了一下油量表，然後打方向燈駛入加油站。兩人都下了車，佛柯開始動手加油，打了個呵欠，早起的疲倦開始湧上來。這裡感覺比較冷，空氣中有股刺人的寒意。他丟下正哀嘆著伸懶腰的卡門，進去店裡付帳。

櫃檯後面那個男人戴著一頂無邊圓帽，臉上的鬍碴大概有一星期沒刮了。他看到佛柯走過來，稍微站直一點。

「要去自然公園裡頭？」他連忙開口，顯然很想找人講話。

「是啊。」

「要找那個失蹤的女人？」

佛柯眨眨眼。「對，沒錯。」

「好幾批經過這裡的人都是要去找她。他們召來了搜索人員。光昨天就至少有二十個人，一整天人馬都沒停過，今天也差不多。」他不敢置信地搖搖頭。

佛柯審慎地四下看了一圈。他們的車是屋前空地上唯一的一輛，店裡沒有其他顧客。

「希望他們趕緊救她出來，」那男人繼續說，「有人失蹤的話很不幸，對生意也不好。大家都嚇跑了。我認為，會讓人想到那件事吧。」他沒多解釋。佛柯猜想，在這一帶不必提到寇瓦克的名字，大家都心裡有數。

「你聽說了什麼最新情況嗎？」佛柯問。

「沒有。不過我想他們沒交上什麼好運，因為我沒看到他們出來。進出那個自然公園都得從我這裡經過的，下一個最接近的加油站離這裡至少有五十公里，往北的話還更遠。所有人都會在這邊加油，以防萬一，你知道？光是要進去裡頭，就讓每個人都變得謹慎了。」他聳聳肩。「算是對我們的一點小小好處吧。」

「你住在這裡很久了嗎？」

「夠久了。」

佛柯把信用卡遞過去時，注意到櫃檯後面那台監視攝影機上的小紅燈。

「加油機那邊有攝影機嗎？」佛柯問，那男子循著他的目光往外看。卡門正靠在車子上，雙眼閉著，仰起臉來。

「有啊，當然有。」那男子的目光逗留得稍微有點久了一點，然後又轉回來。「沒辦法，大部分時間這裡只有我一個人。有人會加油不付錢就跑掉，我可不想冒險。」

「那個失蹤的女人進去之前，跟她的隊員有經過這裡嗎？」佛柯問。

「對，星期四。警察已經把監視影片複製一份帶走了。」

佛柯掏出警察證。「可以再複製一份給我嗎？」

那男子看了他的警察證，然後聳聳肩。「等我一下。」

他走進後頭的辦公室。佛柯等待的時候，隔著玻璃大門朝外看。店外的空地再過去，就只能看到一片綠牆。丘陵遮蔽了天空。他忽然覺得被團團包圍。等到那男子拿著一個隨身碟出來時，他嚇了一跳。

「過去七天的。」那男子說，把隨身碟遞過去。

「謝了，大哥。非常感激。」

「沒什麼，希望能幫上忙。你不會想在那裡頭迷路太久。擊垮你的是恐慌。過了兩三天之後，周圍一切就看起來都很像，讓你很難相信自己所看到的。」他瞥了外頭一眼。「那會把人逼瘋的。」

第一天：星期四下午

中型巴士緩緩停下時，擋風玻璃上頭已經濺了一些雨點。司機關掉引擎，在座位上轉身。

「就是這裡了，各位。」

車裡的九個人都轉頭望著窗外。

「如果我們接著要往左邊走，我才要下車；右邊就不了。」後排座位一個男子說，其他人都大笑起來。

外頭往左轉，是一棟接待小屋，看起來溫暖而舒適，原木屋牆在寒風中傲然挺立，窗內透出燈光。而小屋後方，就是一排整齊的住宿木屋，發出誘人的召喚。

往右轉，則是一條泥濘的小徑，路旁有一面飽經風吹雨打的標示路牌。尤加利樹的枝葉在上方緊密交織，形成一條粗略的拱道，小徑不規則地迂迴往前，然後忽然鑽入雜木荒林中消失。

「對不起，老兄，今天各位都要往右轉了。」司機打開車門，一股寒風竄入。車上的乘客一個接一個動了起來。

布莉．麥肯齊解開安全帶爬下車，在最後一刻才驚險避開一個大水窪。她想回頭警告其他人，但發現來不及了。愛麗思的金髮正好拂到臉上，遮蔽了視線，於是一隻昂貴的健行靴就踩進水裡。

「狗屎，」愛麗思把頭髮甩到耳後，低頭看著。「好的開始。」

「對不起，」布莉不自覺地就脫口而出。「滲進鞋裡了嗎？」

愛麗思審視著那隻靴子。「不，我想應該沒有。」她頓了一下，然後微笑著繼續前進。布莉暗自鬆了口氣。

她打了個冷顫，把夾克的拉鍊往上拉到脖子。清新的空氣帶著潮溼的尤加利樹氣味，她四下看了一圈，發現鋪著碎石子的停車場大半是空的，猜想現在是淡季。她走到車後，司機正在把他們的背包一一搬下車。那些背包看起來比她印象中更重。

蘿倫·蕭已經先到那裡了，體型高瘦的她正彎著腰，想把自己的背包從最底部拉出來。

「需要幫忙嗎？」布莉說，她對蘿倫不像跟其他主管那麼熟，不過她知道該怎麼讓自己派上用場。

「不，沒事——」

「沒關係——」布莉伸手去抓，蘿倫也剛好把背包拉出來。結果兩個人同時把背包拉向不同的方向，搞得一時有點尷尬。

「我想我可以應付。謝謝。」蘿倫的雙眼跟天空一樣是冰冷的灰，但她朝布莉露出微笑。「要我幫你嗎？」

「老天，不必了。」布莉揮了一下手。「我沒問題，謝了。」她抬頭看了一眼，天上的烏雲似乎變得更厚重了。「希望不要下雨。」

「氣象預報說會下。」

「啊。不過還是希望不要下。這種事永遠說不準吧。」

「也是。」蘿倫似乎覺得布莉的樂觀有點好笑。「的確很難講。」她看起來像是還要再說什麼，但此時愛麗思喊她的名字。蘿倫看過去，把背包揹上肩膀。「失陪了。」

她朝愛麗思走去，腳下的碎石子一路被踩得嘎吱響，留下布莉一個人面對那些背包。她把自己的背包拉出來，要提起時，被那異常的重量搞得有點踉蹌。

「你會習慣的。」

布莉抬頭，發現那司機正朝她咧嘴笑著。他們在墨爾本剛上車時，他曾自我介紹過，但是她根本懶得記他名字。這會兒她才好好打量他，發現他比自己原先以為的年輕，大概跟自己差不多大，或者大沒幾歲，總之不會超過三十。他有那種攀岩者結實的雙手和指節，紅色刷毛外套的胸前繡著「經營冒險家」的字樣，但是沒有名牌。她無法判定他是不是有吸引力。

「背包的位置一定要正確。」那男子從她手上接過背包，幫著讓她雙手穿過背帶。「這樣會很有幫助。」

他長長的手指調整著一個個束環和扣帶，最後布莉發現背包還是很重，但感覺輕得多了。她張嘴正要謝他，此時一陣香菸燃燒的氣味飄過來。他們同時轉身看。布莉已經知道自己會看到什麼了。

貝絲．麥肯齊站在一段距離外，聳著雙肩。一手拿著香菸，另一手插在大衣口袋裡。之前車子上山時，她頭靠在車窗上睡著了，醒來時一臉尷尬。

司機清了清嗓子。「這裡不能抽菸的。」

貝絲剛好吸了半口，忽然停下。「這裡是室外啊。」

「這裡是住宿區，全區禁止吸菸的。」

一時之間，貝絲滿臉不服氣，然後，發現所有人都朝她看，她聳聳肩，用靴子踩熄了香菸，然後把身上的大衣裹緊。布莉知道那件大衣很舊，現在已經不太合身了。

那司機又把注意力轉向布莉，露出心照不宣的微笑。「你跟她當同事很久了嗎？」

「六個月，」布莉說，「不過我打從一出生就認識她了。她是我妹妹。」

一如她的預料，那男人驚訝的目光從布莉轉向貝絲，然後又轉回來。「你們兩個？」

布莉略略歪頭，一隻手撫過深色的馬尾。「其實是雙胞胎。同卵雙胞胎。」她說，因為她覺得他接下來的表情一定很好玩。果然，他張開了嘴，此時一陣遙遠的雷聲傳來。每個人都抬起頭。

「對不起，」那司機咧嘴笑了。「我最好快一點，趕緊讓你們出發，才有足夠的時間在天黑之前趕到營地。淋溼的營地就已經夠糟糕了，但更慘的是還得匆忙搭起帳篷。」

他提起最後一個背包，轉向吉兒．貝利，她一隻粗壯的臂膀笨拙地穿過肩帶。布莉走上前去幫忙，從下方托住背包，好讓她掙扎著揹上肩膀。

「你們女生組要先出發嗎？」那司機問吉兒。「我可以送你們到起點，或者要等到所有人到齊？」

吉兒吃力地把雙手都穿過背袋，然後呼出一口大氣，吃力得臉頰發紅。她朝進入自然公園的那條車道看了一眼，皺起眉頭。

「丹尼爾有那輛車，應該比我們早到才對。」男生組有個人說，大家禮貌地笑了起來。

吉兒也配合地露出微笑，但是什麼都沒說。丹尼爾．貝利是她弟弟，但他畢竟是執行長。布莉覺得他有資格遲到。

之前在貝利坦能茨會計師事務所的墨爾本總部，中型巴士預定出發的十分鐘前，布莉就一路觀察著吉兒接聽那通電話。當時吉兒走到大家聽不到的距離外去講，兩腿站穩，一手扶著後腰。

那一刻的布莉一如往常，努力想解讀這位女董事長的表情。氣惱？或許。也可能還有別的。她老覺得吉兒很難看透。無論如何，等到吉兒掛斷電話走回來跟大家會合，她臉上的表情又恢復平靜了。

丹尼爾有事耽擱了，那時吉兒只是這麼說。照慣例又是公事。他們就先出發吧，不等他了。他會開自己的車隨後跟上。

這會兒，他們在住宿區的停車場裡徘徊，布莉看到吉兒的嘴角抿緊。天上的雲層肯定更厚了，零星的雨點落在布莉的外套上。進入自然公園的那條車道還是一片空蕩。

「我們實在沒有必要全都在這裡等，」吉兒轉向那四個連同背包站在中型巴士旁等待的男人說，「丹尼爾應該很快就會趕到了。」

布莉很慶幸她沒有幫她弟弟道歉。這是她最欣賞吉兒的一點：她從不找藉口。

四個男人都微笑聳肩，表示沒關係。布莉心想，當然沒關係。丹尼爾．貝利是老闆，不然他們能說什麼？

「好吧。」司機拍拍手。「那麼我就帶你們女生組上路了。這邊請。」

五個女人望著彼此，然後跟隨司機穿過停車場，他的紅色刷毛外衣在黯淡的綠褐荒林背景下格外顯眼。碎石子地面在他們腳下嘎吱響，然後轉為一片泥濘的草地。那司機停在小徑入口，靠著路旁那面老舊的木板標示牌，牌子上方有個箭頭，下方有幾個字：鏡子瀑布。

「你們東西都帶齊了嗎？」那司機問。

布莉覺得全組人都轉過頭來看她，於是她檢查了一下夾克口袋。裡頭有整齊折好的地圖，她手指摸到了羅盤那種陌生的塑膠邊緣。她之前去上了半天課，學習如何辨認方位。忽然間，那半天感覺上太少了。

「別擔心，」那司機說，「這段路你們幾乎什麼都不需要用上。只要一路向前走，就可以走到第一個營地。不可能錯過的。之後會有幾個轉彎和岔路，但是只要一路注意觀察，就不會走錯路。我星期天會在終點等你們。有人戴了手錶嗎？很好。截止時間是中午十二點。每遲到十五分鐘都會有罰款。」

「那如果我們提早到呢？可以提早開車回墨爾本嗎？」

那司機望著愛麗思。

「很高興你這麼有信心。」

她聳聳肩。「我星期天晚上有事，得趕回去。」

「原來如此。這個嘛，要是兩組人都提早抵達終點的話，我想可以吧。」那司機回頭看著遠處的男生組，他們正靠著中型巴士聊天，還在等缺席的那個人。「不過聽我說，不必拚命趕路。星期天向來不太會塞車。只要你們在中午十二點抵達終點，我就可以在傍晚前把你們送回市區。」

愛麗思沒再回嘴，只是抿緊了嘴唇。布莉曉得那表情的含意，她通常會設法避免讓愛麗思露出這樣的表情。

「還有其他問題嗎？」司機看著那五張臉。「很好。那現在我們就趕緊幫你們的會員電子報拍張合照吧。」

布莉看到吉兒猶豫了。公司的會員電子報既不規律、也沒什麼報導價值，此時吉兒心不在焉地拍了一下自己的口袋。

「我沒有——」她望向中型巴士，他們的手機都收在駕駛座旁的一個夾鏈袋裡。

「沒關係，我幫你們拍。」司機說，從刷毛絨夾克裡掏出自己的手機。「站在一起，靠攏一點。就這樣沒錯。雙手互相攬著吧，各位。假裝你們喜歡彼此。」

布莉感覺到吉兒的手臂攬住自己的腰，於是露出微笑。

「好極了。很完美。」那司機察看一下手機螢幕。「好吧，都沒問題了。你們可以出發了。一路順風，設法玩得開心點，好嗎？」

他揮了一下手同時轉身，留下那五個女人。她們都還維持原來的拍照姿勢站在那裡，直到吉兒開始動，於是原先互相攬住的手臂放開了。

布莉看著吉兒，發現吉兒也正盯著她瞧。

「第一個營地有多遠？」

「啊，等我一下——」布莉打開地圖，風吹得紙頁邊緣捲起，搞得她有點手忙腳亂。她們的起點已經圈起來了，路線則用紅線標示。她一根手指沿著紅線往下，想找出第一個營地，同時聽得到大家挪動背包的聲音。在哪裡？幾滴雨水滲入紙頁，地圖一角被風吹得往後掀，形成一道皺褶。布莉盡可能撫平地圖，終於看到了大拇指旁的那個營地，暗自鬆了口氣。

「好吧，就在不遠，」她說，設法搞清地圖圖例上的比例尺。「不算太壞。」

「我想，你對不壞的定義，可能跟我的不一樣。」吉兒說。

「大約十公里？」布莉不小心講得好像是個問句。「不會超過十公里。」

「好吧。」吉兒把她的背包在肩上拉高一些。「你帶路。」

布莉往前走。才走沒幾步，隨著上方的樹蔭愈來愈濃、遮蔽天空，小徑就變得更加昏暗。她聽得到水從樹葉上滴落的聲音，然後，從樹林深處不知哪裡，傳來一隻鐘雀的叫聲。她回頭看著後方的四張臉，全都罩在外套帽兜的陰影裡。愛麗思離她最近，一縷縷金髮被風吹亂。

「做得很好。」愛麗思用嘴型示意。布莉判定她大概是真心的，於是露出微笑。

隨之在後的是蘿倫，她雙眼盯著起伏不平的路面。再往後是吉兒，圓臉頰已經有點泛紅了。布莉看到離得最遠的是自己的妹妹。貝絲，穿著她借來的健行靴和太緊的大衣，緊跟在隊伍的最後。

小徑收窄，轉了個彎，剛開始仍能從林隙斷續看到接待小屋的燈光，但很快地，就完全看不見了。

4

接待小屋前的停車場滿了。搜索義工的卡車、新聞採訪車和警方車輛排得密密麻麻。

佛柯並排停車在接待小屋外頭，沒拔鑰匙，讓卡門留在車上。他踏上屋外那圈遊廊，開門時一陣暖氣迎面撲來。一群搜索人員圍在鋪著木鑲板的接待區一角，研究著一幅地圖。接待區的一側有一扇門，開向一間共用廚房。另一側看得出來是個休息室，裡頭有幾張舊沙發和一滿架破舊的書，還有一些桌上遊戲。接待區角落裡放著一台古董電腦，上方有個手寫的牌子：僅供住宿者使用。佛柯不確定那是邀請，還是威脅。

他走近時，櫃檯後頭那個公園管理人員只匆忙抬頭瞥了他一眼。

「對不起，我們客滿了，」那位管理人員說，「你來的時機不湊巧。」

「金恩警佐在嗎？」佛柯說，「我們跟他約好了。」

這回那位管理人員正眼看他了。「啊。對不起。我看到你停的車，以為你是——」他沒講完。又一個城裡來的廢人。「他人在搜索基地。你知道在哪裡嗎？」

「不知道。」

那位管理人員在桌上攤開一張自然公園的地圖。上頭是一大片綿延的綠色荒林，裡頭彎彎曲曲的線標示出小徑或道路。那管理人員拿起一支筆，解釋他標示的地方是什麼。開車要沿著一條小小的山間道路，往西穿過一大片綠地，來到一個十字路口，然後往北轉。那管理人員講完了，圈起終點。看起來是個非常偏僻的地方。

「從這裡開車過去，大概要二十分鐘。別擔心，」那男子把地圖交給佛柯。「我保證你到了，一定會曉得就是那裡。」

「謝了。」

佛柯回到屋外，那種冰冷像是迎面賞了他一耳光。他打開車門爬上駕駛座，發現卡門身體前傾，盯著擋風玻璃外。佛柯搓搓雙手，正想講話時，她發出噓聲示意他安靜，然後往外指。佛柯循著她的視線往外看。在停車場另一頭有一名四十來歲後段的男子，身穿牛仔褲和滑雪夾克，伸手在一輛黑色ＢＭＷ汽車的後行李廂裡拿東西。

「你看，」卡門說，「那不是丹尼爾．貝利嗎？」

佛柯的第一個想法是，這位貝利坦能茨的執行長沒穿西裝看起來不太一樣。他從沒親眼見過丹尼爾．貝利；他的舉止有一種運動健將的靈活，是照片上看不出來的。他比佛柯原先預料的稍矮一點，但肩膀和背部很粗壯。一頭濃密的深褐色頭髮，完全沒有泛白的痕跡。如果不是天生那個顏色，就是花了大錢染得很自然。丹尼爾．貝利不認識他們——至少不應該認識他們——儘管如此，佛柯還是忍不住在位子上矮下身子。

「不曉得他是不是去協助搜索工作。」卡門說。

「無論是不是，反正他可沒閒著。」貝利的靴子上有結塊的泥巴。

他們看著那男子在他的ＢＭＷ後行李廂裡面翻找著。那輛車夾在一堆很舊的卡車和廂型車裡頭，像一隻毛皮光滑的異國動物。最後他終於站直身子，把某個深色的東西塞進外套口袋。

「那是什麼？」卡門問。

「看起來是一副手套。」

貝利輕按一下，後行李廂的門輕悄關上。他又站了一會兒，凝視著雜木荒林，然後走向住宿區，在寒風中低垂著頭。

「他和吉兒都在這裡，有可能會讓事情變得棘手。」卡門說，看著他漸行漸遠的身影。

「是啊。」其實說棘手是太輕描淡寫了，而且兩人都心知肚明。佛柯發動引擎，把地圖交給卡門。「總之。我們要去的地方在地圖上。」

她看著那一大片綠上頭的那個圈。

「這是哪裡？」

「就是他們找到其他四個女人的地方。」

那輛房車的懸吊系統應付得很吃力。他們在沒鋪柏油的泥土路上顛簸前進，隨著路兩旁那些樹幹表皮剝落的尤加利樹掠過，他們可以感覺到每一次震動。在引擎的嗡響中，佛柯聽得到一種微弱但尖利的哨音。

「天啊，那是風聲嗎？」卡門瞇起眼睛望著擋風玻璃外。

「應該是。」佛柯雙眼看著前面的路，周圍的雜木荒林愈來愈濃密。他燙傷過的手抓緊方向盤，那些傷疤又開始發痛了。

至少之前那位公園管理人員沒說錯。他們不可能錯過目的地。佛柯轉過一個彎，原本空寂的車道在前面轉變為一片忙碌熱鬧。一輛輛車緊密排列停在路旁，一個女記者認真地對著攝影機講話，同時一手指著後頭的搜索隊。有人在一張支架桌上放了一個咖啡保溫壺和一些瓶裝水。一架省警局航空隊的直升機在上空盤旋，吹得樹葉紛紛飄落。

佛柯把車停在路旁那排車子的尾端。現在快中午了，但天空的太陽光線很微弱。卡門問了一名經過的公園管理人員，說要找金恩資深警佐，那人指向一個五十來歲，身材清瘦的高個子男人，他警覺的目光從地圖轉向雜木荒林。佛柯和卡門走過去時，他的視線轉向他們。

「謝謝你們趕過來。」他聽了他們自我介紹，跟兩個人輪流握手，然後望向他們後方的電視攝影機。「我們找個安靜點的地方吧。」

他們沿著車道往前走了一小段路，來到一輛大卡車旁邊，可以避開一點風。

「所以沒有好消息了？」佛柯問。

「還沒有。」

「你以前在這裡有過多少次搜索經驗？」

「很多次。我在這一帶工作了將近二十年。常常有人不小心走錯路。」

「那你們通常多快能找到他們？」

「真的要看情況。完全說不準。有時一下就找到人了，但通常要稍微久一點。」金恩瘦削的臉頰呼出一口氣。「她落單至少三十幾個小時了，所以最理想的狀況，就是我們今天可以找到她。聽起來她們之前還曉得要收集雨水，這點很重要，但是她大概沒有任何食物。另外還有失溫的危險。要是你身上潮溼的話，很快就會開始失溫。不過主要還是看她自己怎麼應付。她有可能運氣好；而且顯然她年輕時有豐富的露營經驗。失蹤者自己脫困是常有的事情。」他暫停一下。「但有時候就未必了。」

「可是你總是有辦法找到他們嗎？」卡門問，「我的意思是，到最後都找得到？」

「幾乎吧。即使在寇瓦克的年代，那些被害者最後也都找到了，只除了那個女孩。從那時以後，始終沒找到的，我只想得到一次或兩次。大約十五年前有個老人。他身體不好，心臟有毛病，其實根本不該獨自來健行的。當時他大概是找了個安靜的地方坐下來休息，然後就心臟病發了。還有十年前的一對紐西蘭夫婦，那個案子有點怪。兩個人都三十出頭，身體健康，相當有經驗。過了很久之後我們才曉得，他們在紐西蘭欠了很多債。」

「所以是怎樣？你認為他們是故意搞失蹤？」佛柯問。

「這個話不應該由我來說。不過對他們而言，從這個世界上消失並不是什麼壞事。」

佛柯和卡門彼此看了一眼。

「那麼這次是怎麼回事？」卡門問。

「愛麗思．羅素那組人有五個女人，她們星期四下午在鏡子瀑布步道的起點下了車——如果你們想看的話，我稍後可以找人帶你們去——帶著基本裝備：地圖、營帳、羅盤、一些食物。她們本來應該朝西邊走，白天時要克服一些所謂凝聚團隊活動的障礙，露營三晚。」

「這是公園裡面辦的活動嗎？」卡門問。

「不是，是一家私人公司規劃的，不過他們在這裡經營好幾年了。叫經營冒險家，聽過嗎？他們還不錯，相當內行。貝利坦能茨還有另一隊五個男人的小組。路線不同，但是兩組人都預定昨天中午在這個終點會合。」

「結果女生組沒來。」

「對。好吧，其中四個到頭來還是抵達終點了。但是晚了六小時，而且狀況很不好。身上有些傷。各式各樣割傷和瘀青。一個撞到了頭，還有一個被蛇咬了。」

「天啊，是哪一個？」佛柯問，「她沒事吧？」

「大致上沒事。布莉．麥肯齊。據我的了解，她應該是助理，但是她們每個人都有一堆花俏的頭銜。總之，咬她的大概只是一條地毯蟒，不過她們當時並不知道，於是嚇得半死。如果是被虎蛇咬到，她大概當場就會死了。但結果不是，總之絕對不是毒蛇，不過傷口發炎了，所以她得在醫院住兩天。」

「墨爾本的醫院？」

「鎮上的社區醫院。」金恩說，「這是最好的選擇。如果你在城裡的空屋吸食冰毒過量，那麼市區醫院的醫師最適合你。不過要是你被蛇咬了，那麼相信我，你最好就是去找了解當地野生動物的醫師。她妹妹也在醫院陪她。」他從口袋掏出一本小筆記本，往下看了一眼。「貝絲．麥肯齊。她也參加了這次活動，不過比起來沒受什麼傷。」

金恩回頭看了一眼搜救人員。一群人正準備要出發，身上的橘色連身工作服在背景的大片樹林裡格外醒目。佛柯看得出林際線有一個缺口，往裡是一條小徑。路口有一座木製烽火台。

「我們知道她們在第二天走錯路了，因為當天晚上她們沒到達營地。」金恩繼續說，「有一條相當大的小徑從主要步道岔出去，我們認為她們就是在那邊走錯路的。她們沒走幾個小時就發現了，但是光是這點時間，就足以讓你陷入困境。」

他又看著自己的筆記本，翻了一頁。

「從這裡開始，細節就變得比較模糊。我的手下昨天晚上和今天早上都盡力問出各種資訊。不過還有幾塊空白得填補。她們明白自己走錯路時，好像為了想找回原來的路，又亂走一通。這樣很容易讓情況變得更糟。她們本來應該在第二夜的營地取得食物和飲水的，所以沒能趕到那裡，就開始慌了。」

佛柯想起之前那個加油站店員說過的話。擊垮你的是恐慌。讓你很難相信自己所看到的。

「本來規定她們都不准帶手機的，不過愛麗思還是帶了，這個你已經知道了。」金恩朝佛柯點了個頭。「不過這裡的收訊很差。偶爾運氣好會有訊號，但通常沒有。總之，她們就繼續走，直到星期六，她們意外發現了一棟廢棄的小屋。」

他暫停。似乎想要說什麼，然後又改變心意。

「目前我們還不確定那棟小屋的確切位置。不過她們待在裡頭過夜。昨天早上醒來時，愛麗思已經離開了，至少其他四個人是這麼說的。」

佛柯皺眉。「她們認為她出了什麼事？」

「她們認為她不高興，就自己跑掉了。她們五個人之前反覆討論過接下來該怎麼做最好。顯然這位愛麗思一直主張設法穿過荒林，往北邊去找車道。其他人不想，於是她不太高興。」

「那你覺得呢？」

「有可能是這樣。她帶走了自己的背包和手機，還拿了唯一能用的手電筒。」金恩的嘴巴抿成一直線。「我只能私下跟你說，從她們的傷勢和當時的種種壓力判斷，感覺上發生過爭執。」

「你認為她們打架了？」卡門說，「為了什麼？」

「就像我前面說過的，還有一些事情還沒釐清。在眼前的情況下，我們只能盡快進行搜救，在這裡每一分鐘都很珍貴。一切還是以搜救為優先。」

佛柯點點頭。「其他四個人是怎麼找到路回來的？」

「她們當時打算往北走，直到能碰上一條車道，接著就沿著車道往下走。這個方法太不嚴謹了，不見得每次都行得通，但是她們大概也沒別的辦法了。因為有人被蛇咬，還有其他一切。她們花了好幾個小時，但最後證明很值得。」金恩嘆了口氣。「我們現在的目標，是要先找到那棟小木屋。最好的可能，就是愛麗思又設法折返回去，困在那裡。」

佛柯沒問最壞的可能是什麼。在這片荒林的種種險境中落單又迷路，他腦中立刻就可以想出一連串可能。

「我講完我這邊的狀況，」金恩說，「現在輪到你了。」

佛柯拿出他的手機。之前他已經把愛麗思．羅素的語音留言存成錄音檔，現在很慶幸，因為手機螢幕顯示這裡完全收不到訊號。他把手機遞出去，金恩緊緊貼在耳朵上。

「這個該死的風。」金恩摀住另外一隻耳朵，閉上眼睛，竭力聽著。他又聽了兩次，才把手機遞還給佛柯，一臉茫然。

「你們之前找她是為了什麼，可以告訴我嗎？」他問。

那架警方直升機又飛低了些，周圍的樹陷入一片狂亂。佛柯看著卡門，她輕輕點了個頭。

「剛剛在接待小屋的停車場，我們看到了丹尼爾・貝利，」佛柯說，「他們所有人服務的那家公司的執行長。他的名字就在你傳給我們的那個組員名單裡頭。」

「那個老闆？對，我知道他是誰。他在男生組。」

「他們開始活動後，男生組和女生組互相接觸過嗎？」

「規定本來是不行的。但是私底下呢？」金恩說，「有，我聽說他們接觸過。怎麼了？」

「這就是我們跟愛麗思・羅素一直有聯繫的原因，」佛柯說，「因為丹尼爾・貝利。」

第一天：星期四下午

吉兒．貝利看著愛麗思的後腦勺，隨著每走一步而愈來愈遠。

才走了二十分鐘，吉兒就開始感覺到左腳跟發痛，儘管這雙標榜著「快乾舒適科技」的健行靴花了她三位數字的高昂價格。天氣很冷，但是她的T恤在腋下發黏，一滴汗淌入胸罩裡。她覺得前額汗溼，於是用袖子揩了一下。

她覺得唯一可能比她更吃力的人，就是貝絲。吉兒可以聽到身後那個飽經香菸摧殘的肺發出的粗啞喘聲。她知道自己該回頭講點鼓勵的話，但那一刻卻想不出任何話可說。反正她能想到的話，都沒什麼說服力。

於是，她把注意力集中在保持自己的節奏平穩，設法不要顯露出自己的不適。樹上枝葉發出了柔和的滴水聲，讓她聯想到水療館播放的冥想音樂。她當初提議週末到外地玩幾天；但是這種戶外活動絕對是丹尼爾的主意。*該死的丹尼爾*。她納悶著他是不是抵達接待小屋了。

她感覺到前面的動靜有點改變，目光從步道抬起，看到其他人慢下腳步。周圍的樹變得稀疏，小徑也變寬了，於是她明白自己原先以為的風聲，其實是奔流的水聲。她追上其他人，來到樹林邊緣，眨眨眼看著荒林忽然在眼前退開，露出一大片翻騰落下的白色水幕。

「啊老天。真是難以置信。」吉兒．貝利喘著氣說。「看起來我們找到瀑布了。」

絕美是吉兒心中浮現的字眼。一道奔騰的河流切穿樹林，在一道木橋下沖出陣陣氣泡與白沫，接著越過一道岩石邊緣後，垂直落下。那瀑布像一道沉重的簾幕般，發出震耳欲聾的轟響，注入下方一片深色的水塘。

五個女人紛紛上了木橋，靠在欄杆上，望著奔騰瀑布下方的那片深湖。空氣清爽得讓吉兒覺得簡直可以觸摸到，水花形成的細霧使得她的臉頰冷卻。那片景象有催眠效果，當她恣意欣賞時，感覺雙肩上的重量減輕了一些。她覺得自己可以永遠站在那裡不動。

「該走了。」

那聲音發自木橋的另一頭。吉兒不捨地把目光從瀑布轉開，發現愛麗思已經在勘查著前方的步道。「這裡天黑得很快，」她說，「我們應該繼續趕路。」

吉兒立刻感覺到左腳跟的水泡好痛，身上的襯衫也開始摩擦她的皮膚。她看了一眼沉重的天空，然後再度回頭望著那片絕美景色，嘆了口氣。

「好吧，繼續走。」

她依依不捨地離開欄杆，正好看到布莉盯著地圖皺眉。

「都還好嗎？」她問，布莉朝她亮出一口白牙。

「沒問題。走這條路。」她又折起地圖，把深色的馬尾撥到肩後，指著前方唯一的步道。吉兒點點頭，沒說話。一條路，一個選項。她希望往後碰到岔路時，布莉也能這麼有信心。

那條小徑一片泥濘，吉兒每走一步都擔心自己會滑倒。她的脊椎開始發痛，不確定是因為背包的重量，還是因為一直彎下脖子看路的關係。

她們還沒走多遠，前面便傳來一聲喊叫，打破了荒木雜林的嗡響和鳥叫聲。布莉停下來，往上指著小徑外頭的一個東西。

「你們看。那是第二面旗子，對吧？」

一面嶄新的白色方形布旗在風中翻飛著，襯著背後斑駁的尤加利樹幹，顯得格外醒目。布莉放下背包，大步踩過林下灌木叢過去看。

「沒錯，上頭有經營冒險家的標誌。」布莉說。

吉兒瞇起眼睛。從這個距離，她看不清細節。布莉挺直身子，伸出手指。她跳起來，但是搆不到。

「得有個東西讓我踩在上頭。」布莉四下張望，頭髮被風吹到臉上。

「啊，別管了吧。」愛麗思看著天空。「不值得為那面旗子摔斷脖子。如果六面旗子都找到，我們可以拿到多少？一百元或什麼的？」

「每個人兩百四十元。」

吉兒聽到後頭的聲音，連忙回頭看。這是打從出發以來，貝絲第一次開口說話。

貝絲放下她的背包。「我過去幫你。」

吉兒看到布莉臉上的熱忱消散了。

「不用了，沒關係。我們別拿了吧。」

但是太遲了，她妹妹已經走過來。「兩百四十元耶，布莉。你不拿那面旗子的話，我就自己去拿。」

吉兒站在愛麗思和蘿倫旁邊看著這一幕，三人都冷得雙手交抱在胸前。貝絲跪在她姊姊面前，十指交扣形成一個湊合的階梯，等待著，最後布莉不情願地把一隻沾了泥巴的靴子踩在妹妹緊扣的雙掌上。

「這是浪費時間，」愛麗思說，然後往旁邊看了吉兒一眼。「抱歉。我指的不是整個活動，只是眼前這個。」

「哎，讓她們試試看嘛。」蘿倫說，看著那兩姊妹靠著樹幹搖晃。「又不會有什麼壞處。對二十幾歲的年輕人來說，兩三百元是很多錢呢。」

吉兒看著愛麗思。「總之，你這麼急是有什麼事？」

「只是擔心我們得摸黑搭營帳，而且看起來就要下雨了。」

吉兒覺得愛麗思說得沒錯。天空更加昏暗，而且這會兒她才發現沒聽到鳥叫聲了。「我們很快就會繼續往前走了。不過我剛剛問的意思，其實是你星期天為什麼想早點回到墨爾本。你沒說過你有什麼事吧？」

「啊。」接下來有片刻尷尬的停頓，然後愛麗思手一揮。「沒什麼。」

「那天是力行女中的頒獎之夜。」蘿倫說，愛麗思看了她一眼，吉兒沒來得及看清那個眼神。

「是嗎？唔，我們會來得及把你送回去的，」吉兒說，「瑪歌要領什麼獎？」

每回吉兒見過愛麗思的女兒瑪歌，事後總有種被打量過的奇怪感覺。一個十六歲女孩的意見，在吉兒的世界裡根本無足輕重——她三十五年前就不再需要這種認可了——但瑪歌・羅素冷冷的眼神，就是令人異常地不安。

「她要領舞蹈獎。」愛麗思說。

「真不錯。」

「嗯。」愛麗思說。吉兒知道她有商務與商業的碩士學位。

吉兒看了蘿倫一眼。她從沒見過蘿倫的女兒，但知道她也讀力行女中。她無意間聽過蘿倫跟別人抱怨那裡的學費很貴，還不止一次。吉兒努力回想，還是想不起她女兒的名字。

「你也得趕回去嗎？」最後她終於說。

蘿倫慢了半拍才回答：「不，今年不必了。」

此時前方傳來一個小小的歡呼聲，吉兒暗自鬆了口氣，轉身看到雙胞胎姊妹拚命揮舞著那面旗子。

「做得很好，兩位。」吉兒說，看到布莉滿面笑容。就連貝絲也在微笑，整張臉都因而改變了，吉兒心想。她應該多笑的。

「終於。」愛麗思說，但是聲音壓得不夠低。愛麗思提起背包，揹上肩膀。「對不起，但是如果我們不動身，真的就沒辦法在天黑之前趕到了。」

「好，謝了，愛麗思。你說過了。」吉兒轉向雙胞胎。「你們合作得很好。」

正當布莉的微笑依然燦爛而堅定時，愛麗思便轉身要往前走，同時嘴角很輕微地一扯。要不是吉兒很了解她，可能會以為是自己想像出來的。

愛麗思說得沒錯。等她們到達營地時，已經是一片漆黑。健行最後一公里的速度簡直像蝸牛，她們藉著手電筒的光沿著小徑往前，每幾百公尺就要停下來查看地圖。

吉兒原以為，到達營地後她會感覺鬆了口氣，但結果她只覺得筋疲力盡。她的雙腳好痛，兩眼也因為在昏暗中認路而疲憊。儘管天黑了無法看清楚，不過這個營地似乎比她預期的要大。四周圍繞著迎風搖擺的尤加利樹，那些樹枝在夜空下有如黑色的手指。她沒看到星星。

吉兒放下背包，很高興可以擺脫那個重量。她後退時，腳跟踩到一個東西，於是踉蹌後跌，她哀叫一聲，尾椎狠狠撞在地上。

「怎麼了？」一道光照著吉兒的眼睛，令她眩目。一個驚訝的輕笑聲，剛出聲就又忍住了，是愛麗思。「老天，吉兒。嚇了我一跳。你還好吧？」

吉兒感覺到有人握住她手臂。

「我想你找到營火坑了。」是布莉，當然了。「我幫你站起來吧。」

吉兒吃力地起身，感覺到布莉有點被她的體重嚇到。

「我沒事。謝了。」她覺得手掌擦破了很痛，而且猜想可能在流血。她伸手要掏出自己的手電筒，發現夾克口袋是空的。

「該死。」

「很痛嗎？」布莉還站在她旁邊。

「我想我的手電筒掉了。」吉兒察看著她剛剛摔倒的地方，但太暗了看不清楚。

「我去拿我的。」布莉說完就離開了。吉兒聽到她翻找背包的聲音。

「拿去吧。」那聲音突然冒出來，離她耳朵很近，吉兒嚇了一跳。是貝絲。「用我這把。」

吉兒感覺到有個東西放在她手裡。那是一把金屬製的工業手電筒，又長又重。

「謝謝。」吉兒摸索著，找到了開關。一道強而有力的光束切穿黑夜，往前照著愛麗思。她瑟縮了一下，舉起一隻手遮住眼睛，那張臉被照得清楚無遺。

「天啊，這也太亮了吧。」

吉兒稍微拖了一下，才把光線從愛麗思的臉降到她的雙腳。「看起來很好用。稍後我們可能會很慶幸這麼亮。」

「應該吧。」愛麗思雙腳站在那圈光裡，然後往旁邊走了一步，接著消失了。

吉兒拿著手電筒緩緩照了一圈營地。那白色光線濾掉了大部分的色彩，把一切都洗成黑白色調。她們剛剛走過來的路看起來狹窄而凹凸不平，她腳邊的營火坑中央是黑的。營地周圍是一圈樹，樹幹被照得發亮，樹後頭的荒林是一片黑。一個影子吸引了吉兒的視線，她的光掃過去，停下來。然後又往回掃，這回更慢了。

一個靜止不動的苗條身影站在這片空地的最邊緣，吉兒嚇了一跳，差點又要跌倒，光束瘋狂地亂晃。她勉強站好，穩住手。光束照定前方，只微微晃動著。

吉兒呼出一口氣。只不過是蘿倫，她高瘦的身材幾乎融入了那些垂直的樹幹，以及更後頭的黑暗空間中。

「蘿倫，老天，你嚇了我一跳。」吉兒喊。她感覺自己的脈搏還是有點快。「你在幹什麼？」

蘿倫僵立在那裡，背對著其他人，望著黑暗。

「蘿——」

蘿倫舉起一手。「噓——」

她們立刻都聽到了。一個劈啪聲。吉兒憋住氣，耳中發出嗡響。沒有動靜。然後又一個劈啪聲。這回那踩斷枝葉的節奏清楚無誤。

吉兒迅速後退一步。蘿倫轉身，她的臉在手電筒的光線下一片死灰。

「那裡有人。」

5

「丹尼爾．貝利？」金恩說，目光從佛柯轉向卡門。「為什麼你們要查他？」

大風把塵埃和樹葉吹到空中，在路的另一頭，佛柯看得到那群搜救人員走進雜木荒林中消失了。墨爾本感覺上好遙遠。

「這件事絕對要保密。」佛柯說。

「那當然。」金恩點了頭。

「是有關洗錢的。據說。」

「在貝利坦能茨？」

「我們相信是這樣。」澳洲聯邦警察署正在同時調查幾家小型會計師事務所，貝利坦能茨是其中之一。

「這家公司不是相當有名嗎？家族裡傳了好幾代的。」

「沒錯。我們認為丹尼爾和吉兒．貝利接手之前，他們的父親就已經在做了。」

「真的？」金恩抬起雙眉。「所以怎麼，他是把家族生意傳給子女？」

「大概就是這樣吧。」

「有多糟糕？」金恩問，「是篡改某些帳目，或是——？」

「上頭的說法相當嚴重。」卡門說，「組織犯罪，高層級的，一直在進行中。」

事實上，佛柯和卡門都不確定整個調查的規模有多大。他們被指派專門去調查貝利坦能茨，上面只告訴他們直接相關的資訊。他們只知道，這家會計師事務所是一個大網路上的一個小節點。至於整個網路有多廣、運作得有多深，他們都不知道。他們猜想是全國性的，說不定還是跨國的。

金恩皺起眉頭。「所以是愛麗思去找你們檢舉——」

「是我們找她的。」佛柯說。她大概不是適當的人選；這點他現在可以承認了。但是事前從書面資料看，她所有的條件都符合。職位夠高，可以接觸到他們需要的資料；又牽涉得夠深，足以給他們充分的把柄威脅她。而且她不是貝利家的人。

「所以你們想抓的是丹尼爾和吉兒・貝利？」

「對，」卡門說，「還有他們的父親李歐。」

「他一定退休很久了吧？」

「據說他還在管事。」

金恩點點頭，不過佛柯看得出來他眼中有一種神色。那種神色佛柯太熟悉了，他知道，從大格局看，大部分人認為洗錢是介於順手牽羊和搭車逃票之間的罪行，當然不該做，但是幾個有錢人決心要逃避他們該繳的稅，實在不值得動用警力去追查。

其實洗錢的危害不光是逃稅而已，佛柯有時會試著解釋（如果時間對了，對方的雙眼也沒有變得太呆滯）。要是有很多錢被刻意隱藏起來，那一定是有理由的。一路查下去，就會發現那些看似清白的白領階級變得愈來愈不乾淨，直到最後就是髒到極點。佛柯痛恨這種事，痛恨其中的一切。他痛恨那些有豪華辦公室的人可以洗乾淨雙手，然後告訴自己那只是在會計上發揮一點創意。他痛恨他們可以把那些錢拿來買豪宅和名車，同時假裝他們根本沒想到那些錢的來源有多麼不堪。毒品、非法槍枝、兒童剝削。各式各樣，但全都是以人類的悲慘狀況付出代價。

「貝利家的人知道有人在調查他們嗎？」金恩問。佛柯看了卡門一眼，這個問題他們也一直在問自己。

「我們沒有理由這麼想。」他最後終於說。

「可是你們的線民在失蹤前一夜打電話給你們。」

「沒錯。」

金恩摩挲著下巴，雙眼凝視著荒林。

「這一切對他們來說會有什麼影響？」他問，「愛麗思．羅素給你們需要的資料，然後會怎麼樣？貝利家就保不住這家事務所了？」

「不，最理想是貝利一家去坐牢，」佛柯說，「不過他們的事務所也會關門。」

「所以其他員工會失業？」

「是的。」

「包括跟她一起進入荒林的那四個女人？」

「沒錯。」

金恩的表情沒怎麼變。「愛麗思．羅素對這樣的情況有什麼感覺？」

「老實說，」卡門開口，「她其實也沒有什麼選擇。如果她不幫我們，可能就會跟著貝利一家一起遭殃。」

「好吧。」金恩想了一會兒。「所以你們已經查了一陣子了，對吧？」

「我們跟她斷續合作三個月了。」佛柯說。

「所以她昨天為什麼要打電話給你？」金恩問，「為什麼這麼急？」

卡門嘆氣。「愛麗思一直以來給我們的那些資料，我們就要交給上頭更大的調查團隊了。」她說，「時間就是今天。」

「今天？」

「對，我們還需要一些關鍵文件，但之前我們收到的資料，已經準備好要交上去進一步追查了。」

「所以你們交上去了嗎？」

「還沒有，」卡門說，「一交出去之後，我們就管不了，愛麗思也管不了。所以我們想上來這裡，先稍微摸清狀況再說。」

「你想，她會不會是打算退出？」金恩問。

「不曉得。有可能。但是她最後一刻退出的話，就應該會有個好理由，因為她日後可能會被起訴。」卡門說，猶豫了一下。「或者我想，她也可能是沒辦法。」

他們三個人都望著那片至今仍不肯放走愛麗思．羅素的昏暗景色。

「所以你們還在等她做什麼事？」金恩問。

「有一批商業文件，」佛柯說，「是以前的。」正式代號是BT-51X和BT-54X，不過他和卡門通常都只說是那些合約。「我們需要那些文件，才有辦法釘牢丹尼爾和吉兒的父親。」

過往所透露的資訊很關鍵，上級告訴佛柯和卡門。當初是李歐．貝利制定出這類事務的運作形式，沿用到今天，而且幾個受到調查的關鍵參與者，當初也是李歐建立關係的。那些或許是過去的事情，但是核心關係至今還在發揮作用，而且不可或缺。

金恩沉默了。他們聽得到遠方直升機的轟響聲，似乎離他們愈來愈遠。

「好吧，」最後金恩說，「聽我說，眼前我最首要、也是唯一的優先，就是愛麗思．羅素。我們要找到她，把她安全送出來。大部分人在這邊失蹤，最可能的狀況就是走錯路，失去了方向感，所以目前我的計畫就是這樣。但是如果有可能是因為她跟你們合作，造成那一組人之間的問題，那麼至少我心裡有個底。總之，謝謝你們跟我坦白。」

金恩現在煩躁不安起來，急著想回去。他臉上出現了一種奇怪的表情，幾乎像是鬆了口氣。

佛柯又觀察了他一下，然後開口了。

「還有什麼？」

「什麼還有什麼？」

「還有什麼是你不希望發生的？」佛柯問。「你講的這兩個可能狀況，我聽起來都不太妙。」

「是啊。」金恩不願意看他的眼睛。

「所以還有什麼更糟糕的？」

金恩警佐站穩身子，然後朝馬路前方看了一眼。那些搜救人員已經被樹林吞沒，看不見他們橘色的制服了。媒體人員都在一段頗安全的距離外。不過，他還是往前湊近一點，嘆了口氣。

「寇瓦克。寇瓦克更糟糕。」

他們瞪著他。

「寇瓦克死了啊。」卡門說。

「馬丁・寇瓦克死了。」金恩的舌頭舔了一下牙齒。「我們不確定的是他兒子。」

第一天：星期四晚上

蘿倫好想尖叫。

結果只不過是男生組的人。那五個傢伙從樹林中走出來時，她盯著看，心跳加速，喉頭發酸。他們咧嘴亮出白牙笑著，揮動著手上的葡萄酒。帶頭的是丹尼爾·貝利。

「所以你還是趕來了？」蘿倫厲聲說，腎上腺素令她大膽起來。丹尼爾慢下腳步。

「是啊——」

他瞇起眼睛，蘿倫一開始以為他生氣了，然後才明白他只是想不起她的名字。接著他姊姊從昏暗中出現，挽救了他的尷尬。

「丹尼爾。你們跑來這裡做什麼？」吉兒完全沒有顯露出驚訝或煩躁的情緒。反正蘿倫從經驗中知道，她本來就很少透露出任何情緒。

「我們想過來打個招呼。看看你們安頓得怎麼樣了。」他看著他姊姊的臉。「對不起。是不是嚇到你們了？」

或許丹尼爾比大部分人都能看透他姊姊，蘿倫心想。吉兒什麼都沒說，只是等著。

「你們都還好吧？」丹尼爾繼續說，「我們的營地離這裡只有一公里。我們帶了酒來。」他看著其他四個男人，他們順從地舉起手上的酒瓶。「你們誰去幫忙生火吧。」

「我們自己有辦法。」蘿倫說，但是丹尼爾揮了一下手。

「沒關係。他們無所謂的。」

他轉向他姊姊，蘿倫看著他們走遠了，然後自己走向營火坑，那裡有個行銷部門的男子正想點燃一堆溼樹葉上頭的火種。

「這樣不行的。」蘿倫拿走他手裡的火柴，走向空地邊緣一棵倒下的樹，撿了些沒被淋溼的樹枝。在空地另一頭，蘿倫聽得到愛麗思正在告訴雙胞胎該怎麼架起營帳。聽起來動手的主要是那對姊妹。

蘿倫回到營火坑旁蹲下，努力回想該怎麼生火。她把一堆樹枝在火種上方架成尖塔狀，然後檢查了一下。看起來沒錯。蘿倫劃了根火柴，屏息看著火點燃了，然後愈來愈大，把周圍染出一片橘光。

「你這招是在哪裡學來的？」那個行銷部的男人瞪大了眼睛。

「學校露營。」

黑暗中傳來一陣沙沙聲，愛麗思走過來。「嘿，營帳搭好了。布莉和貝絲住一頂，所以你就跟我一起。單人帳篷給吉兒。」她朝火點了個頭，五官被火光照得有點扭曲。「不錯。我們開始煮晚餐吧。」

「要不要去問一下吉兒？」那片空地很大，蘿倫花了好一會兒才看到吉兒，她跟她弟弟站在空地邊緣，正談得起勁。吉兒說了些什麼，丹尼爾搖搖頭。

「他們正在忙，」愛麗思說，「我們自己開始吧。反正一定是你和我要做，她不會曉得怎麼用營火做飯的。」

很有可能，蘿倫心想，此時愛麗思開始拿出鍋子、米飯和燉牛肉調理包。

「我還記得以前在營地裡，我下定決心以後絕對不會再來露營，不過這種事就像是騎腳踏車，一學會就永遠不會忘記，對吧？」幾分鐘後愛麗思說，看著水開始冒出泡泡。「我覺得我們應該要穿學校制服才對。」

隨著燃燒柴火和尤加利的氣味鑽入鼻腔，同時有愛麗思在身旁，蘿倫覺得塵封三十年的記憶逐漸甦醒。麥艾萊斯特營地。

在力行女中的簡介傳單上，至今還是大幅介紹他們的雜木荒林校園。力行女中九年級的學生有個機會（而且是強制的機會）花一整個學年在偏遠的環境中求生。這個課程的設計，是要培養學生的人格、適應力，以及對澳洲自然環境的適當尊重。另外——在那些仔細撰寫的宣傳詞裡面婉轉地寫道——這個課程也是為了讓十來歲女生可以避開這個年紀所必然有的種種誘惑。

當年蘿倫才十五歲，第一天就想家，第二天就起水泡，又被蚊子叮了好多包。那時她胖胖的，而且早就過了嬰兒肥的年紀。才剛度過漫長的第一週，她就發現自己被蒙上了眼罩，要玩「信任挑戰」遊戲。當她根本不信任任何同學時，玩信任挑戰有什麼意義？

從腳下枯葉所發出的碎裂聲，她知道自己顯然被帶離主營區，進入荒林，但除此之外，她就完全迷失了。她有可能站在一片崖邊的最前端，或被設計就要墜下一條河流。她聽得到周圍的動靜。腳步聲，一個咯咯笑聲。她伸出一手往面前抓，卻只抓到一片空無。她搖晃不穩地踏出一步，腳尖踩到不平的地面，差點摔倒。忽然間，一隻堅定又平穩的手抓住了她的胳臂。她感覺到一股熱氣吹在臉上，聽到耳邊一個聲音。

「我扶住你了。往這邊走。」是愛麗思．羅素。

那是蘿倫記憶中愛麗思第一次禮貌地跟她講話，但她立刻就認出她的聲音。當時胖胖的蘿倫沒有朋友，還記得被愛麗思握住手臂時，她心中立刻湧上一股困惑又放鬆的感覺。此刻，過了將近三十年，蘿倫望著營火對面的愛麗思，很好奇她會不會也想到了那一天。

蘿倫吸了口氣，但吸到一半就被身後的動靜打斷了。丹尼爾出現在她旁邊，染得一臉橘光。

「他們把火生起來了？很好。」丹尼爾的瞳孔在半亮的火焰映照下成了黑色，他把一瓶紅葡萄酒塞進蘿倫手裡。「來，享受這瓶酒吧。愛麗思，麻煩一下，我有點事情要跟你談。」

「現在？」愛麗思沒動。

「沒錯，拜託。」丹尼爾一手輕拍她的上背部。愛麗思稍微愣了一下，就由他帶著離開火邊。蘿倫看著他們幾乎消失在空地邊緣，被陰影吞沒。他聽到丹尼爾低沉而模糊的說話聲，但很快就被周圍的交談蓋過了。

蘿倫的目光又回到營火上，戳著那些調理包。煮好了。她一包包打開來，在每包裡頭加入同等分量的白飯。

「晚餐好了。」她說，沒特別對著誰。

布莉走過來，手裡抓著她稍早發現的那面旗子，後頭跟著兩個男人。

「我看到這面旗子就在步道邊的樹上，」她正在跟他們說，「也許你們是漏掉了。」

她的臉頰發紅，正在喝著手中塑膠杯裡的酒。她拿起一個調理包。

「謝謝，親愛的。」她用叉子戳著裡頭，臉有點垮下來。

「你不喜歡牛肉？」蘿倫問。

「啊，我喜歡的。太棒了。只不過——」布莉停下。「看起來很好吃，謝了。」

蘿倫看著布莉吃了一小口。全都是肉，沒有飯。蘿倫立刻明白她是不吃碳水化合物的。她很想說些什麼，但是忍著沒說話。這不關她的事。

「如果你們的晚餐滋味有任何一點像我們的，那你就得喝點東西才能吞下去了。」其中一個男人說，朝布莉湊近。她還沒來得及回答，他就幫她的杯子斟滿葡萄酒。

蘿倫一邊留意著他們，一邊拿了自己的食物坐在火邊一根原木上吃。她打開調理包，看著裡面的牛肉和米飯。她該吃點東西，她心想，然後四下看了一圈。沒人在看她。反正這裡也沒人在乎她。她放下叉子。

一片陰影落在蘿倫的膝上，她抬頭。

「我可以拿一包嗎？」貝絲指著那些食物。

「當然可以。」

「謝謝。我餓壞了。」貝絲朝原木點了個頭。「我坐在這裡沒問題吧？」

蘿倫往旁移動，感覺到原木被貝絲壓得往下一沉，發出咿呀聲。貝絲吃得很快，一面看著她姊姊被兩個男人哄得很開心。布莉仰頭露出她長而白的頸項，喝了一口酒。酒杯立刻又被斟滿。

「她通常不喜歡喝太多的，」貝絲說，嘴巴裡還含著食物。「她喝太多就會頭痛。」

蘿倫想起剛剛丹尼爾塞給她的那瓶紅酒，於是拿出來，但是貝絲搖搖頭。「不，謝了。我不喝。」

「你也不喜歡喝酒？」

「我是太喜歡了。」

「啊。」蘿倫看不出貝絲是不是在開玩笑，但她沒笑。

「你介意我抽根菸嗎？」貝絲把空的調理包揉成一團，接著掏出一包香菸。

其實蘿倫有點介意，但是她搖搖頭。他們在室外；就讓她抽根菸吧。兩人看著火焰，隨著更多酒瓶喝空，周圍的笑聲和談話聲就愈大。一個男人離開布莉，閒步走過來。

「可以跟你借根菸嗎？」他朝下咧嘴笑著。貝絲猶豫了一下，然後遞出她那包香菸。

「謝了。」他拿了兩根，其中一根放進嘴裡，另一根塞進口袋。他轉過身去，這才吸了第一口。蘿倫看到貝絲一直望著他走回布莉身邊。

「你喜歡貝利坦能茨吧？」

貝絲聳聳肩。「還好。很不錯。」

她設法講得熱情，但是差了一點。蘿倫不怪她。檔案室人員的薪水是出了名的低，就連最基層的職員都太低了，而且那個部門的辦公室在地下室。每回蘿倫不得不下去，離開時總是渴望著自然光。

「你喜歡跟你姊姊一起工作嗎？」

「喜歡，那是一定的。」這回她的熱情聽起來很真心。「多虧她，我才能得到這份工作。她幫我說了好話。」

「你之前在哪裡？」

貝絲忽然看了她一眼，蘿倫很好奇自己是不是哪裡冒犯到她了。

「在找工作。」

「喔。」

貝絲吸了口菸，然後吐出一團煙霧。「抱歉，我很感激有這份工作。只不過這一切，」她比著手勢示意整個營地。「這真的不是我喜歡的。」

「我不確定這是任何人喜歡的。或許丹尼爾除外吧。」

蘿倫忽然想到愛麗思，於是抬頭看。她之前跟丹尼爾站在一起的那個角落現在沒人了，而在空地對面，蘿倫現在看得到丹尼爾，正和他姊姊站在離其他人一段距離外，觀察著。愛麗思不見人影。

遠處傳來雷聲，談話聲降低了，一張張臉轉向天空。蘿倫覺得一滴雨落在額頭上。

「我要去營帳裡看一下我的背包。」蘿倫說，貝絲點點頭。

她起身穿過空地，經過幾個男人旁邊。雙胞胎姊妹把營帳搭得很不錯，她跪下來時心想，拉開了營帳門的拉鍊。

「愛麗思！」

愛麗思驚跳一下，她盤腿坐在帳篷中央，一片怪異的藍色光照在她臉上。她正握著一支手機放在膝上。

「要命。」愛麗思緊抓那手機貼在胸口。「你嚇了我一跳。」

「對不起。你還好吧？晚餐已經煮好了，你可以去吃。」

「我很好。」

「你確定？你在忙什麼？」

「沒什麼。真的，我很好。謝了。」愛麗思按了一個鍵，手機螢幕轉暗，她的臉隨之消隱。

她的聲音聽起來怪怪的。蘿倫一時想著她剛剛可能在哭。

「丹尼爾找你有什麼事？」蘿倫問。

「沒什麼。一些年度股東大會要談的計畫。」

「這種事不能等嗎？」

「當然可以等，但是你也知道丹尼爾那個人。」

「啊。」蘿倫在門口跪得膝蓋發痛。她聽得到雨打在頭頂帳篷上的聲音。

「那是你的手機嗎？我還以為你交出去了。」

「我交出去的是工作用的那支。嘿，你的手機帶來了嗎？」

「沒有，規定不能帶的。」

愛麗思短促地笑了一聲。「所以你當然是沒帶了。無所謂，反正收不到訊號。」

「你想打給誰？」

「沒有。」暫停一下。「瑪歌。」

「一切都還好吧？」

「是的。」愛麗思清了清嗓子。「是的，一切都很好。她很好。」

她按了一個鍵，螢幕又亮了起來。她雙眼看起來的確是有點溼。

「還是沒訊號？」

愛麗思沒回答。

「真的一切都沒事嗎？」

「是的，我只是——」蘿倫聽到手機扔在睡袋上的聲音。「我得打個電話才行。」

「瑪歌十六歲了，愛麗思。她只靠自己過個兩天沒問題的。反正你星期天就可以見到她了，在頒獎之夜。」蘿倫聽得出自己的聲音有點不滿。愛麗思似乎沒注意到。

「我只是想確定她沒事而已。」

「她當然沒事。瑪歌會很好的。瑪歌向來很好的。」蘿倫逼自己深吸一口氣。愛麗思顯然很心煩。「聽我說，我知道那種感覺。我也擔心麗貝卡。」

這麼說是太輕描淡寫了。有時候蘿倫覺得從女兒生下來之後，十六年來自己從沒有一覺睡到天亮過。

愛麗思沒回答。蘿倫只聽到一陣摸索的聲音，接著藍色的螢幕光又亮了。

「愛麗思？」

「你講的我都聽到了。」愛麗思心不在焉地說。她一臉冷酷地往下看著螢幕。

「至少瑪歌在學校似乎表現很好。得了舞蹈獎，還有其他一切。」那種不滿又回來了。

「或許吧。我只是——」蘿倫聽到愛麗思嘆了口氣。「我希望她能過得更好。」

「是啊。好吧，我了解你的感覺。」蘿倫想著自己待在家裡的女兒。現在是晚餐時間。她設法想像女兒現在可能在做什麼，然後胃裡又冒出那種沉重感。

愛麗思用掌根抹了一下眼睛，忽然抬起頭。「外頭為什麼這麼安靜？」

「下雨了。派對結束了。」

「丹尼爾走了？」

「我想男生組的人都走了吧。」

愛麗思擠過她身邊，爬出帳篷，鞋跟踩到蘿倫一隻手指。蘿倫也隨後爬出去，揉著自己的手。外頭的營地裡人散了。雙胞胎不見人影，不過手電筒的光從她們營帳裡透出來。吉兒獨自站在空地裡，夾克拉鍊拉緊了，戴著帽兜。她用叉子叉起一塊肉，看著一滴滴雨澆熄營火。她聽到聲音，便抬起頭看。

「你終於出現了。」吉兒的目光在兩人身上轉來轉去。「拜託告訴我你沒打破規則，愛麗思。」

愛麗思沉默了一下。「什麼？」

吉兒朝愛麗思的手裡點了個頭。「不准用手機的。」

蘿倫聽到愛麗思吐出一口氣。「我知道。很抱歉。我原先不曉得這手機放在我背包裡。」

「別讓布莉和貝絲看到。每個人都要遵守規則的。」

「我知道。我不會讓她們看到的。」

「這裡收得到訊號嗎？」

「收不到。」

「好吧。」最後一絲餘火閃爍著熄滅了。「那麼反正帶來了也沒用。」

6

佛柯和卡門瞪著金恩。他們上空的直升機往下降，螺旋槳嘩嘩的聲音好大。

「我都不曉得寇瓦克還有個兒子。」佛柯終於說。

「唔，那不是什麼理想的家庭結構。他兒子現在應該將近三十歲了，之前寇瓦克跟他家附近一個酒吧女侍斷續交往過，生了這個兒子山姆。讓所有人都很驚訝的是，寇瓦克當父親當得還算認真，不像一般的神經病。」金恩嘆氣。「但是到了那孩子四歲還五歲的時候，寇瓦克就被關進牢裡了。他母親是酒鬼，所以山姆最後就在一個又一個寄養家庭裡度過。他在青少年晚期現身，開始去探望坐牢的老爸——據說大概就是唯一會去探望的人——然後大約五年前，他又不見了。失蹤，推測是死了。」

「推測，但是沒得到確認？」卡門問。

「對。」金恩往前頭看了一眼，此時一群搜救人員剛走出步道起點，從他們的臉色看得出沒有好消息。「他只是個小混混，卻老以為自己是大人物。做過一點毒品交易，在機車黨的外圍混。他遲早會出事，跟他老子一樣進監獄；或者惹錯了人，因而付出代價。我們墨爾本那邊有幾個人一直想確認他的下落。」他冷笑。「如果當初早確定了，會比較好。但是像山姆・寇瓦克這種小流氓忽然失蹤，唯一會在乎的人就是他老爸。」

「是什麼讓你覺得他跟愛麗思・羅素有關？」佛柯問。

「聽我說，我其實不認為他跟愛麗思有關。但一直有這麼個推論，認為馬丁．寇瓦克在這片荒林裡有個基地，讓他可以避風頭用。當時警方認為可能是在那些被害者被擄走的地點附近，但是就算有這麼個地方存在，也始終沒找到。」他皺眉。「從那四個女人的描述，有一絲絲可能，她們發現的那棟小木屋就跟寇瓦克有關。」

佛柯和卡門彼此看著對方。

「那些女人對這個說法有什麼反應？」卡門問。

「我們還沒告訴她們。因為讓她們擔心也無濟於事，我們想等到更確定一些狀況時再說。」

「你們對於這個小木屋的位置完全沒概念嗎？」

「她們認為在北邊的某個地方，但是『北邊』在這裡可是很大一塊區域。有好幾百公頃的土地我們都不太熟。」

「你們不能憑愛麗思的手機訊號，把範圍縮小嗎？」佛柯問。

金恩搖搖頭。「如果是在地勢比較高的地方，那麼或許還有可能。但是聽起來，那棟小屋並不是這樣。某些小區域或許可以收到訊號，但那只是運氣好，沒有任何合理的原因。有時候只是幾平方公尺而已，或者訊號時斷時續。」

步道上有個搜救人員喊了金恩的名字，金恩揮手回應。

「抱歉，我最好過去了。我們稍後再聯繫吧。」

「貝利坦能茨來健行的其他人，都還留在這裡嗎？我們可能得跟他們談談。」卡門說，跟著金恩走回車道上。

「我要求女生組的人暫時留下。不過男生組除了丹尼爾·貝利之外，其他人都回去了。可以跟他們說你們是協助我的，這樣或許幫得上忙。當然了，你們問到的資訊，就得跟我分享了。」

「好，明白了。」

「來吧。我來把你們介紹給伊恩·卻斯。」金恩舉起手，一個穿著紅色刷毛絨夾克的青年便離開一群搜救人員，朝他們走過來。「他是『經營冒險家』在這邊的負責人。」他幾乎微笑起來。「讓他親自告訴你們，這一切本來應該是多麼萬無一失的。」

「如果乖乖照著路線走，其實真的很簡單。」伊恩·卻斯說。這個年輕人一頭鐵絲般的深色頭髮，雙眼不時瞟向雜木荒林，彷彿等著愛麗思·羅素隨時會從裡頭走出來。

他們已經開車回到公園入口的接待區了，之前佛柯和卡門開著自己的車，跟在卻斯的中型巴士後面，沿著那條孤立的山間車道開回來。這會兒，卻斯站在步道入口，一手放在一面木製標示牌上。上頭被歲月磨得光滑的刻字是：鏡子瀑布。在他們腳邊，一條泥土小路蜿蜒進入樹林，逐漸消失不見。

「這裡是女生組的起點，」卻斯說，「鏡子瀑布步道根本不是我們最困難的路線。我們每年可能有十五組人沿著這條路走，沒出過任何問題。」

「從來沒有？」佛柯問，卻斯交換一下兩腳的重心。

「或許偶爾有一次吧。有時候他們會遲到，但通常只是走得慢，而不是迷路。只要我循著路線反方向回去找，就會發現他們在最後一個營地附近拖著腳步，被身上的背包壓得受不了。」

「但是這回不是。」卡門說。

「沒錯。」卻斯搖搖頭。「這回不是。我們在第二夜和第三夜營地的上鎖箱子裡放了食物和飲水，這樣健行隊的人就不必扛著所有東西一路走。等到女生組最後沒有出現，兩三個公園管理人員隨即進去找。他們曉得一些捷徑，你知道？他們去第三夜營地檢查那些上鎖的箱子，沒有女生組去過的跡象。第二夜營地也是一樣。於是我們就打電話給省警局了。」

他從口袋裡拿出一張地圖，指著一條粗粗的紅色弧線，大致向北彎，最後終點在西邊。

「這是她們走的路線。大概是在這一帶走錯路了。」他指著地圖上第一夜和第二夜營地之間。「我們很確定她們走進了袋鼠步道。問題是，不曉得是走到了哪裡她們才發現走錯，然後想回頭。」

佛柯檢視著那條路線。在紙上看起來很簡單，但他知道雜木荒林有可能如何扭曲事物。

「男生組是走哪裡？」

「他們的起點離這裡大概十分鐘車程。」卻斯指著另一條線，這回是黑線。第一天跟女生組路線幾乎平行，然後往南彎，最後在西邊的同一個點終止。「男生組晚了大約一小時出發，但還是有足夠的時間抵達他們的第一個營地。還顯然有足夠的時間跑去女生組的營地，喝幾杯酒。」

卡門抬起雙眉。「這種事很常見嗎？」

「我們不鼓勵，但總是會發生。兩個營地之間的路並不難走，不過偏離原來的路線總是有風險。要是出狀況，那就可能出大麻煩了。」

「男生組為什麼會遲到？」佛柯問，「你們不是開著同一輛車上來的嗎？」

「丹尼爾．貝利除外，」卻斯說，「他沒趕上我們的車。」

「是嗎？他有沒有說為什麼？」

卻斯搖搖頭。「沒跟我說。他當時跟其他男生道歉，說他有事情耽擱了。」

「好。」佛柯又看著那張地圖。「他們是出發當天拿到這張地圖的嗎？或者——？」

卻斯搖搖頭。「我們兩個星期前就已經給他們了，但是他們每一組都只能拿到一張，而且我們交代不准複製。當然，我們不能阻止他們複製，但反正流程規定是這樣。讓他們領略這裡的物資稀少，缺了東西不見得能隨時補充。另外也規定不准帶手機。我們希望他們靠自己，而不是靠科技。而且反正手機在這裡收不太到訊號。」

「女生組出發時，看起來怎麼樣？」佛柯問，「就你的意見？」

「很好啊。」卻斯立刻回答。「或許有點緊張，但是沒有什麼不尋常的。要是我擔心的話，就絕對不會讓她們出發的。但是她們看起來很開心。來，你可以自己看。」

他從口袋掏出手機，點了螢幕幾下，然後伸手遞給佛柯看。裡頭是一張照片。

「我在出發前拍的。」卻斯說。

裡頭五個女人正在微笑，手臂攬著彼此。吉兒．貝利站在中央。她右手臂攬著愛麗思的腰，而愛麗思的右手臂則攬著另一個女人，佛柯認出應該是蘿倫．蕭。吉兒的左手邊是兩個年輕女子，看起來有點像，但絕對不是非常像。

佛柯凝視著照片裡的愛麗思，她身穿紅夾克和黑長褲，頭略略歪向一側，另一手輕放在吉兒的肩膀。伊恩．卻斯說得沒錯。在拍照的那一刻，她們看起來的確很開心。

佛柯把照片遞還給卻斯。

「我們正要把照片印出來，發給搜救人員。」卻斯說，「來吧，我帶你們在這條步道走一段。」他上下打量佛柯和卡門，把他們很少穿的健行靴看在眼裡。他的目光短暫停留在佛柯燒傷的手。「沒多遠，走到瀑布而已，我想你們應該沒問題。」

他們進入樹林間的那條小徑，佛柯的手幾乎立刻就感到刺痛。他沒理會，專注在自己周圍的環境。這條步道的路徑明確，佛柯看得到路面有一些擦痕和小凹陷。大概是以前的腳印，已經被雨淋得模糊。在他們上方，高高的尤加利樹搖晃著。沿路始終在樹蔭中，佛柯看到卡門打了個寒噤。他想到愛麗思．羅素。很好奇她走入這片荒林、走向某個離不開的困境時，心裡在想些什麼。

「經營冒險家的健行團是怎麼運作的？」在荒林的窸窣聲中，佛柯的聲音似乎響亮得不自然。

「我們會針對員工訓練和團隊凝聚，設計不同的活動，」卻斯說，「我們大部分的客戶都在墨爾本，不過全省其他地方也會有人來參加。繩索課程、一日健行，你講得出來的，我們都有。」

「所以這裡的活動由你一個人負責？」

「大部分是。另外有個人負責野外求生的課程，在兩個小時車程外。其中一人有事的時候，我們就會互相支援，不過大部分時間，就只有我一個。」

「你就住在這裡嗎？」佛柯問，「你在這個公園裡面有住的地方？」

「不，我在鎮上有個小住處。靠近加油站。」

佛柯的童年性格形成期都住在最荒僻的鄉間，不過就連他也覺得，要把他們之前經過的那排商店形容為「鎮上」，實在是有困難。

「聽起來有點孤單。」他說。卻斯聳聳肩。

「其實沒那麼糟糕。」他走在崎嶇不平的小徑上，輕鬆自在，顯然以前已經走過很多次。「我喜歡待在戶外，公園管理人員也還不錯。我以前常常來這裡露營，所以很了解這一帶的地形。反正我從來不想做那種坐辦公桌的工作。三年前我加入了經營冒險家，過去兩年都待在這裡。不過這樣的事情，我兩年來還是第一次碰到。」

佛柯聽到遠處傳來清楚的奔流水聲。他們走得很慢，但是很確定從出發開始，就一直是朝上坡走。

「你認為他們要花多久才能找到愛麗思？」佛柯問，「最好的狀況？」

卻斯的嘴角往下扯。「很難說。我的意思是，這裡的冬天比不上阿拉斯加，但是山上還是冷得要命。尤其是夜裡，更尤其是沒有遮蔽處。要是困在戶外，颳一點風，下一點雨，很快就會完蛋了。」他嘆了口氣。「但是你知道，如果她很聰明，盡可能保持溫暖且乾燥，而且一直有水喝，那麼就說不準了。人類有可能會比你以為的更堅強。」

他們轉了個彎，面對著一大片白色水幕，此時卻斯也不得不提高嗓門。眼前的河流從一道崖壁翻落，注入下方的深塘。他們走上木橋，水聲更是轟隆。

「鏡子瀑布。」卻斯說。

「好壯觀，」卡門倚著橋欄杆說，頭髮被風吹得掠過臉上。細細的水花幾乎像是浮懸在清涼的空氣中。「這個瀑布有多高？」

「這個算是小兒科，大約十五公尺而已，」卻斯說，「不過下頭的水池也至少有同樣的深度，水壓非常大，所以掉下去可就不得了。光是墜落本身就已經夠糟糕了，但主要害死你的是那種衝擊和冰冷的水溫。不過你們很幸運，現在是好幾年來瀑布景觀最好的時候，夏天時就沒那麼有氣勢了。今年稍早時，根本只剩下一小道細流。因為乾旱，你們知道吧？」

佛柯插在口袋裡那隻曾經被燒傷的手握緊了。是的，他知道。

「不過旱災結束後，狀況就很好。」卻斯繼續說，「冬天降雨很多，所以你們就看得出這個瀑布的名字是怎麼來的了。」

的確。在瀑布底部，大部分翻騰的水都沿著河流繼續往下，但因為天然的岩層差異，使得河流一側地勢較低，溢流的水便注入這個大而平靜的水池。池面波紋微微起伏，倒映出周圍的壯觀景色。一模一樣的鏡影，只是比較暗。卻斯腰帶上的無線電發出嗶聲，打破這片沉靜。

「我得回去了，」他說，「如果你們可以的話。」

「沒問題。」

佛柯轉身要跟上卻斯時，忽然看到遠處有一抹色彩。就在瀑布的另一端，那裡的步道穿入荒林中消失，一個小小的人影望著這片水面。一個女人，佛柯心想，她紫色的帽子跟周圍的綠、褐色調形成強烈的對比。

「那裡有人。」佛柯對卡門說。

「喔，是啊，」她望向佛柯指的地方。「你認得出她嗎？」

「這麼遠沒辦法。」

「我也是。不過不是愛麗思。」

「對。」那個女人太瘦了，帽子底下的頭髮顏色也太深了。「很不幸。」

那女人隔得太遠，加上水聲轟隆，不可能聽到他們講話，但她的腦袋忽然轉向他們的方向。

佛柯舉起一手，但那個小人影沒動。他們跟著卻斯回到步道時，佛柯又回頭看了一兩次。那個女人一直望著他們，直到步道轉彎，佛柯再也看不見她了。

第二天：星期五上午

貝絲從裡頭拉開帳篷門的拉鍊，那聲音令她皺起臉。她回頭看，發現她姊姊依然在沉睡中，側躺的身體蜷縮起來，兩頰上方是長長的眼睫毛，深色頭髮在腦袋周圍披散成一圈。

她從小的睡姿就是這樣。兩姊妹都是，幾乎鼻子相觸，頭髮在枕頭上交纏，氣息互通。以前貝絲每天早上睜開眼睛，就會看到一個自己的鏡像也回望著自己。這樣的狀況已經好久沒發生過，而且貝絲睡覺時再也不會蜷縮著身子了。最近貝絲的睡眠總是斷斷續續，睡不好。

她爬出去，把帳篷門的拉鍊又拉上，腳伸進靴子裡時瑟縮了一下。昨天鞋子都溼了，今天也還是溼的。天空跟昨天一樣灰、一樣沉重。其他帳篷都沒動靜，外頭只有她一個人。

她有一股衝動，很想去叫醒姊姊，這樣兩人就可以單獨相處一陣子，她們已經不曉得有多久沒這樣過了。但是她不會去叫醒她的。昨天傍晚，愛麗思把她們兩姊妹的背包放在同一頂帳篷門口時，她看到了布莉一臉失望的表情。布莉寧可跟她的上司睡同一頂帳篷，也不願意跟妹妹一起。

貝絲點了根菸，吸了一口，伸展一下痠痛的肌肉。她漫步來到營火旁，昨夜的餘燼變得又黑又冷。幾個棄置的調理包袋子被壓在一塊石頭底下，裡頭的剩菜緩緩滲出，在地上結成一層髒兮兮的硬殼。一定是有動物在夜裡發現了這些剩菜，不過還是殘留許多。真浪費，貝絲心想，自己的肚子也同時咕嚕咕嚕叫起來。她很享受自己昨晚吃的那一包。

一隻笑翠鳥棲息在附近的樹上，黑色眼珠瞪著貝絲。她從一袋調理包內拿起一條牛肉丟過去，那鳥用喙尖叼住肉。貝絲抽菸看著那鳥扭著頭，把肉條甩來甩去。最後那隻笑翠鳥終於確定那肉不是活物，便一口吞下，然後飛走了，留下貝絲又是孤獨一人。她彎腰要踩熄香菸，不小心踢到一個半空的葡萄酒瓶。酒瓶倒下去，在地上留下一灘紅酒，像是血跡似的。

「狗屎。」

她覺得好煩。愛麗思那個臭婊子太過分了。之前搭帳篷時，愛麗思大聲支使她們姊妹，貝絲都忍住沒回嘴，接著等到她叫她去拿酒，貝絲只是困惑地望著她。愛麗思一副覺得好笑的模樣，自己去打開貝絲的背包，翻到袋子底部，拿出三瓶葡萄酒。貝絲根本不曉得她背包裡面有酒。

「那不是我的。」

愛麗思大笑。「我知道，是公家的。」

「那為什麼會放在我的背包裡？」

「因為是公家的啊。」她慢吞吞地說，好像是在跟小孩講話。「我們都得幫忙揹公家的東西。」

「我已經揹了我該背的份。這些酒重死了，而且……」貝絲停下。

「而且什麼？」

「我不應該——」

「不應該什麼？幫忙？」

「不是。」貝絲看了姊姊一眼，布莉正狠狠瞪著她，難堪得臉頰微微發紅。別再鬧事了。貝絲嘆了口氣。「我不應該帶著任何酒類的。」

「好吧。」愛麗思敲敲那些酒瓶。「現在你沒有了，問題解決了。」

「吉兒知道嗎？」

愛麗思愣住了。她臉上還帶著微笑，但那種欣喜之情已經消失無蹤。

「什麼？」

「吉兒知道你把這些酒放在我的背包裡嗎？」

「不過就是幾瓶酒而已，貝絲。如果你那麼不高興，就去正式提出投訴嘛。」愛麗思等著，雙方都沉默了好一會兒，然後貝絲搖搖頭。她轉身離開時，看到愛麗思翻了個白眼。

稍後，蘿倫在營火邊朝她遞出酒瓶時，貝絲覺得好久沒這麼心動過了。這片荒林似乎是很能隱藏祕密的地方。而且布莉的注意力似乎太集中在別處，沒法監督她。葡萄酒的氣味有如擁抱般溫暖又熟悉，貝絲不得不逼自己拒絕，免得不小心就接受了。

她真希望丹尼爾．貝利沒帶那些男生過來，也希望他們沒帶酒。她覺得在團體環境中更難以抗拒。因為感覺上那就是個派對，儘管是很遜的派對。

這是貝絲第一次親眼看到執行長。他從來不會屈尊下訪檔案室，而她當然也從來沒被邀請到十二樓過。不過根據她所聽說的……總之她的期待更高。昨夜圍著營火時，他看起來只不過是個頂著昂貴的髮型、露出自以為迷人笑容的尋常男子。或許他在辦公室裡不一樣吧。

貝絲觀察著丹尼爾時，心裡一面想著這些，然後她看到丹尼爾把愛麗思帶走，兩人進入黑暗中消失。他們兩個之間有什麼曖昧嗎？貝絲很好奇。他的態度讓她覺得不是，但是她懂什麼？已經有好多年，都不會有人帶著她走進黑暗中消失了。

她繞著營地漫步、想找人講話時，不小心聽到了他們的對話片段。不，她一開始的判斷沒錯，這兩個人絕對不是在枕邊細語。

「老闆那個人有點跩，對吧？」後來兩姊妹躺在睡袋中時，貝絲這麼跟她姊姊說。

「你的薪水是他付的，他有資格跩。」

布莉講完後就翻過身去，貝絲往上瞪著營帳，渴望抽根香菸，或者更完美一點，來點更猛的。這會兒她伸展四肢，發現天空更亮了些，而且她也沒辦法再忽視自己膀胱的壓力了。她尋找著她們昨天在黑暗中標示為臨時廁所區的那棵樹。找到了，離空地一小段距離，就在營帳後頭。樹上有根折斷的樹枝。

貝絲走過去，小心翼翼注意腳下。她對當地野生動物所知不多，只擔心可能會踩到其他動物的糞便。她身後的營地有了動靜，一道帳篷門拉開的聲音，隨之是低低的談話聲。另一個人起來了。

走到那棵樹，她停下來。是這棵嗎？白天看起來不太一樣，但她覺得應該就是這棵沒錯。頭部高度有一根折斷的樹枝。而且她認真聞，覺得有一股隱隱的尿臊味。

她站在那裡時，聽到了營地傳來的談話聲。講得很小聲，但她還是認得出來。是吉兒和愛麗思。

「你昨天晚上的確喝了不少酒。不光是你，我們所有人——」

「不，吉兒，不是喝酒的關係。我就是覺得身體不舒服。我得回家。」

「那我們都得跟你回頭了。」

「我自己找得到路——」

「我不能讓你一個人走回去。不行，聽我說——首先，我有照顧你們的責任，所以我們必須一起行動。」

愛麗思沒回答。

「而且公司還是得付費，所以我們五個人參加的費用都會被沒收。但是如果你身體不舒服，被沒收也無所謂。」吉兒暫停了一下。「不過因為保險的關係，我們需要一份醫師的診斷證明書。所以如果你只是因為喝了太多葡萄酒——」

「吉兒——」

「或只是在帳篷裡睡了一夜不舒服。相信我，我知道你們都不喜歡來山上健行——」

「不是——」

「而且反正到星期天，才會有人來載我們回墨爾本，所以我身為女生組最年長的人，我們最好——」

「好吧，」愛麗思嘆了口氣。「算了。」

「你可以繼續往前了？」

愛麗思頓了一下。「應該吧。」

「很好。」

一陣大風吹過貝絲頭上的樹枝，灑下一陣水花。其中一滴冰冷的雨掉進她的脖子，於是她立刻決定拉下牛仔褲，蹲在那棵樹後頭。她的膝蓋立刻開始發痛，而且可以感覺到大腿的冰冷。她稍微挪動一隻靴子，避開地上漫開來的液體，此時忽然聽到身後傳來急促的腳步聲，她嚇一跳轉身，整個人砰地往後跌。她光溜溜的屁股坐在地上，同一時間感覺到又冷又暖又溼。

「耶穌天啊。真的？就在帳篷邊？」

貝絲往上朝著亮灰色的天空眨眼，她的牛仔褲褪到膝蓋，雙手碰觸到暖暖的東西。愛麗思往下瞪著她，臉色蒼白而緊繃。或許她真的生病了，貝絲模糊地想著。

「如果你他媽懶得走到我們講好的地方，至少也該去你的帳篷旁邊，而不是我的帳篷。」

「我以為——」貝絲七手八腳起身，把牛仔褲往上提。牛仔褲太緊了，怎麼拉都拉不上來。「對不起，我以為——」此刻她站著，感謝老天，大腿內側貼著一道暖暖的溼痕。「我以為廁所就在這棵樹下。」

「這一棵？離帳篷才兩公尺而已。」

貝絲冒險看了一眼，應該不止兩公尺，對吧？在黑暗裡似乎更遠，但現在看起來至少也有五公尺。

「而且這裡根本不是下坡。」

「好吧。我已經說過對不起了。」

貝絲很想讓愛麗思閉嘴，但是太遲了。一陣帳篷的窸窣聲，三個頭探出來。貝絲看到她姊姊的雙眼更加嚴厲。布莉不必曉得眼前到底是怎麼回事，就已經明白。貝絲又闖禍了。

「出了什麼問題？」吉兒喊道。

「沒事，已經控制住了。」愛麗思直起身子。「應該是那棵樹。」她指著遠處的一個點。貝絲根本沒看到折斷的樹枝。

貝絲轉身面對著帳篷裡的那三張臉。「對不起。我以為——對不起。」

「你看到我講的那棵了嗎？」愛麗思說，手還是指著。

「看到了。聽我說，對不——」

「沒關係，貝絲，」吉兒喊著，打斷她。「另外謝謝你，愛麗思。我想我們現在都很清楚是那棵樹了。」

愛麗思繼續瞪著貝絲，然後緩緩放下手。貝絲走回營地時沒朝其他人看，臉頰發燙。她姊姊站在她們的帳篷入口，沒說話，眼中有血絲。她宿醉了，貝絲看得出來，而且布莉不太能應付宿醉。

貝絲鑽進帳篷裡，把營帳門的拉鍊拉上。她聞得到自己唯一那件牛仔褲上的尿臊味，覺得腦子裡湧起一股灼熱的衝動。她緊閉起雙眼，逼自己完全靜止不動，就像她在勒戒中心學到的。深呼吸和正面思考，直到那股衝動過去。*吸氣，吐氣*。

她專注數著自己的呼吸次數，同時想像著邀請另一個女人跟她站成一圈。那女人的形象很清楚，貝絲可以想像自己朝愛麗思伸出手。*吸氣，吐氣*。貝絲想像自己手往上，手指伸直，然後纏住愛麗思的金髮。*吸氣，吐氣*。她緊抓著，把那女人高傲的臉朝地上壓。在泥土裡碾磨，直到她扭動著尖叫。*吸氣，吐氣*。等貝絲數到一百，呼出最後一口氣，她兀自露出微笑。她的心理諮商師說得沒錯。想像自己期望的事情，真的可以讓她感覺好很多。

7

走出鏡子瀑布步道真是令人感到解脫。當樹林退開、天空重現時，佛柯深吸一口氣。在前方，接待小屋的窗子透出燈光，但是照不到小徑上的灌木叢。他和卡門跟著卻斯穿過停車場，靴子底下的碎石子嘎吱響。接近接待小屋時，佛柯感覺到卡門碰一下他的手臂。

「在那裡，買一送一。」她低聲說。

丹尼爾站在他的黑色ＢＭＷ旁，他身邊有個女人，佛柯立刻就認出來：他姊姊吉兒。即使隔著這麼遠的距離，佛柯還是看得出她下巴有一片瘀血，然後他想起金恩警佐說過的。身上有些傷。在第一天拍的團體照裡，吉兒沒有那個瘀青，這點很確定。

這會兒，姊弟兩人面對面，正在爭執。那種肌肉僵硬、嘴唇緊閉的模樣，顯然是不想引起別人注意。

吉兒講話時身體前傾，一手朝雜木荒林指了一下。丹尼爾的反應只是搖了一下頭。吉兒又指了一次，身體前傾得更厲害。丹尼爾．貝利往她後方看。避開她的目光，又搖了一次頭。*我說不。*

吉兒瞪著他，一臉冷漠，然後沒再多說一個字，就轉身上了階梯，進入接待小屋。丹尼爾．貝利靠著他的車子，看著她進門後消失。他搖搖頭，目光轉向身穿紅色「經營冒險家」刷毛衣的伊恩．卻斯。片刻間，他臉上露出被人看到吵架的尷尬表情，但很快就又恢復鎮定了。

「嘿！」丹尼爾．貝利舉起一隻手，聲音從停車場另一頭傳來。「有什麼新的消息嗎？」

他們走過去。這是佛柯第一次近距離看到丹尼爾．貝利。他的嘴巴抿著，雙眼周圍緊繃，但看起來還是比實際的四十七歲要年輕。他的長相跟佛柯所看過他父親的照片──他的父親至今依然是董事，而且公司簡介裡頭也向來有他的照片──很像。比起李歐．貝利，丹尼爾皺紋少一些、背也沒那麼駝，但兩人的相似處是清楚無疑。

丹尼爾．貝利看著佛柯和卡門，帶著禮貌的興趣。佛柯等了一下，但是從對方眼中看不到認出的跡象。他不禁鬆了口氣，覺得起碼這點還算幸運。

「恐怕沒什麼新進展可以告訴你，」卻斯說，「總之還沒有。」

丹尼爾搖頭。「老天在上，他們之前還說今天就能找到她。」

「希望今天能找到她。」

「多花錢可以找到她嗎？我一直說我們會付錢的。他們都曉得吧？」

「不是錢的問題，而是其他各種問題。」卻斯朝雜木荒林看了一眼。「你也知道那裡頭是什麼樣子。」

他們離開搜救基地時，金恩警佐打開一張有格線的地圖，讓佛柯和卡門看他們仔細搜索過的區域。他們每徹底搜索一平方公里，都要花大約四小時，金恩說。而那一帶的荒林還只是中等密度。要是樹林更密，或者地勢陡峭，或者有河流經過，那就要花更多時間了。當時佛柯開始數有幾個代表一平方公里的格子，數到二十就放棄了。

「他們搜過西北邊的山脊嗎？」丹尼爾問。

「那裡今年進不去，而且在這個季節太危險了。」

「那不就更有理由去察看嗎？在裡頭很容易走錯路的。」

丹尼爾質問的態度似乎有點心虛。

佛柯清了清嗓子。「你和你的員工一定很難受。你跟失蹤的那個女人很熟嗎？」

丹尼爾這才頭一回仔細打量他，他皺起眉頭，眼神懷疑地看著他。「請問你是——」

「他們是警察。」卻斯說，「來協助搜索工作的。」

「喔，原來。很好。謝謝。」丹尼爾伸出一隻手，自我介紹，他的手掌冰冷，指尖有老繭。不是那種成天坐辦公桌的人。丹尼爾．貝利顯然常常從事戶外活動。

「所以你跟她很熟嘍？」佛柯握手時又問了一次。

「愛麗思？」貝利眉頭皺得更深了。「對，非常熟。她來我們公司四年了——」

其實是五年，佛柯心想。

「——所以她是很重要的成員。我的意思是，所有員工對公司都很重要，那是當然。但是她就這樣忽然消失了——」丹尼爾搖頭。「讓人很擔心。」他的口氣聽起來似乎很真誠。

「星期四愛麗思．羅素那組人出發之前，你沒有見到她，對吧？」卡門問。

「對，我遲到了。之前有事情耽誤，我沒搭上他們那輛巴士。」

「可以請問是為什麼嗎？」

丹尼爾．貝利看著她。「是家裡的私事。」

「我想，接掌家裡的事務所，其實永遠沒有下班的時候。」卡門輕聲說。

「的確，」丹尼爾．貝利擠出微笑。「不過只要可能，我還是設法把公事和私事分開，否則會瘋掉。很不幸的是，這回發生了一件預料之外的事情。我跟其他組員道歉過。當然，這個狀況並不理想，不過我們只晚了一個小時出發。最後結果其實也沒差。」

「你們男生組準時到達會合點，中間沒有碰到任何麻煩？」

「對，這一帶地形的挑戰性很大，但路線本身不會太困難。總之，我們當初的要求，就是希望難度不要太大。」丹尼爾看了卻斯一眼，卻斯雙眼往下看。

「聽起來，你好像對這一帶很熟？」佛柯問。

「還好。我週末來過這邊健行，兩三次。而且過去三年來，每年冬天我們都會找經營冒險家規劃公司的員工自強活動，」丹尼爾說，「大致來說，這個地點很棒。但你不會希望在裡頭迷路太久。」

「這些公司的員工自強活動，你向來都會參加嗎？」

「這是我離開辦公室的最佳藉口。」丹尼爾．貝利不自覺地露出微笑，但笑到一半又忍住，於是他的臉形成一個不幸的鬼臉。「我們向來覺得這些員工自強活動相當好，規劃非常完善。以前我們都玩得很開心，直到——」他停下來。「唔，直到現在。」

卻斯雙眼還是盯著地上。

「不過你在這回的員工自強活動中，的確跟愛麗思．羅素見過面。」佛柯說。

丹尼爾．貝利眨眨眼。「你指的是第一個晚上。」

「難道還有其他的？」

「沒有。」他回答得太快了。「只有第一晚。那只是兩組人之間的社交拜訪。」

「那是誰的主意？」

「我的。能夠在辦公室之外的地方接觸，對我們是好事。我們都在同一家公司，等於同在一條船上。」

「當時你跟愛麗思．羅素談過話？」佛柯仔細觀察丹尼爾的反應。

「那是一開始，時間很短，不過我們整組人在那邊沒待多久，一下雨我們就離開了。」

「你跟愛麗思談了什麼？」

貝利皺起眉頭。「其實沒什麼。就是一般的辦公室話題。」

「但這不是社交拜訪嗎？」卡門問。

丹尼爾微微一笑。「就像你剛剛說的，我其實從來沒有下班的時候。」

「你覺得她那一晚怎麼樣？」

丹尼爾頓了一下才開口。「她似乎還好。不過我們沒談多久。」

「你當時不擔心她嗎？」佛柯問。

「擔心什麼？」

「各方面的。她的健康，或她的心理狀態？她完成這趟健行的能力？」

「要是我對愛麗思或其他任何一個員工有絲毫疑慮，」丹尼爾說，「我一定會做些事情的。」

在荒林深處，一隻鳥叫了起來，響亮而刺耳。他皺起眉，看了一下手錶。

「真抱歉，謝謝你們幫忙搜索，但我得離開了。我想開車趕去搜救基地，聽一下晚間的簡報。」

卻斯雙腳轉移重心。「我也要上去。你要搭便車嗎？」

丹尼爾拍拍他那輛BMW的車頂。「我自己開車沒問題，謝了。」

他掏出車鑰匙，跟三個人又分別握過手之後，就揮手上車了。車子開走時，隔著深色玻璃完全看不到他的臉。

卻斯望著他離開，然後有點淒涼地轉向停車場角落那輛龐大的中型巴士。

「我最好也動身了。如果有什麼新消息，我會通知你們的。」他說，然後拿著鑰匙大步離開。停車場裡只剩下佛柯和卡門。

「我想知道丹尼爾出發當天為什麼會遲到。」卡門說，「你相信是家裡的事情嗎？」

「不曉得，」佛柯說，「貝利坦能茨是家族企業。所謂家裡的事情，幾乎任何事都算。」

「也是。不過，我必須說，如果我有像他那樣的車，我也會錯過巴士的。」

他們走向自己開來的那輛房車，就停在另一頭的角落。車子縫隙間已經有了些碎石和落葉，後行李廂一打開就紛紛飛起來。佛柯拿出他那個破舊的背包，揹在一邊肩膀上。

「你剛剛還說你不喜歡健行。」卡門說。

「我是不喜歡啊。」

「你應該跟你的背包說。它看起來就快報廢了。」

「啊，沒錯。用得很舊了，但不是我用的。」佛柯不再多說什麼，可是卡門期待地看著他。於是佛柯嘆了口氣。「這是我爸以前的背包。」

「真不錯。是他送給你的？」

「算是吧。他死了，所以我就拿來用了。」

「啊，狗屎。真抱歉。」

「沒事的。反正他不需要了。走吧。」

卡門還沒來得及說些什麼，他就已經轉身，兩人走過停車場，來到接待小屋的櫃檯前。比起外頭，小屋裡就像個火爐，他感覺到皮膚冒出汗水的刺痛。之前他們見過的那個公園管理人員依然坐在櫃檯後。他察看了保留給警方和搜救人員的房間名單，然後遞給他們兩人各一把鑰匙。

「出了門，循著走道繞到左邊，」他說，「你們的房間在那一排的尾端，最後兩間。」

「謝了。」

他們走出去，繞過接待小屋的左側，來到一棟長而結實的木造屋舍。這棟屋舍隔成好幾個不同的小屋，前陽台共用。佛柯聽得到雨水開始落在馬口鐵屋頂的滴答聲。他們的房間的確就在盡頭。

「二十分鐘後再碰面？」卡門說，然後進了自己的房間。

進去之後，佛柯發現自己的房間很小，但意外地溫暖舒適。一張床佔據了大半空間，房間角落裡有個衣櫥，還有一扇門通向一間小浴室。佛柯脫掉外套，檢查自己的手機。這裡也收不到訊號。

他把自己的背包——或該說是他老爸的背包——靠牆放著，襯著牆面的白漆，它看起來格外破舊。佛柯不太確定自己為什麼要帶這個背包，他明明還有其他可以用的。他之前是在衣櫃找健行靴時，在最裡頭發現了這個背包。他幾乎忘了它的存在。幾乎，但沒有完全忘記。當時佛柯把背包拉出來，然後坐在他安靜公寓的地板上良久，瞪著它看。

他沒有對卡門完全坦白。七年前他並沒有拿來這個背包，而是他父親死後，醫院裡癌症病房的一名護士交給他的。當時背包很輕，但不是空的，裡面裝著艾瑞克．佛柯最後的幾樣遺物。

佛柯拖了好久才去檢查背包裡有什麼，又等了更久才把裡頭的東西捐掉或丟掉。到最後，只剩下這個背包和三樣東西：兩張照片，以及一只老舊的大信封。信封邊緣起皺又破舊，而且從來沒有封住過。

此刻，佛柯打開背包前側的口袋，把大信封拿出來。那信封比他記憶中更破爛。他把裡頭的東西攤在床上。等高線、坡度、各種色調和標誌，全都攤在他面前。山峰、河谷、雜木荒林和濱水區。最美好的大自然，全都在紙上。

佛柯手指掠過那些地圖，一種熟悉感湧上來，幾乎令他暈眩。這些地圖總共有超過兩打。有的很舊，還有的用得比較勤，薄薄的紙張被仔細檢視過。當然，他父親會在上頭修正。因為他最懂，或自以為最懂。艾瑞克．佛柯的筆跡在維多利亞省各個主要健行區域的路線上畫來畫去。每回他穿上健行靴、揹起背包，慶幸地嘆口大氣離開墨爾本後，就會在這些地圖上寫下種種觀察的心得。

佛柯很久沒看過這些地圖了，而且他始終無法鼓起勇氣仔細檢視。此刻他翻著那些地圖，找到自己要找的：紀勒蘭嶺和周邊。這張地圖比較舊，邊緣發黃，而且折線都已經起毛，快破掉了。

佛柯脫掉靴子，往後躺在床上，頭陷入枕頭，打算暫時歇一會兒。他覺得眼皮沉重。屋裡比室外溫暖許多。他打開地圖，在燈光下瞇起眼睛。歷經多年，有些灰色的鉛筆記號都褪色了，字跡邊緣也模糊不清。佛柯把地圖拿近，感覺到那種熟悉且厭倦的心煩。他父親的筆跡老是難認得要命。他試圖專心。

取水點。營地：非正式。路徑不通。

佛柯又眨眨眼，這回更久了。小屋裡好暖。

捷徑。觀景點。倒下的樹。

又眨眼。屋外風聲咆哮，猛吹著窗玻璃。

冬天不安全。小心。

一個警告聲迴盪著。

腳下留意。這裡很危險。

佛柯閉上了眼睛。

第二天：星期五上午

整理拔營的時間比她們預期的久。帳篷就是沒辦法折得像原先那麼小，背包上的拉鍊老是卡住拉不動。

吉兒知道自己的背包不可能比前一天更重。她知道，但是當她揹上肩膀時，仍是無法相信。她們出發的時間已經太晚，但她讓其他人繼續在微弱的晨光下磨蹭，整理著背袋和水瓶。她不情願離開營地，猜想其他人也是。她知道往後的營地都比較小，也比較不完善，但不光是如此而已。因為要更遠離起點，走向未知的前方，搞得她有點煩躁不安起來。

打包時，吉兒一直稍微留意著愛麗思。愛麗思一直沒說什麼話，吉兒還跟她講了兩次，她才把那個裝帳篷柱的袋子遞過來。但是她沒生病，吉兒很確定。而且她不可能獲准提早離開，這一點吉兒也很確定。

她看著愛麗思收集好葡萄酒空瓶和公用垃圾袋，遞給貝絲，顯然對自己早上的發脾氣沒有絲毫愧疚。吉兒猶豫著是否該說些什麼，但貝絲只是接過那些垃圾，二話不說便放進自己的背包。吉兒也就算了。她老早學會該如何挑選對自己有利的戰爭。

一個小時後，所有藉口都用光了，她們才終於出發。愛麗思很快就走到最前頭，布莉抓著地圖緊跟在後。吉兒看著她們的後腦勺，挪動了一下背包，感覺到背帶磨著她的肩膀。之前去買這個背包時，店裡的那名男子跟她說這些背帶是用特別透氣的材質製作的，可以增加舒適感。現在想起那段對話，吉兒覺得被深刻而持續地背叛了。

至少步道很平坦，但路面凹凸不平，於是她得注意腳下。她踉蹌了一次，然後又一次，這回差點失去平衡。她感覺到一隻平穩的手抓住她的手臂。

「你還好吧？」蘿倫問。

「還好，謝了。這雙靴子我穿不太習慣。」

「痛嗎？」

「一點點。」她承認。

「穿兩層襪子可能會有幫助。內層薄的，外層厚的。聽我說，吉兒——」蘿倫的聲音壓低了。「我想道歉。」

「為什麼？」她知道，也或許不知道。吉兒忽然想到，蘿倫覺得內疚的事情有很多可能。

「前不久的簡報會，」蘿倫說，「我的意思是，我很抱歉我沒出席那個簡報會。但是安德魯說他可以自己報告沒問題——」她停下。「對不起，我應該在場的，我知道。只是最近家裡壓力很大。」

吉兒轉頭看著她。家庭的壓力她很清楚。

「有什麼我們可以幫你的嗎？」

「很不幸，沒有。但還是謝謝你。」蘿倫一直看著前方。她最近瘦好多，吉兒這才注意到，她脖子和手腕都瘦成皮包骨了。

「你確定？」

「確定。」

「好吧。因為那次簡報會——」

「我真的很抱歉。」

「我知道，但這種事不是第一次發生了，甚至也不是第二次。」

「以後不會再有了。」

「你確定嗎，蘿倫？因為——」

「是的，我確定。我一定會改進的。」

一定得改進，吉兒心想。原本蘿倫在最近一次裁員的名單上排名很高。事實上是最高的，但愛麗思後來力爭，要他們把幾個兼差的工作合一，就可以省下同樣的薪資。吉兒也懷疑愛麗思最近幾個月至少掩護了蘿倫兩次，讓她勉強躲過了犯錯的結局。要是吉兒都知道有兩次了，那麼幾乎可以確定其實有更多。她知道這兩個人是老交情。但這對蘿倫有什麼意義，就是另一個問題了。

她們可以看到前方愛麗思的腦袋，在昏暗的步道上，她那頭金髮特別顯眼。吉兒想到了一件事。

「你昨天晚上生營火真的很厲害。我看到了。」

「啊，謝謝。我是以前在學校裡學的。」

「他們把你教得很好。」

「希望如此。那是力行女中的特別課程，在他們的麥艾萊斯特戶外營地待整整一年，要學會各式各樣的事情。愛麗思當年也參加了。」蘿倫看著吉兒。「你一定也是讀私立學校吧，沒經歷過這類事情嗎？」

「我是在瑞士讀書的。」

「啊，那我想就不會有這類課程了。」

「感謝老天。」吉兒微微一笑，往旁邊看了一眼。「我不確定我能應付這類事情一整年。」

蘿倫也微笑，但吉兒從她眼裡看出了那個沒問的問題。要是吉兒這麼難受，為什麼還要答應來參加這次自強活動？過去三十年，吉兒大概已經被上千種不同方式問過這個問題了，但她的答案始終如一。貝利坦能茨是家族企業。吉兒．貝利會為家庭盡力。

「總之，」蘿倫說，「我想說的其實就是這些，我知道我之前在工作上的表現不夠好。」

吉兒看到前面的愛麗思和布莉停下腳步。她們來到岔路口，一條路往左，另外一條比較小的往右。布莉拿出了地圖，此刻坐在一座樹樁上研究，鼻子湊近那張地圖。愛麗思站在那裡，雙手扶著後腰觀察她。她們走近時，她抬起頭來看，昂起頭，藍色的眼珠充滿警戒。吉兒忽然懷疑起來，不曉得她是不是聽到了她們剛才的對話。不。她離得太遠了。

「而且我真的很感激你們給我這個工作機會。」蘿倫壓低聲音。「也很感激你們的耐心。我想跟你說，我會補償你們的。」

吉兒點點頭。前方的愛麗思依然看著她們。

「我相信你會的。」

8

佛柯猛地驚醒過來，發現小屋的窗外比他記憶中更暗了。他聽到紙張的窸窣聲，低頭發現他父親的地圖還攤在胸口。他一手揉揉眼睛，瞇眼看著雨點打在窗玻璃上。他花了好一會兒，才發現那輕敲聲是來自房門。

「你還真是不急啊。」他開門時卡門說，一陣冷風跟著她掃進來。

「對不起，我睡著了。進來吧。」佛柯四下看著房間。沒椅子。他把壓皺的床單拉平。「坐吧。」

「謝了。」卡門在床單上的那些地圖間清出一個位置。「這些是什麼？」

「沒什麼，我爸以前的地圖。」

卡門拿起最上方那張攤開的紀勒蘭嶺地圖。「這上頭有好多記號。」

「是啊，他所有的地圖都是這樣。這算是他的嗜好吧。」

「我想上頭不會有個大大的打叉記號，寫著『愛麗思在這裡』吧？」卡門說，檢視著那些鉛筆的記號。「我奶奶以前也常在她的食譜書上這樣，寫一些筆記和更正。那些食譜書我全都收著。感覺很美好，好像她還在跟我講話。而且她寫得沒錯。半匙檸檬汁加上檸檬皮，可以做出你這輩子所吃過最棒的檸檬糖霜蛋糕。」她放下那張地圖，又拿起另一張。「你們一起去走過這些步道？」

佛柯搖搖頭。「沒有。」

「什麼？一次都沒有？」

佛柯把那些地圖慢吞吞地逐一收成一疊。「我們想法不太一樣。」他覺得嘴巴好乾，於是吞嚥了一下。

「為什麼？」

「說來話長。」

「有比較短的版本嗎？」

佛柯低頭看著那些地圖。「我十六歲的時候，我爸賣掉家裡的農場，帶著我搬到墨爾本。我不想搬家，但家鄉那邊有太多麻煩，情勢很快就變得愈來愈壞。現在回想起來，我爸當初認為他是為了我好。不曉得，他大概覺得必須帶著我離開那裡吧。」

成年後，相隔多年加上事後回顧，佛柯知道一部分的自己現在可以理解了。但當時，他只是覺得被出賣了。那樣做似乎是不對的，逃到大城市去，鼻孔裡那股恐懼和嫌疑的氣味揮之不去。

「我們本來應該在墨爾本重新開始的，」他說，「但結果不是那麼回事。老爸討厭那裡，我也好不了多少。」他停下。然後他們父子再也不談了。不談過去的生活，不談現在的新生活。那些沒說出口的話像一層薄紗般懸在他們之間，而且隨著每一年過去，彷彿就又加上新的一層。最後變得實在太厚了，佛柯覺得他甚至無法看到對面那個人了。他嘆氣。「碰到週末，只要可能，我老爸就會收拾一個背包，開車去四處健行。使用這些地圖。」

「你從來沒想過要跟他一起去？」

「沒有。不曉得。他以前老是邀我去，至少一開始是這樣。但是你知道，當時我十六、七歲，很叛逆。」

卡門微笑。「那個年紀的小孩，大部分不都是這樣嗎？」

「應該吧。」不過他並非向來如此。佛柯還記得有一陣子他成天跟著他父親，像個影子似的。在他們農場裡的牲畜圍欄裡，個子還沒有矮圍欄高的他，追逐著父親長而平穩的步伐。下沉的太陽照得他們的影子更長，兩人的金髮亮得幾乎成了白色。佛柯還記得，當時自己一心就想跟他父親一樣。那是另一件他如今可以冷靜看清楚的事。當初他太盲目崇拜自己的父親了。

卡門正在講話。

「什麼？」

「我問你媽是怎麼看這一切的？」

「喔，完全沒有。她在我很小的時候就死了。」

其實是在生他的時候，但佛柯都盡量避免講。因為人們聽了似乎總是很不安，甚至會引起一些人（通常是女性）用一種打量的眼光看著他。你值得讓母親捨命生下來嗎？他不願意問自己這個問題，但有時會忍不住好奇他母親臨終前有什麼想法。他希望不會是滿心悔恨。

「總之，最後這些地圖就留給我了。」他收好那疊地圖，放在一邊。夠了，卡門明白他的暗示。外頭風聲呼嘯，搖得窗子嘩啦響，他們兩個都朝窗子看。

「所以，沒找到愛麗思。」卡門說。

「還沒有。」

「那現在怎麼辦？我們明天繼續待在這裡，有什麼好處嗎？」

「不曉得。」佛柯嘆了口氣，往後靠著床頭板。現在有專業人員負責搜救。即使下一個小時就能找到愛麗思——無論是任何狀況，從平安無事、到飽受折騰且渾身是血——佛柯知道，他們都得找別的方式取得他們需要的那些合約。愛麗思・羅素沒辦法立刻回去上班，說不定還永遠不會了。

「丹尼爾・貝利不曉得我們的真實身分，」他說，「或者他知道，但是掩飾得很好。」

「對，我也這麼覺得。」

「這幾乎就足以讓我覺得，這件失蹤案跟我們毫無關係，只不過……」他看了床頭桌上自己的手機一眼。

「我知道。」卡門點點頭。

那段電話留言。傷害她。

佛柯揉揉眼睛。「暫時忘了那段留言說了些什麼吧。為什麼愛麗思會從山上打電話給我？」

「不曉得。聽起來她先試過撥000，但是撥不通。」卡門想了一會兒。「不過，老實說，如果我被困在山上，你不會是我想打電話的那個人。」

「謝了，即使我有這麼多地圖？」

「對。不過你懂我的意思。她會打給你，一定是跟我們有關，或是跟你有關。我唯一想得出的原因，就是她想退出。上回你跟她談的時候，有覺得她好像在擔心什麼嗎？」

「當時你也在場，」佛柯說，「就是上星期的事。」

「啊，對了。後來你們就沒再聯絡過？」

那是一次很容易遺忘的會面。在一家大型超市的停車場裡面談了五分鐘。我們需要那些合約，他們說。那些跟李歐・貝利有關的合約，請優先處理。這些字句是請求，但他們講的口氣卻表明是命令。當時愛麗思不耐煩地說她正在盡力。

「我們把她逼得太緊了嗎？」佛柯說，「搞得她最後出了差錯？」

「我們逼她的程度，就跟往常一樣，並沒有更緊。」

佛柯不確定真是如此。他們感受到上方施加的壓力，於是自然就往下轉移。上頭下了個棘手的命令，下頭的人全都會遭殃。這是最典型的企業模式，佛柯很確定愛麗思也看多了。弄到李歐・貝利的那些合約。這些話從上頭那邊傳下來，他們再傳給愛麗思・羅素。上頭從沒告訴佛柯和卡門為什麼，但圍繞著這個命令的祕密性已經清楚表明。弄到那些合約。愛麗思・羅素可能消失了，但來自他們上司的壓力沒消失。弄到那些合約。這是第一優先。不過，佛柯忍不住又看了一眼自己的手機。傷害她。

「要是愛麗思出了差錯，那一定就有人注意到，覺得她會惹出麻煩。」卡門說，「我們要不要去找愛麗思的助理布莉・麥肯齊談談？要是她的上司有什麼狀況，助理通常會是第一個知道的。」

「是啊，但我想問題是她願不願意告訴我們。」佛柯想著，這大概要看愛麗思長期以來把自己的壓力往下轉移給助理多少。

「好吧。」卡門閉緊雙眼，一隻手抹過臉。「我們最好通知署裡。你今天還沒跟他們聯繫過吧？」

「昨天夜裡之後就沒聯繫過。」佛柯前一晚打過電話給金恩警佐後，就打回署裡。愛麗思．羅素失蹤的消息，得到的反應並不好。

「要由我來聯繫嗎？」

「沒關係，」佛柯微笑。「這回我來吧。」

「謝了，」卡門嘆氣，往後靠。「要是愛麗思在員工自強活動前有了麻煩，她應該出發前就會打給我們。所以無論出了什麼事，一定是在這裡發生的，對吧？」

「看起來是這樣。伊恩．卻斯說她們出發時，她看起來似乎沒問題。當然，他也未必看得出來。」

對於愛麗思，有一點他們很確定，那就是這個女人很會裝出堅強的模樣。或至少，佛柯希望她是如此。

「你跟加油站要來的影片呢？」卡門問。「就是錄到這群人上來途中的那個。」

佛柯從背包裡拿出他的筆記型電腦，又找出稍早加油站店員給他的那個隨身碟，打開電腦螢幕讓卡門也能看。她湊近了些。

那影片是彩色的，但因為鏡頭對準加油機和周圍的柏油空地，所以螢幕大部分只是一片灰。影片沒有聲音，但是畫質相當好。那些錄影涵蓋了過去七天，佛柯讓畫面快速前進，看著車輛進出螢幕，直到星期四。時間碼接近下午過半時，他按了播放鍵，兩人看了幾分鐘。

「那裡。」卡門指著一輛停下來的中型巴士。「就是那輛車，對吧？」

攝影機從高處往下拍攝，畫面平穩，那輛中型巴士的駕駛座車門打開，伊恩．卻斯下了車。他穿著紅色刷毛絨夾克的高瘦身影很好認，一下車就走向加油機。

螢幕上，中型巴士的乘客門打開了。一名亞裔男子爬出來，接著是兩個深色頭髮的青年和一名禿頭男子。那禿頭男子走向商店，其他三個男人則站在一邊，邊聊天邊伸展四肢。在他們身後，一名大塊頭女人下了車。

「吉兒。」卡門說，看著吉兒．貝利掏出手機。她在上頭敲了幾下，湊到耳邊，然後又拿開，看著螢幕。雖然她的臉看不清楚，但佛柯可以感覺到她的懊惱。

「她會是想打給誰？」他問，「或許是丹尼爾？」

「或許。」

然後一個女人也下了車，深色長髮紮成馬尾，在肩後搖晃。

「那是布莉嗎？」卡門問。「看起來跟她的照片很像。」

那深色頭髮女子四下張望，緩緩轉身，此時第三個女人下了車。

卡門呼出一口氣。「她出現了。」

愛麗思．羅素往前走一段距離，一頭金髮，身體柔軟，伸懶腰時像隻貓。她跟隨後下車的深色頭髮女人講了些話。兩人都掏出了手機，肢體語言就像吉兒一分鐘前那樣。檢視、敲兩下、檢視，沒訊號。然後懊惱地雙肩垮下。

那深色頭髮女人收起手機，但是愛麗思的手機還握在手裡。她隔著中型巴士的車窗往裡看，裡頭有個壯碩的身影靠著玻璃。影片沒清楚到可以看清細節，但佛柯覺得那是一個睡著的人。

他們看著影片中的愛麗思把手機舉向車窗，閃光燈亮起，然後她察看一下螢幕，把手機給站在旁邊的三個男人看。他們大笑起來。愛麗思又拿給那個深色頭髮的女人看，那女人頓了一下，也彎嘴露出微笑。在中型巴士裡，那個身影動了起來，車窗隨之忽明忽暗。玻璃後頭出現一張臉，看不清五官，但那個肢體語言很清楚。發生了什麼事？

愛麗思轉身，立刻舉手搖了一下打發掉。沒事，只是開個玩笑。

那張臉還在車窗裡，直到卻斯出了商店。加油站店員也跟著出來，佛柯認得那店員的帽子。兩個男人站在空地上聊了一會兒，同時貝利坦能茨的人紛紛爬回車上。

愛麗思．羅素是最後一個上車的，隨著車門關上，她白瓷般的臉也消失不見。卻斯拍了拍那個店員的背，然後回到駕駛座。中型巴士顫抖著發動，輪子往前轉。

那店員站在原地，看著車子開走，只剩他一個人。

「好孤單的工作。」佛柯說。

「是啊。」

過了幾秒鐘，那店員轉身離開了鏡頭的範圍，畫面又只剩一片空蕩的灰。佛柯和卡門看著影片繼續播放，螢幕保持靜止。最後，卡門終於往後坐。

「所以裡頭沒有什麼讓人意外的事情。愛麗思本來就有點討人厭，老是無意中觸怒別人。這點我們已經曉得了。」

「她當時看起來相當輕鬆，」佛柯說，「比跟我們在一起都要輕鬆。」這點也不意外，他心想。

卡門手摀住嘴巴，掩住了一聲呵欠。「對不起，都是早起的關係。」

「我知道。」窗外天空已經轉成深藍色。佛柯看到他和卡門在玻璃上的鏡影。「今天就到此為止吧。」

「你會打電話回署裡？」卡門說著站起來要離開。佛柯點點頭。「我們明天去醫院，看愛麗思的助理有什麼說法。誰曉得呢？」她說，露出冷笑。「要是我參加公司活動時被蛇咬傷，一定會很火大。或許她有一肚子牢騷要講。」

一陣冷風隨著她開門吹進來，然後她走了。

佛柯看著床頭桌上的有線電話，拿起來撥了一個熟悉的號碼，然後坐在床上，聽著鈴聲在幾百公里外的墨爾本響起。很快就有人接了。

那個女人找到了嗎？不，還沒有。他們拿到那些合約了嗎？不，還沒有。他們什麼時候能拿到那些合約？佛柯不知道。電話另一頭暫停一下。他們得拿到那些合約。是的。事情很緊急。是的，他知道。有時間因素，其他人都在等。是的，他知道。他明白。

佛柯坐在那裡仔細聽，讓上頭對他下達棘手的命令，偶爾說個肯定的詞。他明白他們講的話，但也是應該的，因為那些話他早就聽過了。

他的目光落在那疊地圖上，聽著電話時，就動手翻了一下，打開紀勒蘭嶺的那張地圖。整齊的格子裡充滿了迂迴的路徑，顯示出通往其他地方的小路。他聽著電話的同時，伸出一根手指循著那些線畫。愛麗思現在也在山上，藉著手電筒或月光，正在看著同樣的那些線、同時瀏覽著眼前的地貌，設法想把紙上地圖和實際景物連接起來嗎？或者，一個聲音低語道，現在已經太遲了？佛柯希望不是。

他往上看著窗子，房間裡太亮了；他只看到自己的鏡影握著話筒。他伸手按熄了床頭燈，房間裡暗下來。隨著他的視覺調整，屋外藍黑色的細節也逐漸清晰起來。他勉強可以辨識出遠處的鏡子瀑布步道入口，那兩旁的樹彷彿在風中呼吸、搏動。

步道入口忽然有一道光線閃爍，佛柯身體前傾。那是什麼？他觀察時，一個剪影從樹林裡冒出來，在惡劣的天氣中低頭躬身，頂著大風盡快往前走，幾乎是用跑的。一道細細的手電筒光束在那人腳下跳動。

現在太暗又太冷了，不會是出門散步。佛柯站起來，臉貼著玻璃，話筒還是壓在耳邊。在黑暗裡，從這個距離外，他看不清那個人的臉。不過從走動的姿態，他覺得那是個女人。衣服上沒有任何反光，所以不管是誰，都不是搜救隊員。

在佛柯的耳邊，對方講話速度慢下來了。

弄到那些合約。好。快點弄到。好。別讓我們失望。好。

喀噠一聲，電話掛斷了。佛柯站起來，斷線的話筒還握在手上。

在外頭，那個人影沿著小徑前行，避開了接待小屋透入停車場的燈光。她繞過小屋，看不見了。

佛柯放回話筒，看著他放在有線電話旁毫無作用的手機。傷害她。他猶豫了一秒鐘，然後抓起房間鑰匙，開門出去。他詛咒著自己房間竟在最尾端，沿著走廊小跑，冰冷的空氣從他衣服下方鑽入，上升貼著他的皮膚。他很後悔剛剛沒拿外套。他繞過接待小屋轉角，看著空蕩的停車場，不太確定自己希望能發現什麼。

眼前空寂無人。他停下來仔細傾聽。即使有任何腳步聲，也都被風聲掩蓋了。佛柯奔上樓梯，進入接待小屋，聽到了廚房傳來的餐具叮噹聲，以及模糊的談話聲。櫃檯後頭只有一個公園管理人員，不是原來的那一個。

「剛剛有人進來這裡嗎？」

「除了你之外？」

佛柯狠狠看了她一眼，那管理人員搖搖頭。

「你剛剛沒看到外頭有個女人？」佛柯問。

「過去十分鐘都沒有。」

「謝了。」他又推門出去。那感覺就像是跳進游泳池，他雙手交抱在胸前，往前凝視著雜木荒林，然後踩著碎石子路面，走向步道入口。

前面一片黑暗，接待小屋的明亮燈光在他身後。他回頭看，看到自己的房間窗子在中距離外，只是一個空蕩的四方形。在他的靴子底下，小徑上充滿亂七八糟的鞋印。一隻蝙蝠從上方急衝而過，發出窸窣聲響，襯著夜空形成一個參差不齊的形狀。除此之外，小徑上一片空蕩。

佛柯緩緩轉了一圈，冷風吹得他皮膚刺痛。他孤單一人，無論剛剛在這裡的是誰，都已經離開了。

第二天：星期五上午

布莉在流汗。儘管天氣很冷，她皮膚上仍黏著一層溼溼的汗意，而且她走路時聞得到酒精從毛孔揮發出來。她覺得好想吐。

她醒來後就開始頭痛。拔營打包搞得她頭痛加劇，而且整個過程拖好久，遠遠超過了應該的時間。只有愛麗思好像急著要離開。布莉看著她把帳篷塞進一個袋子裡，用力得她都擔心會把帳篷撐破。布莉沒提出要幫忙。她先處理自己的帳篷就已經忙不過來了。

等到拉鍊終於拉上，布莉就溜到一棵比較遠的樹後去吐，猛烈卻無聲。昨天夜裡她喝了多少？她不記得自己曾補滿杯子，但她也不記得杯子空下來過。都是那些男人的錯，她心想，覺得好氣。不太是氣他們，而是氣自己。她通常對這類事情會比較警覺的。

這會兒布莉擦掉眼睛上方的一滴汗，凝視著愛麗思的背部。打從出發之後，愛麗思就走在最前頭，布莉一度還想要跟上她。愛麗思昨晚看到她喝多了嗎？她希望沒有。愛麗思大部分時間都躲在角落跟丹尼爾談話。等到布莉再次看到她，腦袋已經有點昏沉，只見愛麗思走向帳篷。布莉昨天晚上或許逃過一劫，但她知道自己現在正在付出代價。

那天上午，她們兩度碰到岔路，愛麗思兩次都停下來朝布莉看。布莉查了地圖，不理會劇痛的腦袋，指出方向。愛麗思只是點個頭，就一言不發地繼續往前走。

布莉聽到後方傳來一聲低沉的哀嘆。有可能是其他任何人。她猜想大家的肩膀、腳跟、神經都開始磨損了。步道愈來愈窄，幾公里前她們就只能排成一直列前進。在前方，愛麗思再度停下，步道在此轉了個緩和的彎，然後變寬，分岔成兩條路。布莉聽到身後又傳來一聲哀嘆，這回肯定是吉兒。

「慢著，就在這裡，」吉兒喊道，「我們停下來吃午餐吧。」

布莉放鬆地呼出一口氣，但愛麗思看了一下手錶。「現在還早。」她朝後喊。

「沒那麼早。這裡是停下來的好地方。」

其實沒那麼好，布莉心想，把自己的背包放下。此處地面泥濘，四下只有高聳的樹，別無其他景色。她顫抖著坐在自己的背包上，雙腿有點搖晃不穩。現在停止走動，感覺就比較冷了。而且也比較安靜，因為沒有腳步聲了。看不見的鳥類發出啁啾和吱喳的叫聲。布莉聽到後方樹叢有個窸窣聲，急忙回頭，她的思緒落入黑洞，砰地一聲掉到馬丁·寇瓦克的幽靈前。

結果什麼都沒有，當然了。布莉又轉回頭來，覺得自己好蠢。當年她年紀太小，根本不記得那些報導，但是她上網查閱紀勒蘭嶺的資訊時不小心發現了。當時她在辦公桌前專心閱讀著最後一個疑似被害人——莎拉·桑登堡，十八歲，始終未尋獲——的厄運時，會計科長忽然出現在她後頭，嚇了她一跳。

「你們在紀勒蘭嶺那邊要小心一點，」他咧嘴笑著說，朝螢幕點了個頭。「她看起來跟你有點像。」

「你才要小心，祈禱我不會把你這些話拿去向人力資源部投訴。」他們的輕微調情過去一個月已經逐步升級了。布莉覺得，等到他最後終於開口約她去喝杯酒時，她或許會答應。

他一離開後，她就又回頭看著螢幕。莎拉・桑登堡看起來真的像她嗎？或許鼻子和嘴巴有點像吧。螢幕上的女孩很漂亮，這一點毋庸置疑，但跟她的型不一樣。何況，莎拉・桑登堡是金髮、藍眼珠。布莉關掉那個網頁，從此沒再想過這件事，直到現在。

她又回頭看了一眼。什麼都沒有，不過短暫休息一下或許是最好的。她從自己的水瓶喝了一口水，閉上眼睛，想讓頭痛減輕。

「如果你要做那種事的話，可不可以至少走遠一點？」

聽到愛麗思的聲音，布莉皺起臉，勉強張開眼睛。愛麗思不是在跟她講話，當然了，那種口氣不可能。愛麗思正看著貝絲，她靠著一棵樹，手裡拿著一根點燃的香菸。

天啊，空氣這麼新鮮，但她妹妹就是忍不住要污染一下。她腦海裡立刻浮現出她母親的聲音。別管她了，她對香菸成癮總比……她母親總是說到這裡就停住，永遠無法鼓起勇氣說出往下的話。

「午餐。」一個聲音說。

布莉抬頭，看到蘿倫站在她面前，遞出一個用保鮮膜包住的乳酪麵包捲，還有一個蘋果。

「啊，謝謝。」她想微笑，但光想就覺得反胃。

「你該吃點東西，」蘿倫還站在那裡。「會有幫助的。」

蘿倫沒有離開的意思，直到布莉打開保鮮膜一角，咬了一小口。蘿倫看到她嚥下去才離開。

愛麗思看了布莉一眼，好像這一天頭一回好好打量她。「昨天晚上喝太多了？」

「只是累了，」布莉說，「我沒睡好。」

「彼此彼此。」

愛麗思臉色看起來的確很蒼白，布莉這會兒才發現，也很驚訝之前竟然沒注意到。

「你負責指路可以嗎？」愛麗思問。

「是的。沒問題。」

「你確定？如果我們走錯路，就會浪費很多時間。」

「我知道，不會走錯路的。」

她沒想到自己講得有點太大聲，連吉兒都抬起頭來。她正坐在前頭路邊的一塊石頭上，一隻靴子脫掉了，在整理她的襪子。

「一切都還好吧？」吉兒問。

「很好，謝謝。」布莉說，而愛麗思也同時說：「布莉昨天晚上太累了。」

吉兒輪流看著她們兩個。「好吧。」

「我沒有。我很好。」布莉說。

吉兒一時之間沒吭聲，但她臉上的某種微妙表情變化，讓布莉覺得她昨晚看到的或許比愛麗思多。布莉覺得自己的臉頰發燙。

「你想暫時換別人接手看地圖嗎？」吉兒輕聲問。

「不，一點都不想。謝謝，我可以的。」

「好吧。」吉兒的目光又回到她的襪子上。「但是如果你想換人的話，就說一聲。」

「我不想。謝謝。」

布莉心煩地咬著舌尖。她可以感覺到愛麗思還在觀察她，於是設法專注在手上的乳酪麵包捲。她吃了一小口，好阻止自己講話，但是覺得難以下嚥。過了一會兒，她把那麵包捲重新包起來，塞進背包裡。

「我不是想害你尷尬，」愛麗思說，「但是我們得在星期天準時回去才行。」

她聲音裡有個什麼讓布莉抬起頭來。她心裡想了一下。愛麗思有什麼事？星期天。瑪歌．羅素學校裡的頒獎之夜。布莉閉上眼睛，免得自己翻白眼。

她只見過瑪歌一次，是在兩個月前。愛麗思要她幫忙去乾洗店拿她女兒的禮服，送去她家。這當然不是布莉工作分內的事，但或許算是私下幫忙？當然了，沒問題。那件禮服很漂亮。布莉也穿過類似的，只是沒有那麼時髦昂貴。即使愛麗思的辦公室裡沒放家人照片，但瑪歌一開門，布莉也立刻就能認出她。是她母親的年輕版本。她旁邊有個朋友，兩人正各自拿著一杯羽衣甘藍冰沙在喝，是從布莉最喜歡的一家健康飲食店買來的。

「嘿，那些冰沙很棒，對吧？」布莉問。她喝過那種飲料，也很熟悉那種女孩，閃亮的頭髮、光滑的皮膚、迷人的身材和愉悅的表情。她在學校也曾是那樣的女孩。其實現在依然是。

瑪歌好一會兒沒說話，然後用吸管指著布莉手裡的乾洗店衣袋。

「那是我的禮服嗎？」

「啊，是的。給你。喔對了，我是布莉。」

「我知道。謝了。」一陣塑膠袋的窸窣聲，然後門關上了。留下布莉獨自站在門前台階上，望著門上發亮的油漆。

「那個小妞是誰啊？」一個微弱的聲音從打開的窗子飄出來。

「我媽的一個下屬。」

「她有點黏人。」

「我媽也是這樣說。」

布莉回到眼前，看著愛麗思。比她女兒老了三十歲，但雙眼裡有同樣的表情。

布莉逼自己露出微笑。「別擔心。我們回去不會遲到的。」

「很好。」

布莉站起來，假裝要伸展四肢，沿著小徑走到一個樹樁前。她看得到她妹妹在遠處，還在抽菸，同時望著荒林裡。布莉抬起一腳放在樹樁上，彎腰拉筋，感覺到自己的腿筋扯緊了，同時腦袋旋轉起來。她的胃一陣噁心，喉嚨湧上一股熱流，她努力嚥下去。

她打開地圖，一邊拉筋一邊察看。她覺得紙上那些小徑好像在打轉。

「你覺得還好嗎？」

布莉抬頭。她妹妹站在旁邊，拿著水瓶朝她遞。

「我很好。」她沒接水瓶。

「你知道我們要往哪裡走嗎？」

「知道。天啊，為什麼每個人老要問我這個問題？」

「或許是因為你看起來好像不知道。」

「你閉嘴就是了，貝絲。」

她妹妹聳聳肩，坐在一根原木上，那木頭被她壓得發出咿呀聲。布莉很好奇她現在體重是多少。她們整個青少年時期都可以穿對方衣服的。但現在絕對不可能了。

貝絲六個月前打電話來的時候，布莉一如往常，讓電話轉入語音信箱。貝絲留話說她要求職，問能不能把布莉的名字列為介紹人，但布莉什麼都沒做。一個星期後，貝絲的第二則留言說貝利坦能茨事務所已經錄取了她，要擔任最基層的資料處理工作。布莉以為是在開玩笑。一定是的。她付出太大的代價才得到現在的工作，不光是有個商業學位、歷經兩個無酬的實習期而已。而現在她們姊妹還得在同一個地方工作，她妹妹頂著那個廉價的髮型、穿著大號的衣服，而且照法律規定，她的求職申請書上還得列出她的錯誤？

她們的母親確認是這樣沒錯。

「我早跟你說過了，她受到你的啟發。」

布莉覺得啟發她妹妹的，比較可能是害怕自己的經濟來源被切斷。她去人力資源部婉轉地打聽過，顯然吉兒．貝利親自核准了這個不尋常的錄用。人力資源部的人私下告訴她，看起來是她在公司的表現太好，於是幫了她妹妹。布莉把自己關在廁所小隔間裡十分鐘，一邊消化這個資訊，一邊把憤怒的淚水忍回去。

當時，她長達十八個月只見過妹妹一次。那是聖誕節之前，她們的母親打電話來，哀求布莉原諒。布莉冷漠地聽著她母親在電話那頭哭了五十分鐘，才終於屈服了。畢竟，那是聖誕節啊。於是她回到童年的家，給每個人都準備了禮物，只有一個人除外。

貝絲——失業又破產，當然了——從勒戒中心出來後，看起來出奇地清醒。她送了布莉一張兩人童年的合照，外頭裱著一個廉價的相框，擺在布莉的公寓一定醜死人。附上的聖誕卡只寫著對不起。因為她的母親正在看，所以妹妹上前來擁抱時，布莉沒有躲開。

事後回到自己的公寓，歡樂結束，布莉就把那張照片拿出來，相框拿去一家慈善商店丟掉。一個小時後，她又回去把相框買回來，照片也放回去。她最後一次看到這個禮物，是塞在一個高處櫥櫃裡聖誕節裝飾品的後頭。

貝絲到貝利坦能茨的第一天，她們的母親打電話給布莉，要她盡一切力量幫妹妹保住這份工作。現在，看著妹妹坐在一根原木上抽菸，她真希望當初自己沒答應。

「你們兩位小姐準備好了嗎？」

一個聲音從小徑前方傳來，布莉轉頭看。吉兒、愛麗思、蘿倫都已經站起來，不情願地往下看著自己的背包。

「準備好了，馬上來。」布莉抓了地圖，快步上前。太快了，她覺得有點暈眩。

「從這裡該往右還是往左？」吉兒把背包揹上肩膀。在步道分岔的地方，兩條路都很窄，兩旁茂盛的灌木都延伸到小徑上。左邊那條小徑的泥土看起來比較結實，但布莉知道今天前半段每遇到岔路都該往右走。她又察看一次地圖，感覺到其他四對眼睛都看著自己。她們現在揹著沉重的背包，都巴不得趕緊上路了。她一隻手指循著路線往下，手有點顫抖，空蕩的胃在旋轉。沒錯，她們今天右轉了兩次，這是第三次。

「如果你需要幫忙，布莉……」愛麗思雙腳轉移著重心。

「不用了。」

「好吧。那麼是哪一條……」

「往右。」

「你確定嗎？這條路看起來有點太原始了。」

布莉遞出地圖。指著上頭的岔路，還有紅線。「在這裡，右轉。」

「我們已經走到那裡了？」愛麗思的口氣很驚訝。「好吧，那就好。」

布莉用力把地圖沿著摺痕收起來。

「看吧，我們一路很順利。沒什麼好擔心的。」布莉心想，也沒什麼好抱怨的。她逼自己深吸一口氣，擠出微笑。「跟我走吧。」

9

在醫院的病房裡，聽到有人敲了門，兩張臉同時抬頭，就像是哈哈鏡裡扭曲的鏡影。

「布莉．麥肯齊？」佛柯問。

床上的那個女人已經失去了她員工照片中那種健康的紅潤。現在雙眼底下有黑眼圈，嘴唇蒼白而破裂。她的右手臂包了厚厚的繃帶。

「我們是警方的人。護士跟你們提過我們想來拜訪一下嗎？」

「是的。」

佛柯是在跟布莉講話，但回答的是坐在床邊一張塑膠椅上頭的那個女人。「她說你們還有些關於愛麗思的問題要問。」

「沒錯。你是貝絲，對吧？」

「是的。」

這是佛柯第一次親眼看到貝絲．麥肯齊，於是充滿興趣地看著她。姊妹兩人的相似是很奇怪的那種，簡直就像是布莉精巧的五官在太陽下融化，變得比較鬆弛、比較多肉。貝絲鼻子周圍和下顎的皮膚因為血管破裂而發紅。她的頭髮粗糙而單調，顯然是在家裡隨便染的，而且半長不短。她看起來比二十來歲的雙胞胎姊姊老了十歲，但當她望著佛柯時，目光很堅定。

床邊一個托盤上放著吃剩的午餐。看起來沒吃多少。他們發現這個社區醫院在加油站後頭兩條街外，似乎只比家醫科診所高一級而已，設立的目的是要處理從當地小病到遊客受傷的各種疑難雜症。接待櫃檯的護士堅定地指著門，叫他們一個半小時後再回來，說屆時布莉安眠藥的藥效才會消失。他們在小鎮上的那排商店來回走了三趟，然後在車裡坐了七十八分鐘。等他們回到醫院，又被告知現在午餐才剛送進病房。

「用餐時間謝絕訪客。沒有例外。」

終於，他們第三度回到醫院，那護士彎起一根手指要他們過去櫃檯。他們現在可以進去了。那護士告訴他們，布莉在走廊盡頭的那間雙人病房，不過現在是冬天，病房裡只有她一個病人。

現在他們終於來到病房了，兩人各自拖了一把椅子來到床邊。

「他們找到愛麗思了嗎？」貝絲仔細打量著佛柯和卡門。「這就是你們來的原因？」

「還沒找到，」佛柯說，「很遺憾。」

「啊，那你們想問什麼？」

「其實呢，我們是想跟你姊姊談，」卡門說，「最好是只有她。」

「我想我應該留下。」

布莉頭轉過來。「老天在上。沒關係的，貝絲。你就離開，讓他們問吧。」她皺起臉。「還有止痛藥嗎？」

「時間還沒到。」貝絲根本沒看時鐘。

「你去問護士吧。」

「現在還太早，要到晚上才會再給你。」

「天啊，拜託你去問一下吧。」

貝絲不情願地站起來。「好吧，我去後頭抽根菸。另外——」她看到她姊姊張嘴時又說，「我會去問護士。不過現在太早了，我問了再告訴你。」

他們看著她離開。

「抱歉。她很不高興，因為院方信不過她，不肯把止痛藥留在病房。」

「為什麼？」卡門問。

「其實沒什麼大不了的。她以前有過幾次藥物濫用的問題，不過到現在她已經一年多都沒碰了。我猜想，院方覺得還是小心一點比較好。如果她不在這裡，大概院方就會比較鬆吧，但是她……」布莉低頭。「她想留下吧，我猜想。」

「有其他人來陪你嗎？」佛柯問，「男朋友？父母？」

「沒有。」布莉開始摳她的繃帶。她的指甲之前塗成大膽的深桃紅色，但好幾處已經剝落或破損了。「我媽有多發性硬化症。」

「我很遺憾。」

「沒事的。唔，不是沒事，但反正就是這樣。她沒辦法過來。最近我爸都得陪著她。總之——」她努力擠出微笑。「我有貝絲陪我。」

接下來是一段沉重的靜默。

「如果你不介意的話，我們想問你有關愛麗思．羅素的事情。」佛柯說，「你跟她共事多久了？」

「一年半。」

「擔任她的助理？」

「行政協調員。」

佛柯覺得卡門忍著沒笑出來，然後很快恢復鎮定。「工作內容是什麼？」

「一開始主要是行政方面的事務，但接著就變得像是個學徒。我跟著愛麗思，學習各種技巧，準備以後可以內部晉升。」

「她是好上司嗎？」

頓了幾分之一秒。「是的，絕對是。」

他們等著，但布莉沒再說話。

「所以你覺得你很了解她嗎？」佛柯問。

「是的，非常了解。」布莉的聲音有種奇怪的口氣。佛柯看著她，但從她回望的雙眼中看不出任何認得的跡象。就像丹尼爾．貝利，要是布莉知道他們真正的身分，她也沒顯露出來。

「所以在這趟員工自強活動中，你覺得愛麗思整個人怎麼樣？」卡門問。

布莉摳著她的繃帶。邊緣已經破損了。「我們迷路之前，她其實就是老樣子，有時候口氣很差，不過我們在山上的狀況都不好。然後迷路之後，」布莉搖搖頭。「每個人都很害怕。」

「她提到過在擔心什麼事嗎？」卡門問。「當然，除了迷路之外。」

「比方什麼？」

「任何事。工作、家裡、跟同事之間的問題？」

「沒有，我沒聽她提過。」

「不過既然你很了解她，」卡門說，「當時你有沒有感覺到什麼不對勁？」

「沒有。」

「那在辦公室裡呢？去參加員工自強活動前。有什麼奇怪的要求或約定，引起你的注意？」

「辦公室的事情，跟山上發生的事情有什麼關係？」

「的確是未必有關係，」佛柯說，「我們只是想了解有什麼出了狀況。」

「我可以告訴你們什麼出了狀況。」布莉臉上掠過一種表情。「那不是我的錯。」

「什麼不是你錯？」

「我們迷路。都是第二天那條愚蠢的袋鼠小徑。其他警察也是這麼說。他們說那個地方很容易走錯的。」布莉停下，房間裡唯一的聲音就是醫院機器發出的輕微嗶嗶聲。她吸了口氣。「其他人不該讓我負責指路的。我根本搞不清楚。我被派去上了半天的課，那個課還每二十分鐘就休息一次，然後我就該立刻成為專家？」

她動了一下受傷的手臂，皺起臉，前額冒出汗珠。

「你們發現走錯路的時候，發生了什麼事？」佛柯問。

「之後一切就都不對勁了。我們始終沒找到第二個營地，所以當天晚上就沒有補給品。我們剩下的食物很少。我們很蠢，而且帳篷又壞掉了。」她輕笑一聲。「事情這麼快就四分五裂，簡直是滑稽。但是我們當時腦袋不清楚，又做出了很多糟糕的決定。在裡頭的狀況很難解釋。那會讓你覺得好像全世界只剩你們這幾個人。」

「迷路之後，愛麗思有什麼反應？」佛柯問。

「她非要我們照她的意思做。她一覺得有壓力的時候，就會變得很有侵略性。她中學時期有很多露營和健行的經驗——就是那種戶外校園一整年。我想她因此覺得比我們其他人有資格講話。不曉得。」布莉嘆了口氣。「或許的確是如此。但是蘿倫——蘿倫．蕭，你們知道吧？她也跟我們在一起——她在學校裡也有過一年這樣的經驗，她同樣不認為愛麗思的意見都是對的。比方我們第三天發現的那棟小木屋。我的意思是，的確很恐怖，我不喜歡那裡，但那是我們種種糟糕選項裡面最好的一個。天氣愈來愈差，我們需要一個遮蔽處。所以我們就留下了。」布莉暫停一下。「愛麗思是唯一反對的人。」

「她沒辦法說服你們離開？」佛柯問。

「對。而且她很不高興。她說她知道怎麼想辦法離開，她要我們所有人繼續往前走。但是我們不肯。一開始我們就是因此陷入困境的。盲目亂走。我們因此吵了架。愛麗思說她要獨自離開，可是吉兒不讓她走。到了早上，我們醒來時，發現愛麗思帶著手機不見了。」

「吉兒．貝利說過她為什麼不肯讓愛麗思走嗎？」卡門問。

「因為太危險了，那是當然。而且顯然她這麼想是對的。」

布莉看看眼前兩個人，等著他們反駁。

「你們發現她離開之後，做了些什麼？」佛柯終於又開口。

布莉搖搖頭。「你們不該問我。我以為我是第一個醒來的，所以我就出去樹林裡面上廁所，走回來途中絆倒了。一開始我還不曉得發生了什麼事，以為摔在什麼鋒利的東西上頭，或許是破玻璃。然後我看到一條蛇溜走，於是才明白。」

布莉咬著下唇，用力得發白。她的目光直直看著他們後方。

「我以為我要死在那裡頭了。我真的相信是這樣。之前我們聽說過裡面有虎蛇。當時我又不曉得我們人在哪裡。我以為我再也看不到我的家人，再也沒機會跟我母親說再見。」她顫抖著吸了口氣。「我還記得感覺暈眩，好像無法呼吸。這裡的醫師說那大概是恐慌發作，但當時我以為是因為蛇的毒液。我勉強回到小木屋，剩下的我就不太記得了。她們用了什麼緊緊綁住我的手臂。我很痛。我不確定自己是什麼時候發現愛麗思不在的。」

布莉又開始摳她的繃帶。

「等到其他人說我們該離開了——不管她了——我沒有反對，只是乖乖跟著她們走。蘿倫設法帶著我們往北，直到發現一條馬路。那段時間我記得的不太多。醫師說我當時大概處於震驚中。我一直以為愛麗思先出去找人幫忙，會在終點等我們的。」布莉目光垂下。「我想我甚至問起過她，但當時我的腦袋真的一團混亂。我不曉得自己在做什麼。」

她的眼淚終於奪眶而出，佛柯遞給她一張面紙。他們等著，聽著機器嗡響，同時她擦乾眼睛。

「愛麗思帶著她的手機，」卡門說，「她跟你們在一起的時候，打過電話嗎？」

「沒有。」布莉很快就回答。「我的意思是，她當然試過。她打過好多次000，但始終沒接通。那個手機完全沒用。」

「但是她離開時，還是把手機帶走了？」

布莉輕輕一聳肩。「那是她的手機，我想她有資格帶走吧。」

她頭靠在枕頭上，看起來好脆弱。一頭散開的長髮和綁了繃帶的手，還有剝落的指甲，以及她的故事。

「你說你了解愛麗思，」佛柯說，「她離開你們，你覺得驚訝嗎？」

「在正常狀況下，我會驚訝的。」布莉的雙眼睜大，看著佛柯。她懂得怎麼對男人撒謊。佛柯忽然無來由地想著。

「但是就像我剛剛說的，在裡頭就不一樣了。我現在真希望我們聽她的話，那麼或許這一切就不會發生了。」布莉說。

「但是如果你們聽她的話，或許所有人都會失蹤。」

「或許。但或許其他事情的結果會比較好。」

她動了一下那隻綁繃帶的手臂，臉上掠過一陣痛苦。佛柯和卡門彼此交換一個眼色。

「眼前這樣大概差不多了。我們就讓你休息一下吧。」卡門說，兩人站起來。「謝謝，布莉。」

她點點頭。眼睛下方的黑眼圈好像比他們剛來時更深了。

「你們出去如果碰到我妹，跟她說要嘛就請護士送止痛藥進來，否則就離開，好讓他們幫我打點滴。拜託。」

房間裡很涼快，但當他們把門關上時，佛柯看到布莉的額頭滿是汗水。

第二天：星期五下午

蒼白的太陽已經掠過上方那道窄窄的天空，地上的草高度及踝，然後有個人終於開口了。

「這條路對嗎？」

貝絲聽到吉兒的話，暗自鬆了口氣。她從二十分鐘前就想問同樣的問題，但是沒辦法。布莉會殺了她。

她姊姊停下來回頭。

「應該是對的啊。」

「應該？或者你很確定？」

「我很確定。」但是布莉的口氣並不確定。她低頭看了地圖一眼。「一定是對的。我們沒多轉彎啊。」

「我知道，但是——」吉兒一手揮向周圍。小徑上雜草茂盛，兩邊的樹每隔幾十步就愈緊密。先不管地圖上怎麼說，感覺上就是不對勁。

在她們周圍，躲在樹林裡的鳥彼此呼喚唱和。貝絲一直甩不掉那種感覺：這片荒林在議論她們。

「自從昨天發現在樹上的那面記號旗之後，我們一整天都沒再看到同樣的旗子了。」吉兒說。「這一路上應該有六面旗子的。到現在，我們至少應該可以看到另一面才對。」

「或許我們午餐後走的那條岔路不對。可以讓我看一下嗎？」布莉還沒來得及回答，愛麗思就把她手裡的地圖抽走了。布莉雙手空空僵在那裡，一臉茫然。貝絲想對上她的目光，但是沒成功。

「聽我說，」愛麗思皺眉看著地圖。「我想我猜得沒錯。我就覺得我們太快走到那裡了。」

「我真的不——」

「布莉。」愛麗思打斷她。「那條路不對。」

一時之間，大家都沉默無語，只有荒林裡怪異的沉寂，貝絲抬頭看著尤加利樹。那些鬆弛的樹皮一條條垂掛下來，像是被剝下的皮。而且似乎非常靠近、非常高，四周都是。圍困住我們，她忽然想著。

「那現在怎麼辦？」吉兒的聲音裡有一種新的口氣，貝絲不太清楚是什麼。不太像是害怕，或許是擔心，還有著急。

愛麗思遞出地圖，讓吉兒看。

「如果我們剛剛轉的彎是正確的，那我們現在應該在這裡。」愛麗思指著。「但是如果不正確，那麼我不曉得。大概比較接近這裡。」她在紙上比劃了一個小圈。

吉兒湊近看，然後又湊得更近。眼角的皺紋更深了。

貝絲這才明白，吉兒看不清地圖。上頭印的字一定是太小了，吉兒可能大致掃視了一下，但是對她來說，就像是空白的一樣。貝絲看過她祖母玩類似的花招，因為不想承認自己看不清小字。當吉兒假裝檢視地圖時，愛麗思一臉關心地看著她。她也猜到了，貝絲心想。

「嗯。」吉兒含糊地哼了一聲，把地圖交給蘿倫。「你覺得呢？」

蘿倫的表情有點驚訝，但是接過地圖。她低著頭，雙眼看著那張紙。「不，我也不認為我們走對路了。」她說。「抱歉，布莉。」

「那我們現在應該怎麼辦？」吉兒看著蘿倫。

「我想我們應該回頭，設法循著原路回去。」

愛麗思哀嘆起來。「天啊，回頭要花太多時間。這條路我們已經走好幾個小時了。」

「這個嘛，」蘿倫聳聳肩。「我不確定還能有其他辦法。」

吉兒左右轉頭，來回看著兩個人，像在看一場網球賽。布莉站在一兩公尺外，但她簡直就像是不存在似的。

愛麗思回頭望著小徑。「我們有辦法回頭嗎？這條小徑很模糊。我們可能會找不到路。」

貝絲這才驚訝地發現愛麗思說得沒錯。在她們身後，走過的路線現在邊緣模糊，融入了背景。貝絲不自覺地去摸她的香菸。不在口袋裡。她心跳有點加快了。

「我想回頭還是最好的辦法，」蘿倫說，「或至少是最安全的。」

「這樣要多走好幾個小時。」愛麗思看著吉兒。「我們又得摸黑才能走到營地了，這點很確定。」

吉兒低頭看著她的新靴子，貝絲看得出她很不情願再多走幾公里。吉兒張開嘴巴，又閉上，頭輕輕一搖。

「好吧，我不曉得，」她最後終於說，「還有什麼辦法呢？」

愛麗思審視著地圖，然後抬頭瞇起眼睛。「你們其他人聽到溪水聲了嗎？」

貝絲憋住呼吸。那微弱的水流聲幾乎被她耳裡奔騰的心跳聲淹沒了。老天，她的狀況真糟糕。其他人至少都點了頭。

「如果我們在這裡走錯了，那條小溪就應該是這裡的這條。」愛麗思指著地圖。「聽起來很接近，我們可以利用這條溪確認方向。只要搞清自己的位置，就可以穿過去，回到正確的路線了。」

貝絲注意到，蘿倫雙臂在胸前交抱，嘴巴抿成一條線。

「你有——」吉兒清了清嗓子。「你有把握我們可以從那裡找出正確的方向？」

「是的，應該可以。」

「那你認為呢？」吉兒轉向蘿倫。

「我想我們應該回頭。」

「老天在上，我們會一整夜困在這裡。」愛麗思說，「你明知道的。」

蘿倫什麼都沒說。吉兒看看她們兩個，然後又低頭看著自己的靴子。最後緊張地嘆了口氣。

「我們去找這條小溪吧。」

沒人費事去問布莉的想法。

貝絲跟著大家走，溪水的聲音愈來愈清楚。跟昨天瀑布的隆隆聲響不太一樣，這回的聲音更模糊、也更輕。她們走過一片樹林後，貝絲發現自己站在一片泥濘的岩架上。靠近她腳邊的紅土地面往下陡降一公尺多，就是一道洶湧的褐色水流。絕對比較接近河流、而非小溪，她瞪著河水心想。因為下雨水面暴漲，一路拍擊著河岸，留下一道泡沫的痕跡。水面上漂浮的殘骸，暗示著表面之下的湍急水流。

愛麗思研究著地圖，同時吉兒和蘿倫旁觀。布莉在河岸邊緣緩緩移動，看起來好悲慘。貝絲把背包卸下肩膀，伸手進去摸她的香菸盒。她找不到，儘管天氣很冷，她的雙手卻開始冒汗了。貝絲她手更往裡摸索著。終於，手指觸到那個熟悉的形體，她往外拉，衣服和其他雜物也一併被拉出來。

貝絲沒注意到那個發亮的金屬罐也滑出來，等發現時已經太遲。罐子滾出去，她伸手沒抓到，接著那圓柱形金屬又轉了一圈滾向河岸，然後掉下去。

「狗屎。」她把菸盒塞進口袋，手忙腳亂追著那罐子。

「那是什麼？」愛麗思抬起頭看，眼神嚴厲。

「不曉得。」貝絲往下看，鬆了半口氣。不管那是什麼，反正剛好落在溪水上方的一叢枯枝上。

「好極了。」愛麗思現在看到了——她們全都看到了。「那是爐子的瓦斯罐。」愛麗思說。

「那是……什麼？」貝絲看著那些搖晃樹枝上的金屬閃爍著。

「瓦斯罐。爐子用的。」愛麗思又講了一次。「我們今晚需要用那個來煮飯。還有明天。天啊，貝絲。你為什麼會讓它掉下去。」

「我根本不知道我背包裡有這個。」

「我們每個人都要揹公家的東西，你很清楚的。」

一根漂流木沿著河水沖來，撞上了那些枯枝。那瓦斯罐搖晃了一下，但是沒掉下去。

「沒有那個罐子，我們可以應付嗎？」吉兒問。

「除非我們今晚不想吃晚餐。」

又一陣河水沖過來，那個罐子又顫抖了。貝絲可以感覺到愛麗思的雙眼看著自己。她低頭直瞪著那暴漲的河水，知道接下來會發生什麼事。愛麗思走到她後方，然後貝絲感覺到一隻手戳著她的脊椎。

「去拿。」

10

貝絲靠著醫院的外牆，一手插在大衣口袋裡，香菸的煙霧往上飄過臉，她雙眼瞇起。然後她看到佛柯和卡門走出醫院，便稍微直起身子。

「你們問完了？」她喊道。「布莉還好吧？」

「她有點不舒服，」卡門說，兩人走過來。「她要你去找護士要止痛藥。」

「我問過了，現在時間還太早。她從來不聽我講的。」貝絲轉臉吐出煙霧，用手搧了搧。

「你們有愛麗思的新消息嗎？有沒有什麼跡象？」

「據我們所知是沒有。」佛柯說。

「狗屎。」貝絲從下唇挑起一小片菸草，望著醫院後方濃密的樹林。「不曉得她出了什麼事。」

「你認為呢？」

貝絲看著自己的香菸。「她離開之後？誰曉得。在那裡頭，任何事都可能發生。我們全都警告過她。」

佛柯觀察著她。「你在貝利坦能茨裡頭是做什麼工作？」

「資料處理和歸檔。」

「是嗎？要做些什麼？」

「差不多就是字面上的意思。存檔、資料匯入、確保合夥人可以取得他們要的文件。」

「所以你可以取得公司的檔案嘍？」

「非保密的那類。某些機密檔案，只有資深合夥人才有權限。」

「所以你工作上常常看到愛麗思．羅素嗎？」

「是啊，有時候。」貝絲聽起來並不高興。「她很常下來資料室，調一些有的沒有的。」

佛柯感覺到旁邊的卡門挪動了一下。

「她下去的時候，你們常常聊天嗎？」卡門和顏悅色地問，「談她在找些什麼？」

貝絲昂起頭，臉上掠過一抹神色。幾乎像是在算計。

「沒有，除非必要，她不跟任何做資料處理的人講話。總之，那些資料我完全看不懂。我拿的薪水太低，不是要我去動腦子的。」

「那在員工自強活動呢？你跟她在那邊相處得比較好嗎？」佛柯問。貝絲臉一沉，正要拿到嘴邊的香菸停下來。

「你是在開玩笑嗎？」

「不是。」

「沒有。愛麗思．羅素和我合不來。工作上是這樣，自強活動也是。」貝絲朝醫院大門看了一眼。「我姊姊沒提到過？」

「對。」

「啊。」貝絲又吸了一口，然後擰熄了菸蒂。「她大概以為你們知道。愛麗思不喜歡我，而且也懶得隱瞞。」

「為什麼？」卡門問。

「不知道。」貝絲聳聳肩。她掏出菸盒，遞向佛柯和卡門，他們兩人都搖頭。「其實我知道，」她說，塞了一根菸到自己嘴裡。「她不喜歡我，是因為她不必喜歡我。我沒有什麼東西可以提供給她，我不有趣，我不是布莉——」貝絲一隻手含糊地朝自己上下揮動，從蠟黃的臉到粗胖的大腿。「愛麗思要找我麻煩並不困難，而她也沒放過這個機會。」

「即使你姊姊也在場？」

貝絲露出不自然的笑。「尤其是我姊姊在場。我想這樣更有樂趣。」

她雙手護住嘴裡叼的香菸，點著了。風吹亂了她的頭髮，她把身上裹的大衣拉得更緊了。

「所以愛麗思刁難你，」卡門說，「你有反抗她嗎？設法反擊？」

貝絲臉上的波動只有瞬間。「沒有。」

「完全沒有？你一定覺得很懊惱。」

她聳聳肩。「每個團體裡總是會有個討厭的人。不值得讓我惹上麻煩。尤其我還在緩刑期間。」

「你是因為什麼被判緩刑的？」佛柯問。

「你們不曉得？」

「我們可以去查。但是如果你告訴我們，會比較省事。」

貝絲的雙眼又看了醫院大門一眼。她把重心轉移到另一腳，然後吸了一大口菸才回答。

「你們剛剛說你們是什麼警察？」

「澳洲聯邦警察署。」佛柯拿出他的警察證，貝絲靠過來看。

「我被判緩刑是……」她停下來，嘆了口氣。「因為跟布莉的那件事。」

他們等著。「你得多說一點才行。」卡門說。

「好，對不起。我不太喜歡談這件事。兩年前我——」她似乎打算一口氣把剩下的香菸都抽光。「我當時狀況不太好，闖進了布莉的公寓，偷了她一些東西。衣服、電視機、一些她存錢買的東西，還有我祖母死前給她的一些珠寶。布莉回家時，發現我正要把偷來的東西搬上一輛車。她想阻止我，我揍了她。」

她講出最後一句話時，像是啐出來的。

「她傷得很重嗎？」佛柯問。

「身體上是沒有，」貝絲說，「但是她在街上挨了自己雙胞胎妹妹的揍，只因為這個妹妹想偷她的東西去變賣，用來買藥物。所以沒錯，她傷得很重，我傷透了她的心。」

這些話聽起來像是她曾一再在心理諮商師面前講的。她抽完了菸，但是不急著丟掉菸蒂。

「好吧，老實說，當時的事情我其實不太記得。我有幾年有藥癮，自從——」她講到一半停下來。一手撫過手臂。那動作讓佛柯想起她姊姊，在病床上摳著繃帶。「自從我大學最後一年開始。那件事真的很蠢。我想把她的東西拿去賣，立刻就被警察逮捕。我當時根本不曉得我打了她，是後來我的律師告訴我的。我當時已經有紀錄了，所以就立刻被送進牢裡。當然，那不是布莉的錯。我的意思是，不是她報警的。她可以找警察來，沒有人會怪她。後來是一個看到我們吵架的鄰居去報警的。布莉到現在還是不願意談這件事。反正她不太跟我講話了。有關這件事，我所知道的大部分都是從法庭文件上看到的。」

「那結果你怎麼樣了？」卡門問。

「在監獄待了兩個月，不太好；然後在勒戒中心待得更久一些，就好一點了。」

「他們幫你戒癮了？」

「是啊。我的意思是，他們盡力了。我也一直在盡力。戒癮是一種持續的過程，但是他們教我要為自己的選擇負起責任，也為我對我姊姊所做的事情負起責任。」

「你們兩個現在關係怎麼樣？」卡門問。

「還好。她幫我找到這個資料處理的工作，真的很棒。我大學是主修電腦科學與技術的，所以貝利坦能茨的工作有點單調，不過緩刑期間要找工作不容易，所以我已經很慶幸了。」貝絲的笑有點勉強。「其實我們以前很親。每天都穿一樣的衣服，直到十四歲吧。好久以前了，當時我們就像是同一個人。以前我們真的以為可以看穿對方的心思。」她又看了醫院大門一眼。「現在不了。」她聽起來對這個狀況有點驚訝。

「她被蛇咬傷的時候，你一定嚇壞了。」

貝絲抿緊嘴。「是啊，沒錯。我好怕我會失去她。那天早上我很早起床去小解，然後才剛回去睡，布莉就握著手臂衝進來。我們得送她去看醫生，但是可惡的愛麗思不告而別了。我們毫無頭緒地瞎忙一通，想找她，但是完全沒看到她的影子。」她一根粗短的大拇指放在唇上。「老實告訴你們，我才不在乎。我只關心布莉。就我來看，愛麗思可以照顧好自己的。我們純粹是運氣好，蘿倫曉得要帶我們走直線，否則我們還會困在裡頭。她帶著我們一直往北，找到了那條馬路，然後沿著馬路往下走。我這輩子從來沒有看到柏油路這麼高興過。」

「你親眼看到愛麗思離開嗎？」佛柯問，仔細觀察著她。

「沒有。但是我並不驚訝，她之前就一直說她要自己先走的。」

「我們聽說她帶走了手機。」

「沒錯。真他媽的自私，不過愛麗思就是那種人。反正也沒差，手機根本沒用。」

「從來沒有？」

「對。」貝絲看著他們的神色，好像他們很笨似的。「不然我們早就打電話求助了啊。」

「你們回到會合點的時候，發現愛麗思沒在那邊，你覺得驚訝嗎？」佛柯問，看著貝絲似乎思索了一下。

「對，其實我有點驚訝。尤其我們大概是走同樣的路線，只落後她兩三個小時。如果我們沒追上她，她也沒在我們之前回去，那會是發生了什麼事？」

這個問題懸在空中。佛柯聽得到警方直升機在遠方盤旋的聲音。貝絲輪流看著他們兩個人。

「聽我說，」她雙腳轉換中心，聲音壓低了些。「愛麗思惹上了什麼事情嗎？」

「比方什麼？」佛柯說，依然面無表情。

「你告訴我啊。你是聯邦警察署的人。」

佛柯和卡門都沒說話，最後貝絲聳聳肩。

「不曉得，不過我剛剛說了，她來我們部門調了很多資料。重點是，她開始親自跑來，這樣有點怪。我會注意到，是因為她以前都派布莉下來拿資料，但是最近她開始自己跑來，而且更常去調一些保密檔案。現在她失蹤了，我就……」貝絲朝他們後方遠處高聳的丘陵看了一眼，然後又聳聳肩。

「貝絲，」卡門說，「你有多確定愛麗思是自己離開那棟小木屋的？」

「拜託，我很確定。沒錯，我沒親眼看到，但純粹是因為她知道我們會阻止她。她不想困在那裡。第一夜之後，她已經試過要說服吉兒讓她自己先回來，但是吉兒說不行。然後在小木屋那邊，她又試過一次。」

「所以她們兩個之間有點緊張？」卡門問。

「那當然。」

「我們之前看到吉兒．貝利，發現她臉上有一塊瘀青，在下顎那邊。」

貝絲打量著自己的香菸，沉默了好一會兒。「我不太確定她是怎麼會有那塊瘀青的。我知道她一路上絆倒了幾次。」

佛柯繼續保持沉默，但是貝絲沒抬頭看他們。

「好吧，」佛柯說，「所以吉兒和愛麗思之間的互動不太好。」

「是啊，但是也沒什麼好驚訝的。愛麗思非常好鬥，沒事都能找架吵。而且她本來就已經很不爽了，吉兒根本不必惹她。打從第一個晚上愛麗思跟丹尼爾．貝利談過之後，她心情就一直很糟。」

佛柯聽到醫院大門裡頭傳來警示的嗶嗶聲，一直響個不停。

「丹尼爾．貝利？」佛柯說。

「吉兒的弟弟。他是執行長。第一天晚上男生組跑來我們的營地，他把愛麗思拉到一邊去私下談話。」

「你知道他們談些什麼嗎？」

「不清楚。我沒聽到多少。不過愛麗思當時問他怎麼會發現某件事，丹尼爾說因為他親眼看到了。她一直問：『還有誰知道？』然後他說：『現在還沒有。』」貝絲皺眉回想。「丹尼爾說了類似這樣的話：『這是尊重的問題，所以我想先警告你一聲。』」

「警告她？」佛柯說，「你確定聽到他這樣說？」

「是啊，但是我不確定他指的是什麼。我會注意到，是因為丹尼爾．貝利在事務所裡向來不是那種尊重女性的人。」

「他會挑釁女人？」卡門問。

「應該比較接近輕蔑吧。」

「好吧，」佛柯說，「他那天晚上的口氣怎麼樣？憤怒嗎？」

「不，他當時很冷靜。不過他不太高興。聽起來那段談話是迫不得已的。」

「那愛麗思的口氣呢？」

「老實說，」貝絲想了一會兒。「我覺得愛麗思聽起來很害怕。」

第二天：星期五下午

「下去拿，貝絲。」愛麗思指著上漲的河水。「快點，免得被沖走了。」

蘿倫望著河岸下頭。那個小小的金屬瓦斯罐被幾根枯枝托著，隨著下方湍急的渾濁河水而顫抖。

貝絲猶豫地站在河岸邊緣，嘴裡咕噥著。

「怎麼了？」愛麗思厲聲問道，「你在等什麼？」

「我說，我們今天晚上自己生火不就得了嗎？」

「只有第一個營地可以生火，」愛麗思說，「我們需要那個瓦斯罐煮飯。你爬下去拿就是了。」

貝絲看了一眼河水，又迅速移開目光。「怎麼下去？」

這是個好問題，蘿倫心想。岸邊陡峭而泥濘，往下陡直落入河面。那幾根枯枝下方的水面聚集了一堆殘骸，像一件骯髒的大衣。

「我會掉進河裡的。」貝絲還是僵立在岸邊不動。「我不會游泳。」

愛麗思的表情幾乎是覺得好笑。「你說真的？完全不會？」

「不太會。」

「天啊，那你就最好不要掉下去。」

「或許就算了吧。」吉兒似乎頭一次有辦法表達意見。她謹慎地打量著河水。「我不確定下去拿是安全的。」

「不能算了。我們需要那個瓦斯罐。我們會困在這裡好幾天。」愛麗思說。

吉兒看了蘿倫一眼，對方點點頭。愛麗思說得沒錯。要是沒有爐火，她們還得撐到星期天，一定會很難熬。

「貝絲！」愛麗思厲聲說，「下去。不然就要被沖走了。」

「不要！」貝絲臉頰發紅，雙眼明亮。「你聽好了，我不會去拿。我會掉下去的。」

「別這麼沒用。要是沒了那個罐子，今天晚上就沒晚餐可以吃了。」

「我無所謂！昨天晚上你們根本都沒人吃飯。我才不會因為你們現在有點餓了，就去摔斷我的脖子。」

貝絲堅定地站在那裡，但蘿倫看得出她的雙手在發抖。

「是你弄掉下去的，貝絲。」愛麗思說，「你就要去拿回來。」

「是你放進我背包裡的，根本沒告訴我。」

「所以呢？」

「所以你自己去拿。」

兩個女人面對面。貝絲雙手插進口袋裡。

「天啊，貝絲——」愛麗思又開口。

「我去拿。」蘿倫還沒想清楚，話就衝口而出。四雙眼睛驚訝地轉向她。她立刻後悔了，但是話已經說出口。「我會爬下去，不過你們全都得幫我。」

「謝謝。」貝絲的臉因為放鬆而更紅了。

「你確定嗎？」吉兒從岸邊退開一些。「或許我們應該——」

蘿倫打斷她，免得自己改變心意。「不，我去拿。我們的確需要那個瓦斯罐。」

她望著下頭。河岸很陡，但是有一兩塊岩石和一些野草叢可以攀附。她吸了口氣，不確定該怎麼做。終於，她在河岸邊緣坐下來，扭著身子緩緩下降。手掌下的地面冰冷而充滿砂礫。她掙扎著往下，感覺到兩雙手握住她的前臂和夾克，她的靴尖在泥濘的河岸邊緣往下滑。

「很好。我們抓住你了。」愛麗思說。

蘿倫沒往上看。她的目光一直盯著那個瓦斯罐，還有下方奔流的河水。她伸出一手，指尖沒搆到。差一點。一陣狂風搖撼那堆樹枝，她看到那罐子鬆開了一些。

「我得湊近一點。」

她又伸手，身子往下，腳尖在泥崖上滑動。接近了。她的手指剛剛刮過那金屬的光滑表面，此時有個什麼支撐不住。她腳下一滑，忽然間，整個人朝樹枝摔下去。隨著一個啪啦聲，她掉進水裡了。

她只猛吐了一口氣，河水就淹過她頭頂。那冰冷讓她的肺停擺，渾濁的泥水湧入她的口腔。她設法踢水，但腳上的靴子太重了。她突然又浮上水面，猛吸一口氣，雙眼只看得到水。

「救命！」她又吞了一口河水，喊叫聲被淹沒了。

「往上伸手！往上伸手！」

蘿倫聽到上方模糊的喊叫聲，同時有個人半爬半滑地下了河岸，朝她遞來一個東西。她雙手抓住，感覺到防水布裡面的喀噠聲。那是裝著帳篷柱的袋子。

「抓住，我們會把你拉上來。」

她一隻手腕設法穿過提帶，轉動一下握緊了。瓦斯罐銀色光澤掃過她眼前，順著水流漂離，蘿倫伸手去抓。

「我沒辦法——」

一大塊結實的木頭忽然出現，上頭黏著一堆溼滑的樹葉，它冒出湍急的水面，猛地撞上她的腦袋側面。她看到的最後一個畫面，就是那塊沾了血的木頭彈開，沒入水中消失無蹤。

蘿倫快凍僵了。她發抖得好厲害，身上的關節撞著堅硬的地面。她逼自己睜開眼睛，發現自己側躺著。眼前一切都明亮得刺眼，但現在的日光跟之前不太一樣。她昏迷多久了？她覺得自己聽到哭聲，隨之是嚴厲的耳語。哭聲停止了。

「你醒了，感謝老天。」愛麗思的聲音。

「她還好嗎？」是吉兒。

「我想應該還好。」

我不好，蘿倫想說，但沒有力氣。她掙扎著坐起身，覺得腦袋抽痛，她去碰那個痛點，摸到了血。她裹著一件別人的大衣，自己身上的衣服全都溼透了。

布莉坐在她旁邊，膝蓋縮到胸口，一條旅行毛巾圍在肩上。她的頭髮溼透了，兩人之間有一灘溼漉漉的嘔吐物。蘿倫不確定是誰吐的。她感覺自己的嘴巴裡又溼又臭。

吉兒和愛麗思站在她上方。兩個人都嚇得臉色發白。貝絲站在她們後方，顫抖著，眼圈紅紅的。她沒穿大衣，蘿倫這才發現自己身上蓋的是她的大衣。她模糊地想著自己是不是該提議把大衣還給她，但是牙齒打顫得太厲害，沒辦法講話。

「你沒事了。」愛麗思一直說，口氣充滿防衛性。

發生了什麼事？蘿倫想說，但講不出來。她的臉色一定表明了一切。

「布莉把你救上來，」吉兒說，「你沒事，但是腦袋被撞了一下。」

感覺上好像撞了不止一下。光是坐起身，蘿倫都覺得暈眩。

「我們至少拿回那個瓦斯罐了嗎？」

她們的臉色表明了答案。

「那麼帳篷柱的袋子呢？」

她們的臉色還是很凝重。

「掉在河裡了，」吉兒說，「不是誰的錯。」她又很快補充。

唔，反正不是我的錯，蘿倫立刻心想。「那我們現在怎麼辦？」

愛麗思清了清嗓子。「營地那邊應該有多的補充品。」她努力想裝出樂觀的口氣，但是不太成功。

「我不確定我走得到那邊。」

「你非得走到不可。」愛麗思說。她的口氣放軟。「對不起。但是我們沒有帳篷，不能待在這裡。晚上會變很冷的。」

「那就生火吧。」蘿倫說，每個字都講得很辛苦。她看得出吉兒搖頭。「拜託，吉兒，我知道這裡不准生火，可是——」

「不是那個原因。打火機溼掉了。」

蘿倫好想哭。她又覺得噁心，於是往後躺回去。冰冷的地面害她頭更痛了。她覺得一滴液體流過額頭，往下到太陽穴。她不曉得那是河水還是血。她吃力地稍微抬起頭。愛麗思還站在那裡看著她。

「打電話求助。」蘿倫說。

愛麗思沒動。

「打電話吧，愛麗思，用你的手機。」

吉兒一臉擔心。「她試過了，但是打不通。」

蘿倫頭又往後落回地上。「那現在怎麼辦？」

沒人講話，有個什麼竄進樹林裡。

「或許我們該往更高的地方走，」最後愛麗思說，「看能不能收到訊號。」

「那會有差別嗎？」吉兒問。

「我怎麼知道？」

接下來是一段尷尬的靜默。

「對不起。」愛麗思打開地圖低頭看。最後她抬起頭。「聽我說，我很確定這條河就是地圖上這裡，在北邊。這裡有一座低矮的山丘頂，還有一條小徑，在西邊，看起來不會太陡。反正營地就在那個方向。我們可以到那個山丘頂，看有沒有訊號。你們覺得怎麼樣？」

「你有辦法帶我們到那裡嗎？」吉兒問。

「是的，應該可以。那邊是西邊。等我們走到那條小徑之後，路應該就會很好認了。」

「你以前有這類經驗？」

「有幾次。」

「是學校的營地，還是最近？」

「學校的營地。但是我一直記得該怎麼做，完全沒忘掉。」

「這個方法當時行得通？」

愛麗思冷笑。「這個嘛，我最後沒死在荒林裡。不過聽我說，吉兒，如果你有更好的計畫……」

「不是那樣的。」吉兒接過地圖，瞇起眼睛看。然後懊惱地輕嘆一聲，遞給蘿倫。「你也在那個營地待過。你覺得呢？」

蘿倫的手指都凍僵了，幾乎握不住那張地圖。她設法仔細看，可以感覺到愛麗思正盯著她。地圖上有幾座小丘頂，她不曉得愛麗思指的是哪一座。她冷得實在很難思考。

「不曉得，」她說，「我想待在這裡。」

「唔，沒辦法。」愛麗思咬住嘴唇。「聽我說，我們得對外求助，或至少得趕到營地去。來吧，蘿倫。你很清楚的。」

蘿倫的頭抽痛，而且發現她沒有力氣多做別的，只能點頭。「好吧。」

「好，那我們都同意了？」吉兒聽起來鬆了口氣。「就照愛麗思的計畫？」

蘿倫搖晃不穩地站起身，再度想起中學時期在麥艾萊斯特營地的那一天。當時她也雙腳不穩，而且因為要做信任挑戰而被蒙住雙眼。當愛麗思堅定而穩靠地握住她的手臂時，她感到莫大的解脫感。我扶住你了。走這邊。當時蘿倫茫然不知所措，感覺到愛麗思的手好溫暖，然後一步接一步，跟著她走過陌生的土地。

此刻，當她把地圖交還給吉兒時，真希望自己不會再度覺得那麼茫然。至少她們現在有個計畫了。

「我們就照她的話做吧。」

愛麗思或許有很多缺點，但是這個女人向來很清楚自己在做什麼。

11

「在第一天晚上，丹尼爾是跟愛麗思說了什麼，才會嚇到她？」卡門望著車窗外的一棵棵樹飛逝而過，醫院被他們拋在遠遠的後方了。

佛柯沒立刻回答。他想得出幾個可能，但是沒有一個夠好。

「無論是什麼，他顯然認為值得在黑暗中走過荒林去找她。」最後他說。

「一定跟他錯過巴士的原因有關，」卡門說，「否則他更早就可以告訴她，或警告她。」

佛柯回想起丹尼爾昨天在停車場說過的話。家裡的私事。

「會是跟他姊姊有關嗎？」佛柯說，「說不定他急著要找的是吉兒。不曉得。或許我們應該直接去問他。」

「說到姊妹，」卡門說，「你覺得這對雙胞胎是怎麼回事？我知道布莉在公司有份體面的工作，但是我認為貝絲也不笨，她腦袋同樣靈光得很。」

佛柯也有相同的想法。「如果她對自己經手過的那些文件，比她願意表現出來的更了解，我也不會驚訝的。」

「好極了。如果連資料室的那位小姐都注意到愛麗思表現怪怪的。這對我們可不是好兆頭，對吧？」

「不曉得，」佛柯說，「我可以理解愛麗思嚴重低估貝絲。我的意思是，我們自己原先也低估了。愛麗思可能碰到她就放下戒心，變得大意了。」

或是急了，他心想，回憶起他們最後一次跟愛麗思的談話。弄到那些合約。弄到那些合約。上面給他們壓力，他們就往下施壓。

「假設貝絲覺得愛麗思很可疑，」卡門說，「她會在乎嗎？聽起來她很需要這份工作。但是一個最基層的職位，實在很難讓人對公司誓死效忠。而且她是那種公司的局外人。」她暫停一下。「不過局外人往往也最渴望成為圈內人。」

「或許貝絲不在乎，」佛柯說，「但是她可能會告訴布莉。」布莉似乎是那種會很在乎的人。

「是啊，有可能，」卡門說，「不過她們姊妹倆之間的互動很詭異。」

佛柯把車轉入前往接待小屋的最後一段路。「我知道。我搞不清她們是深愛彼此，還是痛恨彼此。」

「大概兩者都有吧。」她說，「你有任何兄弟姊妹嗎？」

「沒有。你呢？」

「有，一堆。那種又愛又恨的關係非常不穩定。在雙胞胎身上大概會更糟糕。」

佛柯駛入停車場，停在他看到的第一個空位裡。他下車後甩上車門時，覺得好像有什麼不對勁，於是四下看了一圈，不太確定，直到他看到了。或者更精確地說，是沒看到。

「該死。」

「怎麼了？」

「他的車不見了。」

「誰？丹尼爾？」卡門轉身。沒看到那輛黑色的ＢＭＷ。「還沒找到愛麗思，他就回墨爾本了？」

「不曉得。或許吧。」佛柯皺起眉頭。「尤其如果他知道還要等很久的話。」

雨又開始下了，等到他們走到接待小屋外頭，大大的雨點已經把他們的衣服淋得點點溼斑。到了接待小屋門口。佛柯把靴子擦了一下，一手撫過潮溼的頭髮。

「嘿，看那裡。」卡門低聲說，朝休息室點個頭。

吉兒．貝利獨自坐在裡頭，手裡拿著一個裝了咖啡的馬克杯，表情呆滯。她朝他們看了一眼，先是驚訝，然後看他們走過去坐在她對面，她的表情轉而有點氣惱。近看之下，她下頜的瘀青邊緣轉為暗黃色，佛柯看得出她嘴唇原先破裂的地方還有點腫。

「如果是有關那場官司的，你們就得去跟我們的律師談了。」吉兒說。

「對不起，你說什麼？」佛柯坐下來才發現自己坐到一張太舊的沙發，軟得讓他雙腳很難踩在地板上。他謹慎地抓著扶手，免得自己下陷得更厲害。

「你們不是『經營冒險家』的人嗎？」她說出口的話有點含糊不清，舌尖舔了一下發腫的嘴唇。

「不。我們是警察。」佛柯只說了他和卡門的名字。「我們是協助金恩警佐的。」

「啊，對不起。我昨天看到你們跟伊恩．卻斯在一起，就以為……」她沒講完。

卡門看著她。「你們要告經營冒險家？」

吉兒轉著她的馬克杯，上頭已不再冒著蒸氣，看起來她已經拿著那杯咖啡好一會兒了。

「不是貝利坦能茨事務所直接提告的，但是承保這趟活動的保險公司發了一封合約意向書過去。我不怪他們。」她看看眼前兩個人。「而且當然，這件事跟愛麗思或她的家人可能提起的訴訟完全無關。」

「愛麗思．羅素的家人有來這裡嗎？」佛柯問。

「沒有。愛麗思離婚了，有個十來歲的女兒，現在跟父親在一起。我們當然表示過願意協助，無論他們需要什麼。但是顯然讓瑪歌——就是她女兒——待在原來熟悉的地方比較好，免得跑來這裡，也是束手無策。」她低頭看著自己的手。佛柯注意到，她右手的指甲有破損，跟布莉的指甲一樣。

「你弟弟還在這裡嗎？」卡門問，「他的車不在外頭。」

吉兒沒立刻回答，刻意舉起杯要喝咖啡。鐵定冷了，佛柯從她的表情看得出來。「沒有。你們恐怕是錯過他了。」

「他去哪裡？」佛柯問。

「回墨爾本了。」

「有公事嗎？」

「是家裡的事。」

「想必也是有什麼緊急狀況吧？現在這裡忙成這樣，他還得趕回去，應該也是不得已。」

吉兒不禁面露苦惱，表情變得更凝重，佛柯猜想她也贊同。「他不是輕易做出這個決定的。」

「你不必一起回去嗎？」

「是他自己家裡的事，不是我們家。」吉兒又想喝口咖啡，然後放棄了。「對不起，你們剛剛說你們是哪個單位的？」

「澳洲聯邦警察署。」

「我以為這回搜救是省警局負責的？我已經跟他們談過了。」

「各單位都有參與，」佛柯說，盯著她的眼睛。「我們想跟你確認幾件事，希望你能幫忙。」

吉兒稍稍頓了一下。「當然了，只要能幫上忙。」

吉兒把咖啡杯放在一張邊桌上，就在她的手機旁邊。她看了一下手機上空白的螢幕，然後嘆口氣把手機翻面。

「那就像是被截肢的人，還會幻想自己的四肢會疼痛，對吧？」卡門問。

「我想，在裡頭最難受的事情之一，就是有手機卻收不到訊號，」吉兒說，「真可悲，不是嗎？如果根本沒手機，還比較好過一點，至少不會一直分心。」

「你知道愛麗思帶著她的手機去嗎？」佛柯問。

「是第一天晚上才知道的。不過我也沒那麼驚訝。愛麗思就是那樣。」

「哪樣？」

吉兒看著他。「就是那種自強活動時，可能會帶著違禁的手機去的。」

「好吧，」佛柯說，「那你知道她在那裡想打給誰嗎？」

「000，那是當然。」（000為澳洲當地的緊急求救專線）

「沒有其他人？」

她皺眉。「據我所知是沒有。我們得節省電池。不過反正也沒差別，我們從來沒撥通過。」

「一通都沒有？」佛柯問。

「對。」她嘆氣。「老天，我發現她帶著手機跑掉，真是氣壞了。我們一直指望那個手機，即使根本沒用。但是現在坐在這裡，回想起來似乎很荒謬。我很高興她帶走了手機，希望能對她有幫助。」

「搜救進行期間，你會一直待在這裡嗎？」卡門問，「或者你也打算回墨爾本？」

「不，我會待在這裡，直到他們找到她——希望她平安無事。丹尼爾本來也該留下的，但是——」吉兒一手撫過臉，碰到瘀青時瑟縮了一下。「對不起，這種事對我們來說很陌生。我在公司裡二十九年了，從來沒碰到過這樣的事情。老實說，這些自強活動真該死。」

「辦這些麻煩的活動不值得嗎？」佛柯問。吉兒勉強擠出苦笑。

「就算順利的時候，都很麻煩。以我個人來說，我認為員工領薪水就該認真工作，但是現在這個年代，你不能這麼說了。現在一切都講究整體管理方法。」她搖搖頭。「但是，天啊，這真是個惡夢。」

在她身後，那面大幅的觀景窗被風吹得嘩啦響，他們都看過去。雨水拍擊著玻璃，扭曲了外頭的視野。

「你認識愛麗思．羅素多久了？」佛柯問。

「五年了。其實當初雇用她的就是我。」

「她是好員工嗎？」佛柯問，仔細觀察著吉兒，但是吉兒一臉坦然望著他。

「是的。她很優秀。工作努力，很盡責。」

「她很樂意去參加自強活動嗎？」

「不會比其他人更樂意或更不樂意。我不認為任何人度過週末的選擇，會是來參加自強活動。」

「我們聽說愛麗思第一晚之後曾要求離開，但是你勸她打消念頭。」卡門說。

「沒錯，但是老實說，我不能讓她走啊。否則我就得帶著整組人回去，那就要應付很多疑問，還有成本的問題，而且我們全都得找一天再進行一次。我的意思是，事後回想，我當然希望我當初答應了她，我們所有人就都不必受這些罪了。」吉兒搖搖頭。「那天愛麗思跟我說她身體不舒服，但是我不相信她。她女兒學校裡有個活動，我以為她因此想回去。但是她一個星期前也曾想退出這個自強活動，當時我認為她只能忍過去，跟我們其他人一樣。我們沒有一個真的想參加的。」

「連你都不想？」卡門問。

「我才是最不想的。至少愛麗思和蘿倫在學校裡有過野外生活的經驗。布莉．麥肯齊則是非常健康。她妹妹——唔，我想她也不是很喜歡吧。」

走廊傳來一陣腳步聲，他們全都抬頭望向打開的休息室門。一群搜索人員回來了，他們走向廚房，筋疲力盡的臉道盡了一切。

「你們五個是怎麼被選出來參加這趟活動的？」佛柯問。

「是從不同職位和資歷裡頭隨機挑選出來的，以培養跨部門的團隊精神。」

「那真正的原因是什麼？」

吉兒微微一笑。「管理團隊所挑選的，是認為這些員工需要透過這個挑戰，以加強他們的專業或人際能力。」

「管理團隊有誰？你自己？丹尼爾？」

「我沒有。丹尼爾有。主要是各部門的主管。」

「那麼，他們希望這組人能加強哪方面的能力？」

「布莉．麥肯齊是我們日後打算晉升的人，所以這個活動是她進階課程的一部分。她妹妹——」吉兒停下。「你們見過貝絲嗎？」

佛柯和卡門點點頭。

「好吧。我大概得跟她說再見了。她不是很……合作。有人大概會覺得她姊姊也在公司裡會有幫助，但是我想他們高估了這兩姊妹的親密程度。」吉兒皺起嘴唇。「至於蘿倫——這些話你們不會傳出去吧？——她的表現很不好。我知道她家裡有些問題，但是影響到她的工作了。」

「那愛麗思呢？」

吉兒沉默了一會兒才說：「有人針對她正式提出申訴。」

「為了什麼？」

「有差嗎？」

「我不曉得，」佛柯說，「她還在失蹤狀態，所以或許有差。」

吉兒嘆了口氣。「嚴格來說，是霸凌，但是有可能只是講話太刻薄而已。愛麗思講話有可能很直截了當的。另外順便講一下，這些都是機密。其他人都不曉得。」

「針對她的申訴有任何道理嗎？」卡門問。

「很難說。提出申訴的是一個行政助理，所以有可能是性格衝突而已，但是──」她暫停一下。「這不是第一次了。兩年前也出現過同樣的狀況。後來調查沒有結果，但是管理團隊覺得，或許密集的團隊合作活動會對愛麗思有益。這也是我第一晚不能讓她離開的另一個理由。」

佛柯思索了一下。「那你呢？」他問，「為什麼你也參加？」

「我們最近的一次資深主管會議中，大家都答應每年要參與一些活動。如果有其他理由，你就得問管理委員會的其他人了。」

「那你弟弟也是同樣的原因嗎？」

「信不信由你，丹尼爾其實很喜歡這種活動。但是他說得沒錯，讓全公司看到他和我都參加，是很重要的。」

「跟員工同甘共苦。」佛柯說。

吉兒平靜地說：「我想是這樣吧。」

走廊傳來一聲轟響，接待小屋的門被猛地推開。他們聽到腳步聲，然後某個人又把門用力關上。

「我想在家族公司裡工作，就是會有一大堆義務，」卡門說，「你不能躲起來就算了。你弟弟也說過類似的話。」

「是嗎？」吉兒說，「唔，這點的確沒錯。我的學士學位是英語與藝術史。我本來想當人文學科的老師。」

「後來發生了什麼事？」

「沒發生什麼事。這是家族企業，就會希望家族成員來接手。在這方面，我們跟農場家庭，或是那些把街角商店傳給子女的家庭沒有兩樣。你需要你信得過的人。我在那裡工作，丹尼爾在那裡工作，我們的父親還在管事。丹尼爾的兒子喬爾大學畢業後也會進來工作。」

「那你呢？你有小孩嗎？」佛柯問。

「有，兩個。現在都成年了。」她暫停一下。「但他們是例外。他們對進入這一行沒有任何興趣，我也不會逼他們。我爸不太高興，但是他反正已經有我們其他人了，所以我想這是個公平的交易。」吉兒的表情變得柔和一些。「我的兩個小孩都當了老師。」

「太好了，」卡門說，「你一定很驕傲。」

「沒錯，謝謝。」

佛柯看著她。「回到自強活動吧，你弟弟和男生組在第一天晚上去你們的營地。你之前知道他們這個打算嗎？」

「不知道。」吉兒搖頭。「要是早知道的話，我會叫丹尼爾不要過來的。那件事……沒有必要。我不希望其他女人覺得男生組在監督我們。」

「你弟弟那天晚上跟愛麗思．羅素談過話。」

「我們總共才十個人。我想大部分人都跟其他人談過話。」

「顯然他是私下跟她單獨談的。」佛柯說。

「那也沒有什麼不可以。」

「你知道他們談些什麼嗎？」

「我不確定。你們得去問他。」

「我們是很想。」卡門說，「但是他離開了。」

吉兒還是沒說話，不過舌尖又探出來，碰了一下嘴上的割傷。

「所以他們談過之後，你沒注意到愛麗思好像特別心煩或不安？」卡門問。

「當然沒有。她為什麼要心煩或不安？」

「因為她要求你讓她離開，」卡門說，「至少兩次。」

「唔，就像我剛剛說過的，如果我對每個想離開的人都說好，那半個人都不會留下了。」

「我們知道你們兩個人之間因此有點緊張。」

「誰告訴你的？每個人在裡頭都很緊張。那個狀況很難熬。」

吉兒從桌上拿起她冷掉的咖啡握在手裡。佛柯不太確定她的手是不是在顫抖。

「你的臉為什麼會有瘀青？」佛柯問，「看起來相當嚴重。」

「啊老天在上，」吉兒重重放下她的咖啡杯，裡頭的液體都潑濺出來。「你這個問題是在暗示什麼？」

「沒什麼，只不過是個問題。」

吉兒的目光從佛柯轉到卡門，然後又看回來。她嘆氣。「那是個意外，發生在小木屋的最後一夜，當時我們有一場愚蠢的爭執。」

「什麼樣的爭執？」佛柯問。

「完全是小題大作。這事情我告訴過省警局的人。懊惱和恐懼愈來愈嚴重，最後大家就爆發出來。推擠和扯頭髮的部分頂多兩秒鐘而已。就像學童打架。開始得很快，結束得也幾乎同樣快。」

「看起來不像。」

「我比較倒楣。我站在錯誤的位置，被撞了一下。那不是故意的。」

「那是誰在打架？」佛柯仔細觀察她。「所有人嗎？」

「老天，不是。」吉兒腫起的臉很驚訝。「是愛麗思和貝絲。我們都又冷又餓，愛麗思又威脅說要離開，於是就爆發了。我很自責，我早該料到的。那兩個人向來就處不好。」

第二天：星期五下午

吉兒往前走，牙齒冷得打顫。她已經在河邊換上乾衣服——所有人都換了，彼此背對著，邊打哆嗦、邊脫掉衣服——結果二十分鐘後又碰到另一陣大雨。她很想稍微走快一點，好讓身子暖起來，但是她看得出蘿倫雙腳仍顫抖不穩。急救包裡面找出來貼上的ＯＫ繃老是從她額頭剝落，露出一道又深又長、帶著血的傷口。

愛麗思走在最前面，手裡拿著地圖。布莉在河岸時交出地圖，半個字都沒說。貝絲一如往常，走在最後面。

好奇怪，吉兒心想，這些雜木荒林看起來都好像。她兩度看到某個東西——一次是一座樹樁，另一次是一根倒下的樹——是她確定稍早看過的。那就像是走在半恆常的、似曾相識的風景裡。她挪動一下肩上的背包，因為沒了帳篷柱而比較輕了，但是減輕的重量卻沉甸甸地壓在她心頭。

「大家都還好嗎？」吉兒問，此時她們放慢速度，繞過一條泥濘的小溝。

愛麗思拿出羅盤看。她的臉轉向另一個方向，然後又看看羅盤。

「還好嗎？」吉兒又問。

「是的，沒問題。因為步道之前轉了個彎。不過走這條沒錯。」

「我以為我們應該是朝高處走的。」她們腳下的地面雜草蔓生，但絕對是平的。

一個聲音從後方傳來。「我們應該多查看羅盤，愛麗思。」蘿倫一手按著額頭的ＯＫ繃。
「我剛剛才檢查過，你也看到的。」
「但是你往後得多檢查幾次。」
「我知道，謝了，蘿倫。如果你想要的話，隨時歡迎你過來接手，負責指路。」愛麗思的羅盤平放在手掌上伸出，像是要獻出來。蘿倫猶豫了，然後搖搖頭。
「我們繼續走吧，」愛麗思說，「很快就要開始爬坡了。」
她們往前行，地面始終還是平的。吉兒差點就要問出「很快」到底是多快，此時她的大腿開始感覺到那種使勁的灼痛感。她們在往上了。坡度很緩，但絕對是上坡。她高興得好想哭。感謝老天，要是運氣好的話，丘頂就能收到手機訊號，可以打電話求救。她們就可以結束這場困境了。
到了河邊，恐懼又開始成形，而且嚴重的程度她這輩子大概只碰到過兩三次。那是一種領悟：這個非常不對勁。一回是她十九歲那年撞車，當時她看著對方駕駛人的眼睛睜得好大，同時兩人的車子滑向對方，形成一種恐怖之舞。第二次是三年前，她第二度參加公司的聖誕派對。喝太多了，跟錯誤的男人調情太多次，於是在走回家的路上差點出事。
然後還有那特別的一天，她父親迎接她和丹尼爾進入他的私人辦公室——家裡的，不是事務所裡的——然後詳細解釋貝利坦能茨的家族企業是怎麼運作的。
吉兒拒絕過。接下來幾年，她有時會因為自己拒絕過而獲得安慰。丹尼爾立刻答應了，但是她堅持了將近十八個月。她去註冊參加了一個教師訓練課程，然後對於家族聚會都致歉而不出席。

有一陣子，她相信自己的決定被接受了。後來她才明白父親只是給她空間，讓她用自己的步調慢慢接受無可避免的結果。但是一定發生了什麼事，讓這個過程加速——她從來沒問過是什麼事——因為十八個月之後，她又被找到她父親的辦公室。這回是單獨去。她父親請她坐下。

「我們需要你。非常需要。」

「你有丹尼爾了。」

「他很盡力。但是……」她父親是她在這世上最愛、最信賴的人，此時他只是輕搖一下頭。

「那就停止吧。」

「我們沒辦法。」我們，他說得很清楚，不是我。

「可以的。」

「吉兒。」他握住她的手。她從來沒看過他這麼憂傷。「我們沒辦法。」

她覺得眼睛溼熱，喉嚨哽咽。那眼淚是為了他，多年前只是幫錯誤的人一個簡單的小忙，結果他發現陷阱活門後頭就是一條滑道。當初只是貪心賺點小錢，結果幾十年後他還在付出代價，而且付了上千倍。那眼淚也是為了她自己，還有她永遠不能完成的教師訓練課程，以及當初的拒絕還是變成答應。但是至少接下來幾年，她會提醒自己，一開始她是拒絕的。

現在，當吉兒的肺灼痛，雙腿發瘓，她設法專注在眼前的任務。上坡的每一步都更接近目的了，她看著愛麗思的後腦勺，帶領著團隊前進。

五年前，吉兒擔任財務長，愛麗思是進入第三輪面談的應徵者。她只有另一個對手，是一個資格類似、但是經驗上比較相關的男人。面試完畢後，愛麗思輪流看過每一位面試官，說她可以勝任這份工作，但是他們提的薪水必須再加百分之四。吉兒暗自微笑，叫他們錄用她，想辦法生出那百分之四。

此刻她們來到一個轉彎處，愛麗思停下腳步看了地圖。她等到吉兒跟上，其他人都還落後一些。

「我們應該很快就會到頂點了，」愛麗思說，「要稍微休息一下嗎？」

吉兒搖頭，前一晚跌跌撞撞摸黑走到營地的記憶猶新。剩下的白晝愈來愈短了。她不記得日落是幾點，但是她知道很早。「趁著還有天光時繼續走吧。你看過羅盤了嗎？」

愛麗思掏出來看了一眼。

「都沒問題？」吉兒問。

「是的。我是說，這條步道彎來彎去，所以要看我們是面對哪個方向，不過還是在這條路上沒錯。」

「好吧。你確定了就好。」

愛麗思又檢查了一次。「是的，我確定。」

於是她們繼續向前走。

吉兒並不後悔雇用愛麗思，也當然更不後悔那百分之四。多年下來，愛麗思證明自己值更多。她很聰明，比大部分人都更快就能掌握形勢，而且她明白事理。比方她懂得什麼時候要開口、什麼時候應該閉嘴，而這對一家比較像大家庭的公司來說是很重要的。當吉兒的外甥——十七歲的喬爾，跟他父親當年太像了——在去年的公司野餐會上，坐在支架桌旁悶悶不樂、眨著眼睛凝望著愛麗思美麗的女兒時，吉兒和愛麗思交換了一個會意的眼神。有些時候吉兒認為，如果換作別的時間、別的地點，她和愛麗思可能會成為好友。但是有些時候，她又覺得不可能。跟愛麗思相處，就像養了一條生性好鬥的狗。需要的時候她很忠心，但是你得隨時保持警覺。

「快到了嗎？」

吉兒聽到蘿倫的聲音從後頭傳來。她的OK繃又剝落了，一道雨水和鮮血形成的粉紅色痕跡流下她的太陽穴和臉頰，停在她嘴邊。

「我覺得快到山丘頂了。」

「我們還有水嗎？」

吉兒拿出她的水瓶，傳給蘿倫，她邊走邊喝了一大口，接著舌頭舔過嘴角，舔到血水時皺起臉。然後她一手呈杯狀，把水倒進去，用來洗自己的臉頰，中間有些水落到地上了。

「或許我們應該——」吉兒開口，此時蘿倫又重複整個過程，於是吉兒就把話硬吞了回去。

「或許什麼？」

「不重要。」她本來要說或許她們應該要節省飲水。但是不需要了，營地那邊還會有更多補給品。而且吉兒還不想承認她們可能要在別處過夜。

小徑持續變得愈來愈陡，吉兒聽得到周圍的呼吸聲變得更加濁重。這條斜坡的右邊以更銳利的角度下降，然後是一道懸崖。吉兒眼睛直視前方，一步接一步往前邁進。她已經不曉得她們爬了多高，直到最後幾乎是毫無預警地，小徑變得平坦了。

尤加利樹退開，她們面對著一片壯麗的景色，起伏的丘陵與谷地在下方展開，直達遠處的地平線。游移的雲影製造出一片有如浪濤波動的綠色海洋。她們走到丘頂了，那景象美得令人屏息。

吉兒把背包放到地上。五個女人並肩站著，手扶著後腰，雙腿痠痛，喘氣審視著眼前。

「太不可思議了！」

幾乎就在這時候，雲層散開，露出遠處低懸的太陽，剛好就在最高那幾棵樹的樹頂，蒼白的明亮光芒籠罩著她們。吉兒眨眨眼，任金色光線照得她目盲，她幾乎可以想像自己感受到臉上的熱力。這天頭一回，她覺得胸口的重量減輕了。

愛麗思從口袋掏出手機，看著螢幕。她皺著眉，但是沒關係，吉兒告訴自己。即使沒有訊號，一切都會沒事的。她們會走到第二個營地，弄乾衣服，在那個庇護處找出辦法來。她們會好好睡一覺，明天早上一切都會好轉的。

吉兒聽到身後傳來一聲乾咳。

「對不起，」貝絲說，「但是剛剛我們是朝哪個方向走？」

「西邊。」吉兒回頭說。

「你確定？」

「是的。朝營地走。」吉兒轉向愛麗思。「對吧？我們是朝西邊走？」

「對，西邊。」

「所以我們一路都是朝西邊走？」貝絲說，「自從我們離開那條河流之後？」

「天啊。沒錯。我已經講過了。」愛麗思繼續盯著手機，根本沒抬頭看。

「那麼——」暫停一下。「對不起。只不過——如果這個方向是西邊，那為什麼太陽是朝南邊落下？」

每個人都轉頭，剛好看到太陽又朝尤加利樹下沉一些。

這就是愛麗思的另一個特點，吉兒心想。有時候她可以讓你覺得自己被狠狠背叛了。

12

佛柯和卡門告辭，留下吉兒．貝利獨自在休息室裡思索，此時白晝的天光逐漸消失。他們沿著小徑走回自己的木屋時，黃昏的蟲鳴已經開始響起。

「這裡天黑得好早，」卡門看了一下手錶，風吹著她的頭髮。「我想是樹太多，把光線都遮住了吧。」

他們看到幾輛廂型車停在接待小屋外頭，疲憊的搜救人員爬下車，呼出的氣息在空氣中結成白霧。從他們的臉色可以判斷，還是沒有好消息。天空現在很平靜，直升機一定收班落地了。希望也隨著白晝而逐漸褪淡。

佛柯和卡門來到自己房間的門前停下。

「我要去洗個澡，準備一下。」卡門伸了個懶腰，佛柯聽到她衣服底下的關節發出脆響。「這兩天很漫長。「一個小時後碰面去吃晚餐吧。」

她揮了手，就進自己房間去了。佛柯開了自己的門鎖進去，打開電燈。隔著牆壁，他聽到流動的水聲開始響起。

他坐在床上，迅速回想一下跟吉兒．貝利的對話。她有種機警，是她弟弟缺乏的。這讓佛柯覺得很不安。

他翻了一下背包，拿出一個檔案夾，裡頭是有關愛麗思．羅素的筆記。他翻了一下，心不在焉地閱讀著。裡頭的內容他已經很熟悉了。一開始他不確定自己在找什麼，但是當他翻閱時，腦子就逐漸清晰起來。然後他明白，自己是在尋找某種能減輕內疚的東西。他想從中找出一些暗示，可以確定愛麗思．羅素的失蹤跟他無關。確定他和卡門沒有害愛麗思陷入一種進退維谷的狀況，被迫犯下錯誤。確定他們自己沒有犯錯。確定他們沒有害愛麗思陷入險境。傷害她。

佛柯嘆氣，在床上往後靠坐。他翻到愛麗思那個檔案夾的最後一頁，又從頭開始看，然後抽出她的銀行對帳單。那是她自願給他們的，雖然有點不情願，而且就像其他資料，他已經仔細看過了。但是此刻他看著那一欄欄整齊的數字和日期，記載了一頁又一頁讓愛麗思．羅素的世界保持運作的日常交易，卻感到某種撫慰。

佛柯雙眼沿著數字往下。那是每月對帳單，第一筆的日期是大約十二個月前。最近一筆是星期四，愛麗思和同事出發進行自強活動那天，她花了四元在高速公路的便利商店。那是她最後一次使用信用卡。

他檢查了她的銀行支出和存入，設法讓自己對這個女人的印象更具體。他注意到每年有四次，在換季之前，她會花幾千元在高檔的大衛．瓊斯百貨，就像時鐘一般準確。他也注意到她付給清潔工的總額，按照工作時數來說，似乎低於法律規定的最低薪資。

從這些資料裡看到一個人重視的是什麼，佛柯總覺得很有趣。他頭一回看到愛麗思每年花五位數字的總額，只為了讓女兒就讀她的母校力行女子中學，不禁驚訝得呼出一口氣。而且現在他發現，一流教育的成本似乎不光是各種費用而已，因為六個月前，愛麗思又捐給這所學校一大筆錢。

等到眼前的數字開始模糊起來，佛柯便揉揉眼睛，闔上檔案。他走到窗邊看著外頭的荒林，活動一下燒傷過的那隻手。在昏暗的天色中，鏡子瀑布步道依稀可辨。他眼角看得到他父親的地圖仍堆在床頭桌上。

他翻了一下那堆地圖，找出紀勒蘭嶺的那張，打開來找鏡子瀑布步道起點。看到那個起點被圈起來，佛柯不太驚訝——他知道他父親來過這一帶，而這條步道是最大眾化的路線之一。但是看著那張地圖，他還是覺得震憾。他父親是什麼時候用鉛筆畫了那個圈？在他們家裡、坐在餐桌前？又或許是站在步道入口之時，跟現在佛柯所站的地方相距兩百公尺、相隔十年？

佛柯沒多想，就穿上夾克，把地圖塞進口袋裡。他猶豫了一會兒，又拿了手電筒。隔著牆壁，他還能聽到流水聲。很好，他希望做這件事不必向他人解釋。他走出去，把木屋的門帶上，沿著小徑穿過停車場到步道入口。在他身後，接待小屋發出微光。

他停在通往鏡子瀑布步道的入口，打量著周圍環境。要是艾瑞克．佛柯走過這條小徑，想必就曾經站在這個位置。佛柯試圖想像他父親當時會看到什麼。周圍的樹都是幾十年以上的老樹。他心想，有可能他們父子看出去的角度幾乎一模一樣。

他走上步道。一開始，他唯一能聽到的就是自己的呼吸聲；但是慢慢地，夜間的種種聲響變得更清晰。濃密的樹林讓他有一種模糊的幽閉感，好像被圍困了。他插在口袋裡的手隱隱作痛，但是他沒理會。那是心理作用，他知道。最近一直在下雨，他邊走邊告訴自己，這裡不會有火災的。他一直低聲重複，直到覺得好過一點。

佛柯不曉得他父親沿著這條小徑走過多少回。從地圖上的記號來判斷，至少兩三次吧。遠離他痛恨的城市。而且獨自一人，因為他兒子不肯來。不過佛柯猜想，其實他父親大概很享受這種孤寂。至少這一點他們父子很像。

荒林深處忽有動靜，佛柯嚇了一跳，隨即嘲笑著自己猛然加速的心跳。他父親當年曾因為寇瓦克的歷史而感到煩惱不安嗎？在這裡很容易會有與世隔絕之感。而且在當時，那種惡名在一般人的記憶中比現在新鮮得多。但是佛柯不太相信這會造成艾瑞克多大的困擾。他父親向來頗為務實。而且他置身戶外的樹林和步道之間，向來比在人群中要來得自在。

佛柯感覺到雨滴落在臉上，於是拉起夾克的帽兜。他聽得出遠方一聲低沉的轟響，但不確定那是雷聲還是瀑布。他應該回頭了。天黑又獨自一人，他甚至不確定自己跑來這裡做什麼。這是他第二次走這條步道，但還是什麼都認不得。眼前的風景似乎在沒人看到時暗自轉移、改變，搞得他根本不曉得自己身在何處。他回頭，開始朝接待小屋的方向走去。

才走兩步，他就停住不動，然後認真傾聽。什麼都沒有，只有風和看不見的爪子疾行。步道前後都一片空蕩。他離最接近的人有多遠？雖然明知道自己沒走太遠，但感覺上他好像是方圓幾哩內唯一的人。他靜止不動，觀察且傾聽。然後他又聽到了。

腳步聲。聲音很輕，但是搞得他頸背的寒毛直豎。他轉身，設法弄清那是來自哪個方向。他瞥見樹林空隙傳來的亮光，然後那光轉過一個彎，直直照進他的雙眼。他聽到有人猛喘一口氣，以及東西摔到地上的嘩啦聲。佛柯一時目盲，本能地摸口袋找手電筒，手指冰涼而笨拙地摸索著開關。他打開手電筒，那光線照出一個扭曲的影子。雜木荒林在他兩邊像沉重的黑簾幕，而在小徑中央，一個纖瘦的人影遮著雙眼。

佛柯眯起眼睛，雙眼漸漸適應。「我是警察。」他舉起自己的警察證。「你還好嗎？我不是故意要嚇著你的。」

那女人半轉開身子，但是他從以前看過的照片認出她來。蘿倫。她顫抖著彎腰撿起自己的手電筒。佛柯走近些，看得到她額頭有道嚴重的割傷。傷口暫時縫合了，但整個還是腫腫的，緋緊的皮膚被手電筒照得發亮。

「你是警方的人？」蘿倫仔細看著他的警察證，小心翼翼地問。

「是啊，我們來協助搜尋愛麗思．羅素。你是蘿倫．蕭，對吧？你也參加了貝利坦能茨的那個自強活動？」

「是的。對不起，我以為——」她深吸一口氣。「一時之間——很蠢——我看到小徑上有個人獨自站著，以為可能是愛麗思。」

其實有那麼一瞬間，佛柯也有同樣的想法。「很抱歉嚇到你了。你還好吧？」

「還好——」她還是呼吸沉重，單薄的肩膀在夾克下頭起伏。「只是嚇了一跳。」

「天都黑了，你在這裡做什麼？」佛柯問。雖然她完全有資格問他同樣的問題，但蘿倫只是搖搖頭。她一定出來好一會兒了，他感覺得到她衣服透出的寒氣。

「沒什麼說得通的理由。我白天走到瀑布那邊，本來打算早點回來的。可是天黑得好快。」

佛柯回想起昨晚看到離開步道的那個人影。「你昨天晚上也去了那裡嗎？」

她點點頭。「我知道這樣大概很荒謬，但是我以為愛麗思可能會找回步道入口。我們第一天經過了那道瀑布，那是個很明顯的地標。要我成天坐在接待小屋裡，我真的快瘋掉了，所以我就改去坐在瀑布那邊。」

「原來。」佛柯這才第一次注意到她紫色的帽子。「我們昨天傍晚看到你在那裡。」

「大概吧。」

一陣雷聲傳來，兩人同時抬頭。

「來吧，」他說，「這裡離接待小屋很近。我陪你走回去。」

他們緩緩往前，手電筒在起伏不平的地面投下兩道錐形光。

「你在貝利坦能茨工作多久了？」佛柯問。

「快兩年了。我是前瞻規劃策略師。」

「這個職位是做些什麼？」

蘿倫重重嘆了口氣。「包括找出我們事務所需要的未來策略，制定行動計畫——」她停下。「對不起。在愛麗思出了事情後，講這些好像都沒有意義了。」

「聽起來，你們所有人這幾天都過得很辛苦。」

蘿倫頓了一下才回答：「沒錯。出錯的不是任何一件大事情，而是一百件小事。一路持續累積下來，到最後就太遲了。我只希望愛麗思平安無事。」

「你們兩個工作上常常合作嗎？」佛柯問。

「直接合作的不多。不過我們斷續認識很多年了。我們是中學同學，後來出社會又在同一行，所以偶爾有接觸。另外，我們的女兒年紀一樣，兩人現在都就讀我們以前的母校。兩年前愛麗思發現我離開原來的事務所，就把我推薦給貝利坦能茨，然後我就開始在那邊工作。」

「我們聽說，你後來設法帶著大家找到路。」佛柯說，「讓其他人回來。」

「那大概講得太誇張了。我在學校學過辨認方位，不過前兩天我們只是盡量走直線，然後期望能有最好的結果，如此而已。」她嘆了口氣。「總之，走那條小路是愛麗思的主意。我們發現她不見了，還以為只是落後她兩小時而已。後來發現她沒在終點，我真不敢相信。」

他們繞過一個轉角，看到了步道起點。他們回來了。蘿倫打了個寒噤，雙臂抱著身子走出步道。空氣似乎很沉重，預示著風暴即將來臨，前方的接待小屋看起來溫暖而誘人。

「我們可以進去談一下嗎？」佛柯問。

蘿倫猶豫了。「我們能不能留在這裡談？你介意嗎？我不是對吉兒有什麼不滿，但是我今天晚上沒有力氣面對她。」

「好吧。」佛柯感覺到寒氣透入靴子，腳趾在襪子裡扭動一下。「談一下你和愛麗思經歷過的那個學校營地吧。」

「麥艾萊斯特？那是在一個非常偏遠的地方。我們有一些學科的課程，但主要的焦點是戶外活動。健行、露營、解決問題的活動，諸如此類的。沒有電視，沒有電話，期間跟家人唯一的聯繫，就是透過手寫信。我女兒兩年前進了同一所學校，他們現在還是有這樣的營地訓練。愛麗思的女兒也在那所學校。很多私立學校都有這種營地。」蘿倫暫停一下。「而且那種生活並不輕鬆。」

即使佛柯沒有小孩，他也一路聽說過那種可怕的、為期一整年的營地生活。多年來，他從一些畢業於名校的同事那兒聽到過零星的故事。敘述通常都是低聲講起某個人遭遇大熊攻擊而倖存，或是從致命的墜機中生還。不敢置信又夾雜著驕傲。我熬過來了。

「聽起來，那一年的營地生活至少對你有點幫助。」佛柯說。

「有點，或許吧。但是我一直想著，技巧生疏了可能比根本沒技巧要糟糕。如果我們沒經歷過那個營地，或許愛麗思就不會蠢到認為她可以自己走出去。」

「你不認為她有本事自己走出去？」

「我不認為我們任何一個人有這個本事。我想待在原地，等待救援。」她嘆氣。「不曉得。也或許我們應該跟她一起走，至少大家待在一起。她的意見一被投票否決後，我就知道她可能會想單獨離開。她向來——」

她停下。佛柯等著。

「愛麗思向來高估了自己的技巧。在學校的營隊裡，她大部分時間都是隊長，但是大家選她不是因為她特別優秀。我的意思是，她很行沒錯。但是她不像自己以為的那麼行。」

「所以是因為她人緣好？」佛柯問。

「一點也沒錯。她被選為隊長，是因為她人緣很好。每個人都想當她的朋友，想要在她那一隊。我不怪她因此被沖昏了頭。要是你身邊的每個人都一直跟你說你很棒，你很容易就會相信。」

蘿倫回頭看了樹林一眼。

「不過我猜想，從某方面來說，她幫了我們一個大忙。要是我們一直待在那棟木屋等待救援，那麼到現在都還等不到。顯然他們還是沒找到那棟木屋。」

「的確，這點沒錯。」

蘿倫望著他。

「不過就我所看到的，他們非常努力在搜索，」她說，「有些人員唯一想談的話題，就是那棟小木屋。」

「應該是因為那裡是愛麗思最後一次被人看到的地點吧。」佛柯說。他回想起金恩說過的，我們還沒告訴那些女人有關山姆·寇瓦克的事。佛柯很好奇，在眼前的情況下，告訴她們是否明智。

「或許吧。」蘿倫依然認真觀察著他。「不過感覺不只是這樣。那個地方已經空下來好一陣子了，但不是永遠。我告訴過其他警察，至少有一個人知道這棟小屋的存在，因為那裡有人住過。」

「你怎麼知道？」

「以前的人埋葬了一隻狗。」

接下來有一段沉默。他們腳邊的枯葉被風吹得打轉。

「一隻狗。」

「至少一隻。」蘿倫摳著自己的指甲。她的雙手像鳥爪一樣，手腕的骨頭在皮膚底下清楚可見。「警方一直問我們在那裡的時候，是不是曾看到其他人。」

「結果呢？」

「沒有。第一晚男生組來過我們營地之後，就再也沒看過其他人了。但是——」蘿倫的目光迅速看了一眼雜木荒林，又轉回來。「很怪。有時感覺上好像有人在觀察我們。顯然其實沒有，完全不可能。不過在裡頭你很容易變得多疑，腦子開始會胡思亂想。」

「你們確定再也沒見到過男生組的人？」

「確定。我真希望有，但是我們偏離路線太遠了。除非跟在我們後頭，否則恐怕不太可能找到我們。」她搖了一下頭，趕緊擺脫那個念頭。「我不懂愛麗思出了什麼事。我知道她會沿著往北的路線走。我們也走那條步道，只落後她兩個小時。而且愛麗思向來很強悍。心理上、身體上都是。如果我們設法出來了，她也應該辦得到。但是感覺上，她就好像消失了。」蘿倫眨眨眼。「所以現在我總是跑去瀑布那邊坐著，希望她會忽然衝出來，很生氣地指著誰，威脅說要告你。」

佛柯朝她額頭那道割傷點了個頭。「看起來很嚴重。你是怎麼傷到的？」

蘿倫的手指顫抖著去摸那傷口，露出苦笑。「我們碰到一條水勢上漲的河流，總之火爐瓦斯罐和帳篷柱掉進去了。我想去拿回來時，頭被撞傷了。」

「那麼，不是在那個小屋打架時受傷的了？」佛柯輕聲說。

蘿倫瞪著他片刻，然後才回答：「對。」

「我會問，是因為吉兒．貝利說她臉上的瘀傷是這樣來的。為了勸架。」

「是嗎？」

佛柯看著蘿倫的臉，上頭什麼都沒透露。他只能把這個問題丟回去反問她。「不是嗎？」

蘿倫似乎斟酌著什麼。「吉兒是在一場爭執中留下那個瘀傷的。至於她是不是要勸阻，就有爭議了。」

「所以吉兒也參與了那場爭執？」

「是吉兒開的頭。當時愛麗思想離開。她們為了手機要給誰而吵架。沒有持續多久，但是事情的原因反正是這樣。怎麼了？吉兒是怎麼說的？」

佛柯搖搖頭。「不重要。或許是我們誤解了她的意思。」

「唔，無論她跟你說了什麼，反正那場架她參與了。」蘿倫低頭看。「我並不引以為榮，但是我想，我們全都參與了吧。愛麗思也是。這就是為什麼她離開後，我並不驚訝。」

天空亮起一道閃電，照出周圍尤加利樹鮮明的剪影。接著是一陣隆隆的打雷聲，然後雲層破開。他們只好趕緊開始移動，把帽兜拉到頭上，朝接待小屋跑去，同時雨點不斷敲打著他們的外套。

「你要進去嗎？」他們跑到階梯時，佛柯問。在嘩啦雨聲中，他不得不用吼的。

「不了，我要直接回房間，」蘿倫喊著，跑到小徑。「如果你還有其他什麼事，就來找我吧。」

佛柯一手揮了揮，奔上通往接待小屋的樓梯，大雨敲打著遊廊的屋頂。一個人影在靠近門口的陰影間動了一下，把他嚇了一跳。

「嘿。」

他認出貝絲的聲音。她躲在門廊下抽菸，往外看著傾盆大雨。佛柯很好奇她是否看到他之前和蘿倫在談話。她一手拿著香菸，另一手拿著個他看不見的東西，一臉做錯事的表情。

「在你說任何話之前，我知道我不應該的。」她說。

佛柯用溼漉漉的袖子抹了一下臉。「不該什麼？」

貝絲難為情地舉起一瓶淡啤酒。「我還在緩刑期間。但是這幾天真的很難熬。對不起。」她的口氣似乎真心感到抱歉。

佛柯實在沒力氣去擔心一瓶淡啤酒的事情。在他的成長過程中，一直覺得淡啤酒跟白開水差不多。

「不要喝得超過酒駕限制就好。」這似乎是個合理的折衷，但是貝絲眨眨眼，很驚訝，然後露出微笑。

「我也不應該在這裡抽菸的，」她說，「但是老天在上，這裡是室外啊。」

「這倒是真的。」佛柯說，兩人一起望著大雨。

「每下一次雨，要追查某個人的蹤跡就更困難了。反正他們是這麼告訴我的。」貝絲喝了一口。「最近下了好多雨。」

「是啊。」

佛柯看著她。即使在黯淡的燈光下，都看得出她似乎筋疲力盡。

「你為什麼沒提到在小木屋的那場吵架？」

貝絲看了她的啤酒瓶一眼。「跟我不該喝酒是同樣的理由。緩刑。而且那真的沒什麼大不了的。當時每個人都很害怕。我們的反應都太過火了。」

「但是你跟愛麗思爭執了？」

「這就是你聽說的？」她的雙眼在黑暗中很難看清。「我們全都跟愛麗思爭執。誰要是有別的說法，那就是在撒謊。」

她的口氣很不高興，於是佛柯就不再談這個話題了。

「其他一切狀況怎麼樣？」他最後終於說。

一聲嘆息。「還好。他們明天或後天可能會讓她出院。」

佛柯這才明白貝絲是在講她姊姊。「我指的是你，」他說，「你狀況還好嗎？」

貝絲眨眨眼。「啊。」她似乎不太確定要怎麼回答。「是啊。應該還好吧。謝了。」

隔著通往休息室的窗子，佛柯看到卡門蜷縮在角落一張破爛的扶手椅上。她正在閱讀，一頭沒綁的溼髮垂落在肩頭。裡頭還有幾個沒值勤的搜索人員在聊天、玩牌，或者閉著眼睛坐在壁爐前。卡門抬起頭看到佛柯，點了個頭。

「別管我了，你去忙吧。」貝絲說。

佛柯張嘴要回答，但是被另一波雷聲壓過了。天空被照成一片閃白，又黑下來。他聽到身後的接待小屋傳來一陣哀嘆，接著是驚訝的低語聲。停電了。

佛柯眨眨眼，等待雙眼適應。隔著玻璃，休息室裡面壁爐火的微光把一張張臉照出黑色和橘色的影子。房間角落看不見了。他聽到門口有動靜，卡門從昏暗中出現。她一邊腋下夾著東西看起來是一本很大的書。

「嗨，」卡門朝貝絲點頭，然後轉向佛柯。她皺起眉頭。「你身上都溼了。」

「剛剛出去正好碰到下雨。一切都還好吧？」

「很好。」她非常輕微地搖了下頭。別在這裡談。

貝絲已經把啤酒瓶塞在看不到的地方，雙手拘謹地交疊在面前。

「外頭很黑，」佛柯跟她說，「要不要我們陪你走回木屋？」

貝絲搖搖頭。「我想待在這裡一會兒。我不怕黑。」

「好吧。那你自己要小心。」

他和卡門拉起帽兜，走出門廊。雨水打在他臉上。他們腳下有幾盞離地面很近的燈發出微弱的光，不曉得供電的是太陽能還是緊急發電機，但是已經足以幫他們看清去路。

天空又亮起閃電，照出一片幽靈般的白色雨幕。隔著雨，佛柯瞥見有個人跑過停車場。是伊恩·卻斯，穿著他紅色的「經營冒險家」刷毛絨外套，全身溼透。看不出他是從哪裡來，但是從他頭髮緊黏在腦袋上的模樣，他在雨中待了有好一會兒了。天空黑下來，他的身影也隨之消失不見。

佛柯擦了一下臉，專注在眼前的小徑。路面因為雨水和泥巴而溼滑，等他們繞過轉角、來到木屋的雨篷下，兩人都鬆了口氣。他們停在卡門的房間前。她之前已經把那本大書塞在外套拉鍊裡，緊貼著胸口。此時她把書拿出來遞給佛柯，手伸進口袋裡找房門鑰匙。現在他看到了，那本大書是一本封面有上光膠膜的剪貼簿。邊緣有點溼了，封面上一張貼紙印著：紀勒蘭嶺接待小屋財產。請勿攜出休息室。卡門剛好轉身，看到他揚起的雙眉，於是大笑。

「拜託，才離五十公尺而已。我反正會歸還的。」卡門開了房門，兩人進去，外頭的冷和雨都搞得他們有點氣喘吁吁。「不過首先，有個東西你應該看一下。」

第二天：星期五晚上

她們爭執著要做什麼，直到太晚了，什麼都沒法做了。

最後，當太陽在南邊落下，她們便沿著小丘往下走了點路，尋找遮蔽處。等到最後一抹天光消失，她們就停下來搭帳篷。至少是盡力搭起帳篷。

她們把各自的物資堆在地上，圍繞著站成一個五角形，拿出手電筒，默默審視著那一堆東西。三塊帳篷布，完好無損；不到一公升的飲水，不平均地分散在五個水瓶裡；六根穀物棒。

貝絲看著那堆貧乏的物資，感覺到一陣飢餓的痛苦。而且她很渴。儘管很冷，衣服又溼答答的，但她還是可以感覺到剛剛走上山丘的汗黏在腋下。她的水瓶是比較空的一個。她吞嚥著，覺得嘴裡的舌頭好沉重。

「今天夜裡我們應該試著收集雨水。」蘿倫說。她注視著那些大半空了的水瓶，雙眼透出緊張的神色。

「你知道要怎麼弄嗎？」吉兒的聲音裡有一種懇求的意味。

「我可以試試看。」

「另外，其他的穀物棒呢？」吉兒說，「我以為還有更多的。」

貝絲感覺到、而不是看到她姊姊的雙眼朝她掃了一眼。她沒回看。滾一邊去，布莉。難得一次，貝絲覺得問心無愧。

「應該至少還有兩根的。」吉兒說，在手電筒的燈光下，她的臉有一種不健康的灰色調，而且一直眨著眼。貝絲不確定她是眼睛裡進了沙子，或純粹只是無法相信自己置身在這個環境。

「要是有人吃掉了，說一聲就是了。」吉兒又說。

貝絲可以感覺大家都朝自己看。她垂下眼睛，注視著地面。

「好吧。」吉兒搖搖頭，轉向愛麗思。「你去附近看一下手機能不能收到訊號。」

愛麗思難得一言不發就離開了。她之前從震驚到自衛，然後又回到震驚。她仔細審視地圖，又輕敲了羅盤的表面。她們一直是朝西走，她很確定這點。她一再鄭重地聲明，但是其他人大部分只是報以驚呆的沉默。望著下沉的太陽，實在是沒有什麼可以辯駁的。

此時大家看著愛麗思手裡抓著手機離開。吉兒張嘴似乎還想說什麼，但是一時想不出來。她靴尖輕踢一下帳篷袋。「看你們用這些能不能想出點辦法來。」她對蘿倫說，然後轉身跟在愛麗思後頭。

貝絲認真聽著蘿倫提出的方法：她建議利用拉索把帳篷布在幾棵樹之間撐開，形成一個將就的屋頂。蘿倫設法想示範，一手拉著繩子，另一手按著額頭一直剝落的ＯＫ繃，但最後還是不得不放棄。她後退站著，前額的髮絲在手電筒的燈光下纏結、染血得亂糟糟，同時她指點著貝絲和布莉去一棵樹，接著是另外一棵。貝絲的手指在夜晚空氣中變得僵硬。即使在白天，這份任務都夠困難了，她很慶幸自己那把沉重手電筒的燈光很強。

終於，完成了。帳篷布在幾棵樹之間撐開，中間已經有點下垂了。雨暫時停止，但是貝絲覺得她可以從空氣中感覺到暴風雨即將來臨。往後還有更多考驗。

沿著黑暗的小徑，貝絲看得到愛麗思在不同的點出現又消失。她站在一片人造的藍色光中轉著圈，一手伸向天空，像是跳著一支絕望的舞。

貝絲從背包裡拉出睡袋，摸著末端那塊潮溼嘆氣。她想在帳篷布下找個最能躲避風雨的點，但是似乎毫無意義。所有的選擇都很爛。她把睡袋攤在自己腳邊，然後站起來看著她姊姊正在到處轉，無法決定要把睡袋放在哪裡。通常布莉會希望離愛麗思愈近愈好。真有趣，貝絲暗自想，情勢竟然轉變得這麼快。

不遠處，蘿倫坐在她的背包上，把玩著羅盤。

「壞掉了嗎？」貝絲問。

蘿倫一開始沒回答，然後是一聲嘆息。「我不認為。但是你使用的方法要正確，才能發揮效用。只要走的距離遠，每個人都會偏離方向的。我就知道愛麗思檢查得不夠勤。」

貝絲雙臂抱住身體，雙腳的腳跟輪流離地蹦跳著。她在發抖。

「我們是不是應該想辦法生個火？我的打火機乾了。」

蘿倫望著黑暗裡。她額頭剛換的ＯＫ繃又開始剝落了。貝絲知道，急救包裡只剩一片了。

「這裡規定不准生火的。」

「會有人知道嗎？」

「要是火勢失去控制，就會有人知道了。」

「在這種天氣？」

她看到蘿倫聳聳肩。「貝絲，以我的職位，是沒有資格做這個決定的。去問吉兒吧。」

貝絲只能憑著愛麗思手機發出的小微光，辨認出吉兒的形影。她們為了尋找訊號已經走得很遠。看起來不妙。

她在嘴裡塞了一根香菸，離開帳篷布底下。打火機亮出小小火焰，毀掉了她原本適應黑暗的視線，但是她不在乎。她吸了一口，熟悉的菸味充滿她口腔，於是好幾個小時以來頭一次，她覺得自己又有辦法正常呼吸了。

貝絲站在那裡抽菸，溫暖自己的肺，她望著樹林，雙眼和耳朵緩緩調整著適應黑夜。在最接近她的那幾棵尤加利樹的灰色樹幹後方，就是絕對的黑暗。她什麼都看不見，然後意識到反方向看過來就不是如此，忽然頭皮發麻。至少她菸頭的微光很明顯，何況還有她身後那些照亮營地的手電筒。任何樹林裡的動物都可以看到她，清楚得就像在大白天。她聽到黑暗中的遠處有個斷裂聲，驚跳起來。別蠢了。只是一隻動物而已。某種夜行性的。無害的。大概是負鼠吧。

不過她還是吸了最後一口菸，轉身回營地，然後發現三張臉都轉過來朝她看。吉兒、愛麗思、蘿倫。她沒看到布莉的影子。那三個人拿著某樣東西，圍在一起講話。一時之間，貝絲以為她們拿的是羅盤，但是她走得更近之後，才發現不是。那是個保鮮膜包住的乳酪麵包捲。吉兒手裡還有一顆蘋果。

「你們是在哪裡找到這些食物的？是午餐吃剩的嗎？」貝絲問。她肚子咕嚕叫了起來。

「跟那些背包放在一起的。」吉兒說。

「誰的背包？」貝絲朝那一堆東西看去。那些背包亂七八糟放著，因為之前她們在漸暗的天色中要掏出各自所剩的物資集中，因而裡頭的私人物品也紛紛被扯出來。她看著其他人的臉色，這才逐漸恍然大悟，心底發寒。「唔，不是我的。」

那三個人沒回答。

「真的不是。我的午餐全都吃掉了，你們看到的。」

「我們沒看到，」愛麗思說，「當時你沿著小徑往前走，去抽菸了。」

貝絲在黑暗中瞪著她。「把罪名套在我頭上，也不能讓你擺脫過錯的，你心裡很清楚。」

「你們兩個都別再說了。」吉兒厲聲道，「貝絲，如果你沒吃午餐，那麼嚴格來說，這還是你的午餐。但是我們之前說好，要把所有的食物都集中起來——」

「那些不是我的。我講英語你們聽不懂嗎？」

「唔，那好吧。」顯然吉兒不相信她。

「如果是我的，我會承認。」貝絲覺得眼睛發熱又緊繃。她等著。沒人回答。「*真的不是我的*。」

「那些食物是我的。」她們全都轉頭。布莉站在那三個人後方。「對不起。剛剛我去那邊小解。那是我的。我午餐沒吃掉。」

吉兒皺眉。「我們卸下背包時，你為什麼都沒說？」

「我忘了。對不起。」

貝絲小時候真心相信心靈感應。她會認真望著布莉的雙眼，手指照慣例放在雙胞胎姊姊的太陽穴。*你在想什麼，布莉？*後來貝絲才明白，那其實不是心靈感應，而是解讀種種身體細微變化的能力。而現在，那種貝絲一度熟悉的無聲語言又在她耳邊響起。*布莉在撒謊*。無論她不願意說出的理由是什麼，貝絲都沒有忘記那種語言。

「你不必替她掩飾，布莉。」愛麗思的口氣十分失望。

「我沒有。」貝絲聽得出雙胞胎姊姊聲音中的顫抖。

「沒有人怪你。別為了她撒謊。」

「我知道。我沒有撒謊。」

「真的？因為這不像你的作風。」

「我知道。我很抱歉。」

即使是坦白承認，布莉也可以做得完美無缺。貝絲幾乎想大笑。幾乎而已，但還不是完全，因為在黑暗中，她聽得到她姊姊就要哭出來了。她嘆了口氣。

「聽我說，好吧。」貝絲設法裝出懊悔的口氣。「那些食物是我的。」

「我就知道。」

「是的，愛麗思。你猜對了，猜得好。對不起，布莉——」

「不——」布莉設法想打斷。

「謝謝你試著想幫我，但是真的沒關係。對不起了，各位。」

真奇怪，貝絲心想。她可以感覺到每個人都明顯鬆了口氣。布莉是對的，而貝絲是錯的。自然的秩序恢復了，每個人都可以輕鬆了。沒什麼好追究的。

「好吧，」最後吉兒說，「我們就把食物分一下，然後這件事到此為止吧。」

「很好。」貝絲轉身背對著大家，免得被捲入去討論什麼制裁或懲罰。「想怎樣就隨你們高興吧。我要去睡覺了。」

貝絲脫掉靴子、和衣爬進睡袋時，感覺得到大家都觀察著她。她鑽進睡袋躺好，把帽兜拉起來罩住頭。在睡袋裡幾乎沒有更暖，而且隔著那層薄薄的材質，起伏不平的地面硌得她難受。

她閉上眼睛，還聽得到模糊不清的緊張討論。她睡得不舒服，但是實在累壞了，於是還是逐漸睡著。正要完全失去意識時，她感覺到一隻手的輕微重量放在她睡袋頂端。

「謝謝。」那聲音只是耳語。

貝絲沒回應，過了一會兒，她感覺到那重量消失了。她眼睛始終閉著，沒理會那些爭執的微弱聲音，先是關於食物，然後是關於生火。

待她睜開眼睛，是猛然驚醒。她不曉得自己睡多久了，但是中間一定開始下起雨。睡袋周圍的地面都溼透了，她的四肢因為冰冷而沉重。

貝絲全身顫抖躺在那裡，仔細傾聽。有什麼吵醒她了嗎？她眨眨眼，但是雙眼在黑暗中就像瞎了似的。她什麼都聽不到，可是呼吸時，聽到了耳邊有人造物質的窸窣聲。她意識到睡袋裡脖子邊有個東西，不禁瑟縮了一下，然後伸出一根手指去戳戳看。那是一小塊乳酪麵包捲，還有一片蘋果，包在潮溼的保鮮膜裡。貝絲不曉得這是所有食物的五分之一，還是她姊姊分到的四分之一。她想過不要吃，但實在餓到沒辦法顧及任何原則了。反正在這個地方，必須用另外一套原則。

貝絲不確定其他人是否感覺到，但是稍早前，她已經覺得整體氣氛有微妙的變化。那是一種根基的、本質的，甚至是原始的氣氛，就連一塊不新鮮的乳酪麵包捲，都成了值得奮戰的目標。

睡袋外頭有動靜，貝絲僵住了。她無法辨認那是其他同伴還是野生動物造成的。她躺著不動，等到那動靜消失，她一直在尋思的字眼在舌尖成形，真實得幾乎能嚐到那殘餘的滋味：野性。

13

卡門的房間一片漆黑。佛柯把自己的手電筒遞給她，聽到她低聲詛咒著，踉蹌走向窗子，拉開窗簾。外頭地面的那些緊急照明燈只夠讓他們看出傢俱的輪廓。

「找個地方坐吧。」她說。

她的房間跟他的一樣，沒有椅子。佛柯坐在床緣。卡門的房間跟他的一模一樣，很小，沒什麼傢俱，但是空氣聞起來有一點不同。有種愉悅的輕盈和細緻，讓他模糊想起夏日時光。他很好奇卡門身上向來是這種氣味，或者只是自己之前沒注意到。

「我剛剛在接待小屋外頭碰到蘿倫了。」他說。

「是嗎？」卡門遞給他一條毛巾，坐在他對面，雙腳盤起。她把頭髮撥到一邊肩膀前，用毛巾擦乾，同時佛柯轉述自己之前和蘿倫的談話。有關那間荒林中的小木屋，有關那場爭執，有關愛麗思。在外頭，大雨猛擊著窗戶。

「我希望蘿倫低估了愛麗思，」他講完之後卡門說，「有個公園管理人員告訴我，說在這種天氣裡，就連他在裡頭都會很吃力。這還是假設愛麗思真能靠自己走出來的話。」

佛柯又回想起那則語音留言。傷害她。「你現在有別的想法嗎？」

「不曉得。」卡門把兩人之間的那本剪貼簿拉過去翻著。裡頭貼著一張張剪報，有的剪報邊緣因膠水乾燥而皺起。「我之前在等你的時候，就翻著這本剪報。這是給遊客看的社區歷史。」

她找到她想找的那一頁，然後轉過來正對著他。

「這裡。他們略去了寇瓦克那些年的事情，不意外。但是我猜想，他們畢竟沒辦法完全抹去。」

佛柯低頭看。是一篇有關馬丁．寇瓦克判刑的文章。標題提到了終身監禁。佛柯猜得到為什麼不收別的，偏偏收了這則剪報。這是一個句號，一段黑暗時期到此為止。那是一篇特寫報導，概括提到了調查和審判。在報導的下端，三個死去的女人在照片中微笑。伊萊莎、薇多麗亞、蓋兒，還有第四個，莎拉．桑登堡。至今依然下落不明。

佛柯以前看過寇瓦克那些被害人的照片，不過是很久以前了，而且不像這樣一起看到。他在黑暗的木屋中，坐在卡門對面，手電筒的燈光照著那些照片的臉。金髮、五官精緻、苗條，絕對都很漂亮。忽然間，他明白卡門所看到的。

伊萊莎、薇多麗亞、蓋兒、莎拉。

愛麗思？

佛柯又看了每一個死者的雙眼，然後他搖搖頭。「她太老了。這四個全都是十來歲，或是二十來歲。」

「愛麗思是現在太老了，但是當時並不會。這一切發生的時候，她是幾歲？應該不到二十歲吧？」卡門把那剪貼簿轉向自己一點，好把那些照片看得更清楚。報紙上印刷出來的皮膚在手電筒光線下是一片陰森的灰。「如果她們全都還活著，應該年紀都差不多。」

佛柯什麼都沒說。那四張臉旁邊，有一張馬丁．寇瓦克的大照片，在他被捕之前沒多久拍的。那是一張生活照，由鄰居或朋友拍攝的。多年來這張照片已經在電視和報紙上出現過太多次。裡頭的寇瓦克站在戶外烤肉架旁。一個典型的澳洲男子，穿著運動背心，配上短褲和靴子。手裡拿著例必有的啤酒瓶，咧嘴露出笑容。他雙眼在陽光下瞇起，一頭鬈髮亂糟糟。他瘦削但強壯，即使在照片裡，也看得出他雙臂的肌肉。

佛柯老早看過這張照片，但是現在，他頭一次注意到其他的。在這張照片的背景裡，被照片邊緣截掉一半的，是一輛兒童腳踏車後部的模糊形影。能看到的並不多，一條光裸的、小小的腿，一隻男生涼鞋放在踏板上，一件條紋T恤的背部，一抹深色頭髮。光憑這些不可能辨識出這男孩的身分，但是佛柯注視時，感覺自己的寒毛豎起。他逼自己轉開眼睛，不要看那男孩，不要看馬丁．寇瓦克，不要看那四個女人許久以前的目光往上瞪著自己。

「不曉得，」卡門說，「機會很小。我只是忽然想到。」

「是啊。我明白為什麼。」

她望著外頭的雜木荒林。「我想無論發生了什麼事，至少我們知道愛麗思在裡頭。這個區域很大，但畢竟是有限的。早晚總能找到她。」

「莎拉．桑登堡就一直沒被找到。」

「對。但是愛麗思一定在某個地方。她沒走回墨爾本。」

想到墨爾本，觸動了佛柯的思緒。在窗外，他只能勉強看出丹尼爾．貝利的車之前停的那個車位。一輛黑色的BMW，寬敞，深色車窗，後行李廂很大。現在那個位置停放著一輛四輪驅動車。

卡門點點頭。「我會打電話回署裡，通知他們狀況。」

「要不要我——？」

「不，沒關係。昨天是你打的，今天換我了。看他們要說什麼。」

說到這裡，他們設法朝對方擠出微笑。兩人都很清楚上面會說什麼。弄到那些合約。弄到那些合約是最重要的。要明白，弄到那些合約是你們的當務之急。佛柯臉上的笑容退去。他明白，只是不知道要怎麼做到。

風在窗外呼嘯，他在心中問出了那個一直啃噬著他的問題。要是愛麗思還在裡頭是因為他們，值得嗎？他真希望他們能更清楚局裡這個調查行動的全貌，但是他也知道細節其實不重要。無論全貌是什麼，最後秀出來的總會是同一件事：在樹頂的一小撮人靠著下頭那些脆弱的人供應養分。

他看著卡門。「你為什麼加入這個組？」

「金融組？」她在黑暗中微笑。「這個問題我在員工聖誕派對裡常常被問到，向來都是那種一臉困惑、喝醉的年輕小夥子提出的。」她在床上挪動一下。「剛開始的時候，我被找去加入兒童保護組。現在有一大堆演算法和程式設計了。當時我去實習，但是——」她的聲音緊繃。「我受不了那邊的第一線工作。」

佛柯沒問細節。他認識幾個在兒童保護組工作的同僚，他們全都不時會以同樣的緊繃口氣說話。

「我還是在那邊待了一陣子，但是開始做更多技術方面的工作，」卡門繼續說，「透過交易尋找那些兒童。這方面我相當擅長，最後就請調了。來這裡好多了。在那邊，我老是睡不安穩。」她沉默了一會兒。「那你呢？」

佛柯嘆氣。「那是在我爸過世後不久。一開始我在毒品組待了兩年。因為，你知道，你是新人，那個組是最刺激的。」

「我在聖誕派對上也都聽說是這樣。」

「總之，有回我們接到線報，說在北墨爾本有這麼一個地方，被當成儲存毒品的倉庫。」

佛柯還記得那天他們開車來到一條破敗的街道，把車停在一棟小平房外頭。屋子外牆的油漆都剝落了，前院的草地發黃且東一片西一片，但是車道盡頭有個手工做的郵箱，雕成一條船的形狀。當時他想，住在裡頭的某個人曾有一段時間夠在意自己的房子，去做了或買了這個郵箱。

他的一個同事用力敲了門，沒人應，於是他們破門而入。那木門已經很舊，輕易就撞開了。佛柯在門廳裡一面灰塵滿布的鏡子裡看到自己一眼，只是一個穿著防護裝備的暗影，一時之間幾乎認不出自己。他們繞過轉角進入客廳，舉起槍大喊著，不確定他們會發現什麼。

「屋主是個失智的老人。」佛柯還清楚記得他的模樣，小小的，坐在扶手椅上，困惑得不曉得要害怕，身上的衣服鬆垮而骯髒。

「屋裡沒有食物，電力被切斷了，他的櫥櫃被用來儲存毒品。他的侄子——或他以為是侄子的一個年輕人——是當地一個販毒幫派的頭子，和徒眾們可以任意進出那棟房子。」

那房子臭烘烘的，花卉紋壁紙上有一堆塗鴉，發霉的外帶紙餐盒亂扔在地毯上。其他組員忙著搜查房子時，佛柯便坐在那老人旁邊跟他聊板球。老人以為佛柯是他的孫子。三個月前父親才剛過世的佛柯也沒有糾正他。

「重點是，」佛柯說，「他們提光了他的銀行帳戶和退休金。拿著他名下的信用卡到處欠債，買一堆他自己根本不會買的東西。他是個生病的老頭，他們讓他一無所有，甚至比一無所有更糟糕。這一切全都在他的銀行對帳單裡，只是沒有人注意到。要是有人發現到那些金錢上的問題，他身上發生的一切早在幾個月前就可以揭穿了。」

佛柯在自己的報告上就是這麼寫的。幾個星期後，一個金融組的人過來找他友善地聊了一會兒。又過了兩三個星期，佛柯去老人之家看那個老頭。他似乎好轉了些，兩人又聊起了板球。等到佛柯回到辦公室，就申請調職了。

他的決定當時讓某些同事不以為然，但是他知道自己已經開始幻滅了。那些突襲行動感覺上就像是短期止癮的毒品，只是一次又一次地滅火，真正的傷害已經造成。但是對大部分的老百姓來說，讓這個世界運轉的是金錢。只要砍掉頭，爛掉的四肢就會乾癟死亡。

至少，每回他把目標對準某個白領階級——他們自以為受過大學教育就夠聰明而可以逃過制裁——總是抱著這個想法。比方丹尼爾、吉兒和李歐・貝利，佛柯知道，他們大概真的相信自己沒做什麼罪大惡極的事情。但是每當佛柯仔細研究這樣的人，他就看到其他無依的老頭、掙扎的女人和淒慘的小孩，身穿沒洗的髒衣服，害怕而孤單地坐在線的另一端。於是他希望自己能找出方法，阻止腐爛往下延伸到那些可憐人的身上。

「別擔心，」卡門說，「我們會想出辦法來的。我知道貝利一家認為他們做這種事情很多年，已經很專精了，但是他們不像我們這麼聰明。」

「是嗎？」

「是的。」她微笑。即使坐著，卡門還是跟他一樣高，不必仰起頭就能直視他的雙眼。「首先，你和我都很清楚要怎麼把黑錢洗乾淨。」

佛柯忍不住也露出微笑。「換了你會怎麼做？」

「投資房地產。簡單得很。你呢？」

佛柯曾針對這個主題寫了一篇深入的研究報告，所以很清楚自己會怎麼做，還外加兩個很不錯的後備計畫。投資房地產是其中之一。

「不曉得。或許賭場吧。」

「狗屎。你會用更巧妙的方式。」

他咧嘴笑了。「最經典的方式就是乖乖照做，不要亂改吧。」

卡門大笑。「或許你畢竟沒有那麼聰明。要去賭場的話，你就得經常上賭桌，而且任何人只要認得你，就能立刻看穿你的把戲。這個我很清楚，我未婚夫花了很多時間在賭場，而且他一點也不像你。」

的確，這就是為什麼賭場在佛柯心目中連前三名都排不上。太多跑腿活兒了。但他只是微笑。「我會拉長時間，建立一個行為模式。我可以很有耐心的。」

卡門短促地笑了一聲，「我相信。」她挪動一下，在蒼白的光線裡伸長雙腿。四下安靜，他們望著彼此。

接待小屋深處傳來一陣隆隆聲和嗡響，接著毫無預警地，周圍的燈閃爍著亮起。佛柯和卡門眨眼看著對方。那種坦誠表白的氣氛隨著黑暗消失無蹤。兩人同時移動，他起身時，她一腿拂過他的膝蓋。他站在那裡，猶豫不決。

「我想我最好趕快回房間，免得又停電了。」

卡門略微頓了一下。「是啊。」

她站起來送他到門邊。他開門，冷風猛撲進來。他走了幾步來到自己的房門前，可以感覺到她在後頭注視著。

他回頭。「晚安。」

她猶豫片刻。「晚安。」然後她退回房內，關上了門。

進房之後，佛柯沒立刻開燈，而是走到窗前，讓腦中奔騰的思緒逐漸靜止下來。

雨終於停了，透過兩三處散開的雲層，他看到了幾顆星星。在佛柯的人生中，曾有好幾年從來不曾看到星空。城市的光害太嚴重了。最近他試著提醒自己有機會就往上看。他很好奇，愛麗思如果現在也看著天空，不曉得能看到什麼。

發光的白色月亮高掛天空，幾縷銀線般的浮雲映著那微光。佛柯知道南十字星座一定也藏在雲後。他小時候在鄉下常常看見這星座。他最早的記憶之一，就是他父親抱他走到戶外，往上指著。天空滿是明亮的星星，他父親一隻手臂緊抱著他，教他看一個個星座的形狀，說那些星座一直都在，就在遙遠的天上。佛柯以前向來相信父親的說法，即使他未必總能看到那些星座。

第三天：星期六上午

凜冽的風從南邊吹來，而且未曾減弱。五個女人無言地跋涉前進，低著頭逆風而行。之前她們找到了一條狹窄的小徑，至少幾乎算是小徑吧，或許是動物走的。出於無言的共同默契，雖然小徑不時在腳底下消失，但都沒有人出聲點破。她們只是把靴子抬得更高，穿過那些林下灌木叢，同時瞇起眼睛盯著地面，直到幾乎算是小徑的痕跡再度出現。

幾個小時前，布莉就醒了，煩躁又快要凍僵，不確定自己睡了多久。當時她聽得到旁邊吉兒的鼾聲。這個人睡得很死，或者只是因為累壞了。連她們湊合搭的遮篷在夜裡被吹掉時，都沒能吵醒她。

布莉躺在地上瞪著清晨蒼白的天空，覺得身上骨頭的痠痛似乎深入骨髓，而且渴得嘴裡發腫。她看到蘿倫昨天晚上拿出去收集雨水的瓶子都翻倒了。如果每個人能分到一口水，就算是幸運了。至少布莉昨晚塞在她妹妹腦袋邊的食物不見了。她覺得鬆了口氣，卻又同時有點失望。有關那份沒吃掉的中餐，布莉還是不太確定自己為什麼不跟其他人講清楚。她當時張開嘴，但是深埋在她腦中的古老本能發揮作用，阻止她把話說出來。她認真思索著原因，有點嚇到了。她常常自嘲自己平常上班是在*求生*。換了其他環境，這個字眼感覺上既陌生且可怕。

今天早上她們姊妹設法捲起溼透的睡袋時，布莉曾設法跟她妹妹說話。

「謝謝。」布莉說。

現在輪到貝絲不太想理她。「別提了吧。但是我不懂你為什麼這麼怕他們。」

「怕誰？」

「他們所有人。愛麗思、吉兒，其實還有丹尼爾。」

「我不是怕，只是在意他們怎麼想而已。他們是我的上司，貝絲。順便講一聲，也是你的上司。」

「那又怎樣？你跟他們任何一個同樣優秀。」貝絲說，然後停止打包看著她。「事實上，如果我是你，我不會太指望靠愛麗思提拔。」

「你在瞎說什麼？」

「不重要。但是跟著她要小心一點。你如果找另外一個人巴結，可能還有用一點。」

「老天在上，這叫做認真對待我的事業。你也應該試試看。」

「你也應該試著有點客觀判斷力。那只是一份工作罷了。」

布莉沒再吭聲，因為她知道妹妹永遠不會懂的。

她們花了二十分鐘收拾那個克難帳篷，然後又花一小時決定接下來該怎麼做。留下或離開。留下。離開。

愛麗思想繼續往前，找到那個預定的營地，或找到出路，做點事情。不，蘿倫跟她爭辯，認為她們應該留在高處。這裡比較安全。但是這裡風也比較大，猛撲著她們的臉，最後大家都被吹得臉上刺痛而發紅。等到小雨又開始飄下，蘿倫開口時，就連吉兒也不再耐心地點頭。她們擠在一張帳篷布底下，設法把雨水收集到一個瓶子裡面，同時愛麗思走來走去，一直對天空揮著她的手機。等到手機的電池只剩百分之三十的時候，吉兒命令她關機。

她們應該留在原地，蘿倫又試了一次，但是愛麗思打開地圖。她們圍在一起，在強風裡指著地圖上的一些地標。一片山脊、一條河流、一道斜坡。全都不完全符合。對於眼前所在的是哪個山丘頂，她們無法達成一致意見。

沿著地圖的一角，北邊有一條公路。如果能設法穿過荒林到那條公路，就可以循著公路往下走出去，愛麗思說。蘿倫簡直要大笑起來。那太危險了。失溫也很危險，愛麗思回嘴，瞪得蘿倫別開眼睛。到最後，寒冷贏了這場爭辯。吉兒宣布她沒辦法再站著不動了。

「我們去找那條公路吧。」她把地圖遞給愛麗思，猶豫著，然後將羅盤交給蘿倫。「我知道你不同意，但是我們要一起照這個辦法做。」

她們平分了瓶子裡收集到的那一點雨水，布莉分到的那口只是讓她更渴。然後她們開始走，儘管四肢痠痛，胃裡餓得打結。

布莉一直盯著地上看，一步接一步往前。走了將近三小時後，隨著一個輕輕的落地聲，她感覺有個什麼落在她腳邊。她停下，發現一個小小的鳥蛋摔破在地上，裡頭清澈的凝膠狀蛋液流出來。布莉抬頭，在高高的上方，眾多樹枝在風中搖晃，其中有一隻小小的褐色鳥正往下瞧。那隻鳥在惋惜失去的蛋嗎？或其實已經忘記了？

有點客觀判斷力。那只是一份工作罷了。

但是其實不止如此。布莉二十一歲、再四天就要拿到榮譽學士學位時，發現自己懷孕了。她交往十八個月的男朋友（她知道他之前偷偷上了蒂芬妮珠寶網站看戒指）聽了消息後，有十分鐘都沒說話，只是在他們學生公寓的廚房兼餐室裡面踱步。她記得最清楚的事情之一，就是當時好希望他能坐下。最後他終於坐下來，一手放在她雙手上。

「你一直那麼用功，」他說，「那你的實習怎麼辦？」他自己即將在四個星期後去紐約實習，然後要去讀法學院完成碩士學位。「你之前說，貝利坦能茨一年收幾個畢業生？」

一個。貝利坦能茨的人才培育計畫每年只收一個大學畢業生。他知道的。而那一年，將會是布莉．麥肯齊。

「你本來那麼興奮。」沒錯。她得到通知後興奮不已，一直很興奮。他講到這裡，另一隻手也伸出來，把她的雙手握在掌中。

「這真是個大好消息，真的。而且我好愛你。只不過——」他的雙眼露出深深的驚恐。「時機不對。」

最後，她點了頭，到了第二天上午，他就幫她安排好必要的約診。

「有朝一日，我們的孩子會很光榮的。」他當時說。他說的是「我們的」，這點她記得很清楚。「先把我們的事業發展好，這樣明智多了。你應該要盡力把握自己的機會。」

沒錯，她後來這麼告訴過自己很多次。她做這件事是為了自己的事業，為了日後的種種大好機會。她這麼做絕對不是為了他。幸好，因為他去紐約之後，一次電話都沒有打給她過。

此時，布莉低頭看著那顆摔破的蛋。上方的母鳥飛走了。布莉一腳掃了些乾樹葉，蓋在那些摔破的蛋殼上。她想不出還能做什麼。

「在這裡停下。」吉兒的聲音從後面傳來，她落在最後頭了。「我們休息一會兒吧。」

「這裡？」愛麗思回頭看。樹林依舊濃密，但是小徑稍微寬了點，也比較清楚分明了。

吉兒沒回答便放下背包。她滿臉通紅，頭髮一撮撮冒出來。她停下時，伸手掏著夾克口袋裡的東西，兩眼盯著小徑邊一根斷木的樹樁看。

她一語不發，就往樹樁走去。樹樁中央的碗狀凹處累積了一灘雨水。以前在辦公室裡，布莉曾目睹吉兒拒絕喝一杯花草茶，只因為裡頭的茶葉泡太久了。但是此刻，她忽然雙手攏成杯狀，伸進樹樁裡捧起水，然後湊到嘴邊，大口吞下。她暫停片刻，撿起嘴邊一個黑色的碎屑，用手指彈掉，然後雙手又伸進水裡。

布莉吞嚥著，立刻感覺到自己的舌頭腫脹發乾，於是也走向那樹樁。她雙手伸進去，第一捧水因為撞到吉兒的手臂而潑出來。她又伸手掬水，這回更匆忙湊到唇邊。那水嚐起來陰溼而有碎屑，但是她沒停，又伸手掬水。現在跟其他四雙手開始爭搶空間。有個人把她雙手推到一邊，布莉也推回去，不在乎手指被反拗得發痛。她又伸手到水裡，為搶水而奮戰，聽到咕嚕嚕的吞嚥聲。她始終低著頭，決心要盡量把水送進嘴裡。還沒意識過來，水已經沒了，她的指甲刮過生著青苔的底部。

布莉趕緊後退。她嘴巴裡好多渣渣，覺得身體失去平衡，彷彿跨過了一條她原先不曉得存在的線。她覺得自己不是唯一這麼想的人；因為周圍的四張臉上都有同樣的驚訝和羞愧。剛剛喝的水在她空蕩的胃裡翻騰，她只好咬緊嘴唇，免得吐出來。

一個接一個，她們從樹樁旁退開，避免眼神接觸。布莉坐在自己的背包上，看著吉兒脫掉一隻健行靴，拉下襪子。她的腳跟看起來破皮且流血了。在旁邊，蘿倫正在第一千次檢視羅盤。布莉希望她從羅盤上看出什麼來。

一個打火機的輕彈聲，隱約的香菸氣味飄過來。

「真的，你真的非得現在抽？」愛麗思說。

「沒錯。這就是為什麼大家說抽菸是一種癮。」貝絲沒抬頭，但是布莉感覺到一股不安的漣漪影響了大家。

「抽菸很噁心，就這樣。別抽了。」

布莉幾乎聞不到菸味了。

「別抽了。」愛麗思又說了一次。

貝絲這回看過來，朝空中吹了一大口。那些煙霧懸在那裡，嘲笑著她們。愛麗思動作靈巧地衝向前抓住那包菸，然後使勁把那包菸扔進樹林中。

「嘿！」貝絲站起來。

愛麗思也起身。「休息結束了。我們走吧。」

貝絲沒理她，也沒回頭看一眼，就轉身走進長草區，進入樹林消失。

「我們才不要等她。」愛麗思吼道。沒人回答她，只有雨水落在樹葉上的滴答聲。雨又開始下了。「老天在上。吉兒，我們走吧。她會跟上的。」

布莉覺得一股怒氣湧上來，看到吉兒搖了搖頭，那怒火才勉強壓下去。

「我們不會丟下任何人，愛麗思。」吉兒的聲音裡有一種布莉從沒聽過的尖銳。「所以你最好去找她，然後道個歉。」

「你在開玩笑。」

「絕對沒有。」

「可是——」愛麗思開口，此時濃密的荒林中傳來一聲叫喊。

「嘿！」貝絲模糊的聲音飄過來，聽起來在很遠的地方。「後頭這裡有個東西。」

14

佛柯去敲卡門的房門時，早晨的天空是一種髒灰色。她已經收拾好行李在等了。他們拿著各自的袋子走向停車場，一路小心翼翼，夜間的雨讓小徑變得溼滑。

「你打回署裡，結果他們怎麼說？」佛柯走到他們車子旁邊，伸手到擋風玻璃下方，拿起幾片夾在雨刷底下的枯葉。

「老樣子。」卡門不必說出來。佛柯知道，就是自己前天晚上聽到的那些老台詞。弄到那些合約。弄到那些合約。她把自己的袋子放進後行李廂。「你告訴金恩我們要離開了嗎？」

佛柯點頭。昨天晚上離開卡門的房間後，他就回房打電話給金恩警佐留話。一個小時後，金恩回電到佛柯房間的有線電話。他們交換了最新狀況——雙方的話都少得令人沮喪。聽起來，缺乏進度已經產生了負面的結果。

「你們不抱希望了嗎？」佛柯問。

「還不至於，」金恩說，「但是感覺上，愈來愈像是在乾草堆裡找一根針了。」

「你們會持續搜索多久？」

「我們會搜索到再也沒有意義為止，」金恩說。他沒講清楚那會是什麼時候。「但是如果不趕快有些結果，我們就會開始減少人力了。不過這話你別說出去。」

此刻，在晨光中，一群搜索人員爬上一輛發動的中型巴士，佛柯看得到他們緊繃的臉。他把自己的背包放在卡門的旁邊，然後兩人走進接待小屋。

櫃檯後頭是另一個公園管理人員，正探出身子橫過櫃檯，指點著一個正躬身在那台遊客專用老電腦前的女人。

「試試看再重新登入一次。」那管理人員說。

「我試過兩次了！就是沒辦法登入。」

佛柯這才發現那是蘿倫，聽起來快要哭了。她聽到他們把鑰匙推過櫃檯，便抬頭看過來。

「你們要退房了？是要開車回墨爾本嗎？」她已經半離開座位。「能不能載我？拜託，我得回家。我一整個早上都在想辦法要搭便車。」

在殘酷的晨光下，蘿倫的雙眼發紅且出現皺紋。佛柯不確定那是因為缺乏睡眠，或是因為之前哭過。或許兩者皆是。

「金恩警佐說你可以離開了嗎？」

「是的，他說可以。」她已經走到門邊。「別丟下我跑掉，拜託。我去拿一下背包。五分鐘。」

佛柯還來不及說什麼，她就跑掉了。在接待櫃檯，佛柯注意到有新的一疊印刷傳單。最上端是粗黑的大字**失蹤**，接著是愛麗思微笑的公司大頭照，加上外貌描述和關鍵細節。再下頭是伊恩．卻斯在鏡子瀑布步道入口幫她們拍的最後一張團體照。

佛柯看著那照片。吉兒．貝利站在中央，愛麗思和蘿倫在她左邊。布莉在吉兒右邊，更右邊是貝絲，站在離其他人半步之外。傳單上的照片比在卻斯的手機裡能看出更多細節。每張臉都在笑，但是仔細察看下，佛柯覺得每個笑容似乎都有點勉強。他嘆了口氣，把手上那張傳單折起來，放進夾克口袋裡。

卡門跟公園管理人員借了無線電，要跟金恩警佐確認蘿倫的說法，等到確認完畢後，蘿倫也回來了。她抓著背包站在門口，那背包很髒，佛柯猛然想到，那就是她帶去員工自強活動的同一個背包。

「很謝謝你們。」她說，跟著他們穿過停車場，爬上後座。她繫好安全帶，坐得挺直，緊緊交握的雙手放在膝上。然後佛柯忽然明白，她是急著想離開。

「你家裡一切都還好嗎？」佛柯問，發動引擎。

「不曉得。」蘿倫皺著臉。「你們兩位有小孩嗎？」

佛柯和卡門都搖搖頭。

「唔，好吧，只要你一不注意，就總有麻煩發生。」她說，彷彿這句話就解釋了一切。佛柯等著，但是她沒再說什麼。

他們經過了標示著自然公園正式邊界的牌子，駛入小鎮，佛柯看到了前面那個加油站招牌的熟悉燈光。他檢查了一下油量表，轉入加油站。櫃檯後頭還是同一名男子。

「所以他們還沒找到她了。」他看到佛柯便說。不是問句。

「還沒有。」佛柯第一次認真打量那名男子。無邊圓帽蓋住了頭髮，但是他的眉毛和鬍碴都是深色的。

「有發現任何她的東西嗎？待過的遮蔽處？背包？」那男子問，佛柯搖搖頭。「那大概是好事，」他繼續說，「一旦你發現了所屬物品或遮蔽處，接下來通常就會發現屍體。總是這樣的。在那裡頭，沒有設備就無法存活。事到如今，我覺得很有可能永遠找不到她了。畢竟一直都沒發現她的任何跡象。」

「唔，那就姑且希望你是錯的吧。」佛柯說。

「我沒錯。」那男子瞥了外頭一眼。卡門和蘿倫下了車，在寒氣中雙臂交抱在胸前。「你們打算要再回去嗎？」

「不曉得，」佛柯說，「如果他們找到她，那或許會吧。」

「要是那樣，希望很快能再看到你了，老哥。」

那些話有種斬釘截鐵的意味，就像葬禮。

佛柯走出去上了車。離開自然公園和那個小鎮十公里後，他才發現自己超速許多，但是卡門和蘿倫都沒有出聲反對。等到紀勒蘭嶺的地平線在後視鏡裡變小了，蘿倫才在座位上挪動了一下。

「顯然他們認為，我們發現的那棟小木屋，有可能是以前馬丁·寇瓦克常去的，」她說，「這個你們知道嗎？」

佛柯瞥了一下後視鏡，發現蘿倫正凝視著車窗外，一邊啃著大拇指的指甲。

「誰跟你說的？」

「吉兒。她是聽一個搜索隊員講的。」

「我想目前他們只是懷疑而已，還不能確定。」

蘿倫皺了一下臉，嘴邊的大拇指放下。她的指甲在流血，指甲床周圍湧起一片深色半月形。她低頭看了一下，然後哭了起來。

卡門轉身遞給她一張面紙。「你要停車嗎？出去透透氣？」

佛柯停在路肩。這條公路雙向都是一片空蕩。不過路邊的林地總算轉為農田，他於是回想起之前開進紀勒蘭嶺的那段車程。才兩天前的事，但感覺上似乎是好久以前了。明天，愛麗思初次進入那片雜木荒林就滿一星期了。我們會搜索到再也沒有意義為止。

佛柯下了車，從後行李廂拿了一瓶水給蘿倫。她喝水時，他們三人就站在路邊。

「對不起。」蘿倫舔了一下蒼白而乾燥的嘴唇。「我覺得好難過。愛麗思還在裡頭，我自己就這樣走掉。」

「要是有什麼你能幫上忙的，他們會通知你。」佛柯說。

「這個我知道，而且我知道——」她勉強擠出虛弱的微笑。「我知道愛麗思如果處於我現在的狀況，也會做同樣的事情。但我還是沒辦法因此好過一點。」她又喝了口水，現在雙手比較穩了。「我先生打了電話給我。我女兒的學校正在聯絡各個學生家長，說有個學生的照片流傳到網路上。顯然是暴露的，或反正就是那個意思。」

「不是你女兒的吧？」卡門問。

「不，不是麗貝卡的。她不會做這類事情的。但是——對不起，謝謝，」蘿倫又接過卡門遞來的面紙，擦了擦眼睛。「但是她去年因為這類事情有一些狀況。不是暴露的東西，感謝老天，但是有很多霸凌。其他女生偷拍了她一些照片，體育課後換衣服、吃午餐，都是一堆愚蠢的東西。但是她們在手機和社群媒體裡分享出去，還鼓勵一堆男校學生來留言評論。麗貝卡——」蘿倫暫停一下。「她有一陣子很不好受。」

「我很遺憾。」卡門說。

「是啊，好吧，我們也很遺憾。其實真的很難相信，想到我花那麼多錢送她去那所學校。校方寫信來，說他們處罰了幾個惹出事端的女生，也特別集合學生，教導大家要尊重。」蘿倫又擦擦眼睛。「對不起。我聽到類似這樣的事，以前的一切又回來了。」

「那個年紀的女生有可能真的很可惡，」卡門說，「我記得。即使沒有網際網路，學校生活都已經夠辛苦了。」

「他們現在的生活，是一個完全不同的世界，」蘿倫說，「我不曉得自己該怎麼做。刪除她的帳號？沒收她的手機？她看著我的表情，就好像我要逼她砍斷自己的手。」她喝完那瓶水，又擦了一次眼睛，設法擠出一個帶淚的微笑。「對不起。我想我只是很需要回家。」

他們上了車，佛柯發動引擎時，蘿倫頭靠著車窗。最後，從她的呼吸，他可以判斷她睡著了。她蜷縮著身子，看起來像個空殼，他心想。彷彿那片荒林吸光了她的精氣。

他和卡門輪流開車，另一個人就打盹。離開荒林區後，裡頭的天氣還跟著他們一陣子，但是隨著他們離得愈遠，落在擋風玻璃上的雨點也愈小。然後收音機開始發出噪響，一個接一個電台又能收聽到了。

「哈利路亞，」卡門說，聽到她的手機發出嗡響。「手機收得到訊號了。」

她坐在乘客座上低著頭，滑手機看簡訊。

「傑米期待你回家嗎？」佛柯說，然後立刻心想自己根本不必問的。

「是啊。唔，反正會的。他出門兩天去參加一個課程了。」她無意識地摸著自己的訂婚戒指，佛柯發現自己想著前一夜。她長長的腿在床上展開。他清了清嗓子，看了後視鏡一眼。蘿倫還在睡，雙眼間還有一道憂慮的皺痕。

「總之，她應該會很高興重返文明了。」他說。

「是啊。」卡門回頭看了一眼。「要是我經歷了那一切之後，一定會很高興的。」

「你有碰到過必須去參加這類團隊凝聚的活動嗎？」

「沒有，感謝老天。你呢？」

佛柯搖頭。「我想大概私人公司比較有這類活動。」

「傑米參加過兩三次。」

「那家運動飲料公司？」

「那個品牌涵蓋了一套整體的生活方式，謝謝。」卡門露出微笑。「不過沒錯，他們真的很迷這類事情。」

「他參加過像這樣的活動？」

「我不認為。他們通常都是去參加一些極限運動。不過有一回，他跟一組人被下令去一間廢棄的倉庫裡鋪瓷磚。」

「真的？」佛柯大笑。「他們懂得怎麼鋪瓷磚嗎？」

「我不認為。而且他們很確定，第二天去的那組人就被下令要拆掉瓷磚。所以結果如何你就可想而知。當時他跟同組裡有個人鬧翻了，直到今天都還是不講話。」

佛柯微笑，雙眼盯著馬路。「你的婚禮都準備好了？」

「差不多。反正婚禮很簡單。不過我們還是找了位神父來主持儀式，傑米知道什麼時間、地點要出現，所以我們會去結婚。」她看過來。「嘿，你應該來參加的。」

「什麼？不了，我沒打算在婚禮上找女朋友的。」這是真的。他想不起上回去參加婚禮是什麼時候了。

「我知道，但是你應該來。會很棒的。總之對你會有好處。我有幾個單身朋友。」

「你的婚禮是在雪梨啊。」

「搭飛機才一個小時。」

「而且在三個星期後。現在幫我安排座位，不是有點太晚了嗎？」

「你見過我未婚夫。在寄給他那邊親友的婚禮邀請卡裡頭，我還真的必須加上『請勿穿牛仔褲』的字樣。你覺得這種婚禮像是會認真安排座位、不能改的嗎？」她忍住一聲呵欠。「總之，我會再告訴你細節。你考慮一下吧。」

後座有動靜，佛柯看了一下後視鏡。蘿倫醒了，正瞪大眼睛驚訝地看著四周，一副不曉得置身何處的模樣。她似乎被旁邊經過的車陣搞得不知所措。佛柯不怪她。才在荒林裡待了兩天，他自己也有點不知所措了。進入市區前，他停下車，和卡門又換了一次駕駛，然後安靜下來，在收音機的聲音中，想著各自的心事。到了整點，收音機裡開始播報新聞。佛柯轉大音量，然後立刻後悔了。

是頭條新聞。播報員說，警方正在追查惡名昭彰的馬丁．寇瓦克，他或許和失蹤的墨爾本健行客愛麗思．羅素最後一次現身的小木屋有關聯。

對於這個細節的消息走漏，佛柯並不驚訝。有那麼多搜索人員參與，消息外洩是遲早的事。他回頭看，蘿倫也望著他。她一臉害怕。

「要不要我把收音機關掉？」

她搖頭，他們聽著播報員敘述二十年前寇瓦克相關新聞的細節。三位女性被害人，第四位始終沒找到。然後是金恩警佐的聲音，強調說寇瓦克的案子都是以前的事情了。他保證他們正在盡力搜尋，還呼籲任何去過那個地區的人若有相關情報，請聯絡警方。然後，播報員終於開始報導下一則新聞。

佛柯看了卡門一眼。新聞裡沒提到寇瓦克的兒子。看起來金恩暫時還能封鎖這部分。

蘿倫一路指引他們去她家的路，來到一處樹木繁茂的郊區，就是那種房地產仲介商喜歡稱之為「夢寐以求」的物件。卡門把車停在一棟房子外頭，這戶住宅顯然長年仔細照顧，但是最近似乎受到忽略。前院的草皮該修剪了，而且籬笆上亂七八糟的塗鴉也沒人清除掉。

「很謝謝你們。」蘿倫解開安全帶，一臉如釋重負。「要是有任何消息，有關愛麗思的，會有人立刻通知我吧？」

「當然，」佛柯說，「希望你女兒一切安好。」

「我也希望。」她的表情更凝重了，口氣一點也不確定。他們看著蘿倫拿了背包，走進屋子裡消失。

卡門轉向佛柯。「那麼，接下來呢？我們應該通知丹尼爾．貝利說我們要過去找他，還是給他個驚喜？」

佛柯考慮了一下。「先通知他吧。他會希望表現得很努力在協助搜索相關工作，我們通知他，他會很樂意配合的。」

卡門掏出手機，打電話到貝利坦能茨會計師事務所。等到掛上時，她皺著眉頭。「他沒在辦公室。」

「真的？」

「他的秘書很肯定。說他要休假幾天，私人原因。」

「正當他有一名員工失蹤的時候？」

「不過吉兒的確說過，他因為家裡的事情而趕回來。」

「我知道，我只是不相信她，」佛柯說，「可以試試看打去他家吧？」

卡門發動引擎，然後暫停下來，一臉思索的表情。「你知道，這裡離愛麗思的家並不遠。或許我們可以交上好運，找到一個肯幫忙的鄰居，有她家的備份鑰匙。」

他看著卡門。「然後有一疊我們所需要的文件剛好印出來，放在愛麗思家的廚房餐台上？」

「那就最理想了，沒錯。」

弄到那些合約。弄到那些合約。佛柯的微笑消失。「好吧，我們去看看能查到些什麼。」

二十分鐘後，卡門轉了個彎，來到一片綠樹成蔭的街道，放慢了車速。他們從來沒到愛麗思．羅素的家拜訪過，佛柯充滿興趣地看著四周。這一帶是一片富裕而寧靜的美好景象。人行道和籬笆都非常乾淨，少數幾輛停在路上的車發出微光，佛柯猜想大部分車子都安全地停在上鎖的車庫裡。比起過去三天始終環繞他們的那些原始繁茂荒林，眼前整齊排列的行道樹簡直就像是塑膠模型。

卡門緩緩往前駛，瞇著眼睛看那些發亮的信箱。「天啊，這些人為什麼不肯在屋子外頭標示清楚的號碼？」

「不曉得。免得不三不四的下等人跑來？」前面有個動靜吸引了佛柯的視線。「嘿。你看。」他指著馬路盡頭一棟乳白色的大宅。卡門循著他的視線，雙眼驚訝地睜大，看著一個人影走出車道，低著頭。他手腕一抖，停在路上的那輛黑色ＢＭＷ輕輕嗶一聲解了鎖。是丹尼爾・貝利。

「這是在開玩笑吧？」卡門說。丹尼爾穿著牛仔褲和一件沒塞進去的襯衫，一手心煩地撫過深色的頭髮，同時打開駕駛座的門。他上了車，發動引擎，駛離路邊。等他們開到那棟屋子前，那輛ＢＭＷ已經轉彎看不見了。卡門又往前跟了一段，直到看見那輛車駛入一條幹道，逐漸開遠了。

「我覺得跟蹤他不太好。」她說，佛柯也搖搖頭。

「是啊，別跟了。我不曉得他剛剛在做什麼，但是看起來他不像是要逃跑。」

卡門把車子掉頭，停在那棟乳白色大宅的外頭。「無論如何，我想我們找到愛麗思家了。」

她關掉引擎，兩人下了車。佛柯現在注意到城市的空氣似乎有一層薄霧，隨著每吸一口氣，就在他的肺臟裡輕輕塗上一層。他站在人行道上，打量著那兩層樓的大宅，感覺健行靴下的水泥地硬得出奇。前院的草坪很大，修得整整齊齊，發亮的前門漆成海軍藍。門前一塊厚厚的門墊上頭有「歡迎」的字樣。

佛柯聞得到空氣中腐爛的冬日玫瑰，聽到遠處的喧囂車聲。而在愛麗思・羅素家的二樓，隔著一片俯瞰著馬路、乾淨無瑕的窗子，他可以看到五個指尖形成一個白色的星形，按著那面玻璃，裡頭一張頂著金髮、打開嘴的臉正往外瞧。

第三天：星期六下午

「後頭這裡有個東西。」

貝絲的聲音不太清楚。過了一會兒，一陣窸窣聲和一個斷裂聲後，她重新出現了，吃力地穿過步道兩旁那些又高又茂盛的灌木叢。

「在那裡，有個遮蔽處。」

吉兒朝貝絲指的方向看，但是荒林太茂密，且覆蓋得太完整了，除了樹，她什麼也看不見。

「什麼樣的遮蔽處？」吉兒伸著脖子，朝前走了一步。她磨破皮的左腳立刻又痛起來。

「一間小屋之類的。過來看看吧。」

貝絲又離開了。四周雨水的滴答聲愈來愈明顯。布莉一聲不響就踏入了長草中，跟在她妹妹後頭消失了。

「慢著——」吉兒開口，但是太遲了。她們兩個已經不見人影。她轉向愛麗思和蘿倫。「來吧，我不希望我們走散了。」

其他兩個人都還來不及爭辯，吉兒便走出步道，進入雜木荒林。樹枝扯著她的衣服，她一路都必須把腳抬高。她斷續看得到樹林間雙胞胎夾克的幾抹色彩出現又消失。最後，她們停下腳步。吉兒呼吸沉重地追上去。

那低矮的小木屋位於一片小空地上，直線輪廓與荒林裡眾多的扭曲線條形成鮮明的對比。兩扇腐爛的木窗框裡沒有玻璃，只有兩個黑色窗洞。鉸鏈上鬆垮的木門開著。吉兒的視線往上移。牆壁可能彎了，但是顯然還有個屋頂。

貝絲走向小屋，臉湊向窗子，後腦勺的頭髮被雨淋得光滑溼亮。

「是空的，」她回頭喊，「我進去看看。」

她拉開鬆垮的門，被那黑色的內部吞沒。吉兒還來不及說什麼，布莉也跟著進去了。只剩吉兒獨自一人，耳裡自己的呼吸聲好響。忽然間，貝絲的臉出現在一面窗內。

「裡頭是乾的，」她喊道，「過來看看。」

吉兒穿過那片長草，朝小屋走去。來到門邊，她感覺到皮膚刺麻的不安，有一股衝動想轉身離開，但是沒有別的地方可去，四周只有綿延不斷的雜木荒林。她吸了口氣，走進屋內。

裡頭一片昏暗，吉兒的眼睛花了好一會兒才適應。她聽到頭頂上尖細的滴答聲，所以至少屋頂能遮雨。她又走了一步，覺得地板吱嘎叫又往下陷。蘿倫出現在門口，拍掉夾克上的雨水。愛麗思在後方徘徊觀望，什麼都沒說。

吉兒審視著屋內。格局有點怪異，而且除了一張靠牆而立的支架桌之外，裡頭沒有任何傢俱。角落結著厚厚的白色蜘蛛網，地板上的一個小洞裡還有個樹枝和枯葉築成的巢。一只金屬杯孤零零放在桌上。她試探地拿起來，發現桌上的塵埃和土灰在表面留下一個圓形。

旁邊一側有幾片便宜的三夾板釘起來，隔開了另一個房間。雙胞胎已經在裡頭了，沉默盯著某個東西看。吉兒也跟著，立刻恨不得自己沒進去過。

一張床墊豎起來靠在一邊牆上。上頭的花卉紋布面生著點點綠黴，除了正中央，被一大塊深色污漬遮得模糊不清。那污漬原來的顏色完全無法辨認。

「我不喜歡這裡，」愛麗思在吉兒身後突然發話，把她嚇了一跳。她也盯著那張床墊看。「我們應該繼續往前走。」

雙胞胎轉身，表情很難猜透。吉兒看得出她們在發抖，這才明白自己也是。一旦她注意到，就無法停止了。

「慢著。」貝絲雙臂交抱著身子。「我們至少應該考慮一下。這裡是乾燥的，而且稍微溫暖一點。待在這裡，一定比在外頭亂走一整夜要安全。」

「是嗎？」愛麗思刻意看著那張床墊。

「當然。長時間暴露在戶外是會凍死的，愛麗思。」貝絲厲聲說。「而且我們沒有帳篷，沒有食物。我們需要遮蔽處。別因為這裡是我找到的，就要推翻這個選擇。」

「我推翻這個選擇，是因為這裡很可怕。」愛麗思說。

兩個人都轉向吉兒，她忽然覺得一股疲倦的大浪湧來。

「吉兒，拜託，」愛麗思說，「我們對這個地方一無所知。任何人都有可能利用這裡當基地，我們根本不知道誰會曉得這裡——」

吉兒感覺到指尖上沾著的塵土。

「這裡似乎不常被人使用。」她說。刻意不去看那張床墊。

「但是沒有人知道我們在這裡，」愛麗思說，「我們得回去——」

「怎麼回去？」

「找到那條馬路！朝北走，就像我們之前講好的。我們不能永遠待在這裡。」

「不是永遠。只是待到——」

「待到什麼時候？要等別人找到我們，可能要等上好幾個星期。我們至少得試著回去。」

吉兒的兩邊肩膀已經被背包的背帶磨得刺痛，而且她身上的每一層衣服都溼了。她的腳已經走不太動。她聽著雨水落在屋頂上的嘩啦聲，知道自己實在是沒辦法再走出去淋雨了。「貝絲說得沒錯。我們應該留下。」

「你說真的？」愛麗思目瞪口呆。

貝絲完全不掩飾她臉上的勝利感。「你聽到她說的話了。」

「沒人在問你。」愛麗思說，轉向蘿倫。「支持我吧。你知道我們可以走出這裡的。」

蘿倫摸摸額頭。那個髒兮兮的ＯＫ繃又快貼不住了。「我也認為我們應該留下。至少度過這一夜。」

愛麗思無言地轉向布莉，布莉猶豫了一下，然後點點頭，雙眼堅定地看著地面。

愛麗思不敢置信地哼了一聲。

「天啊。」她搖搖頭。「好吧，我留下。」

「很好。」吉兒放下背包。

「但是只待到雨停。然後我要走出去。」

「老天在上！」儘管很冷，吉兒還是覺得一股怒氣從她發疼的雙肩和磨破的腳跟發出來。

「為什麼你非得要這麼難搞？我們已經吃了這麼多苦頭了。誰都不准獨自離開。你會待到我們全都同意離開為止，愛麗思。團隊行動。」

愛麗思朝小屋門看了一眼，那垂垮的門開著，一片四邊形的冬日天光掠過她的臉。她吸了口氣想說話，然後又停下，緩緩閉上嘴巴，粉紅色的舌尖在白色牙齒間輕探出來。

「好嗎？」吉兒問。她的頭開始抽痛了。

愛麗思輕輕一聳肩。她什麼都沒說，但是也不必說。她的意思很清楚了。*你阻止不了我*。

吉兒看著愛麗思，然後看了門外的荒林一眼，想著或許她真的阻止不了愛麗思。

15

佛柯用力敲著愛麗思．羅素家那扇海軍藍的大門，傾聽那聲音在屋內深處迴盪。他們等待著，裡頭一片靜止，但不是那種沒人的空蕩聲。然後他這才發現自己一直憋著氣。

之前他才看到樓上窗內的那張臉，那人就消失了。他手肘碰一下卡門，但是等到她往上看，窗內已經沒人了。他解釋，之前那裡出現了一張臉。一個女人。

他們又敲門，卡門昂起頭。

「你聽到了嗎？」她低聲說，「我想你說得沒錯，裡頭有人。我待在這裡，你去看能不能從後頭進去。

「好。」

佛柯走到房子側邊，試了一道鐵柵門。鎖上了，他很慶幸自己還穿著健行衣服，於是把旁邊一個有輪的大垃圾桶拖過來，爬上去翻過柵門。他聽得到卡門還在敲門，同時自己沿著一條鋪設的小徑，來到一個大大的後院。裡頭有個木板平台區和一個水療池，池裡裝的水是一種不自然的藍，牆面上的常春藤讓這個空間有種僻靜的感覺。

房子背面幾乎全都是落地玻璃，裡頭是寬敞的廚房。擦亮的玻璃像鏡子似的，他差點沒看到裡頭的那個金髮女人。她站在通往走廊的門口，完全不動，背對著他。佛柯聽到卡門又敲門，那女人一聽到嚇了一跳。同時，她一定感覺到他在外頭的動靜，因為她猛地轉身，看到他站在花園裡，立刻大叫起來，她那張熟悉的臉驚駭得張大嘴巴。

愛麗思。

有那麼片刻，佛柯全身感覺到一種放鬆的暈眩與狂喜。腎上腺素狠狠分泌一陣，然後隨著一陣痛苦襲來，又同樣迅速地消失了。他眨眨眼，同時恍然大悟。

那女人的臉很熟悉，但不是他認得的那張。甚至不該說是女人，他心想，低沉地哀嘆一聲。她只是個女孩，從廚房往外盯著他，雙眼充滿恐懼。不是愛麗思。很像，但不完全像。

趁著愛麗思的女兒再度尖叫之前，佛柯趕緊掏出警察證，伸直手臂舉向她。

「我是警察。別害怕，」他隔著窗子喊道，同時努力回想那女孩的名字。「你是瑪歌？我們是協助搜索你母親的。」

瑪歌．羅素朝玻璃走了半步，哭得紅腫的雙眼看著那枚警徽。

「你想做什麼？」她的聲音顫抖不穩，但是出奇地令人不安。佛柯片刻後才想到，因為聽起來太像她母親了。

「我們可以跟你談一下嗎？」佛柯問，「我在前門的同事是一位女士，你先讓她進門好嗎？」

瑪歌猶豫著，又看了那枚警徽一眼，然後點點頭離開廚房。佛柯等著。瑪歌又回來，後頭跟著卡門。然後瑪歌打開後門的鎖，讓他進來。佛柯進屋後，這才第一次有機會好好打量她。跟愛麗思一樣，她幾乎算是個美人了，他心想，但是同樣有那種輪廓太過鮮明的五官，讓她稱不上完美。或許算是頗有吸引力吧。她十六歲，他知道，但是穿著牛仔褲、腳上套了襪子，一臉素顏，她看起來年紀好小。

「我還以為你跟你父親在一起。」他說。

瑪歌輕輕一聳肩，垂下雙眼。「我想回家。」她手裡的手機轉來轉去，彷彿那是一串安神串珠。

「你待在這裡多久了？」

「從今天早上開始。」

「你不能自己一個人待在家裡，」佛柯說，「你父親知道嗎？」

「他在上班。」她雙眼又湧出淚水，但是沒有流下來。「你們找到我媽了？」

「還沒有，但是他們正在努力找。」

「那就更努力一點。」她的聲音發顫，卡門帶著她到一張廚房的餐凳旁。

「坐吧。你們家的玻璃杯放在哪裡？我幫你倒杯水。」

瑪歌指著一個櫥櫃，還是把玩著手機。

佛柯拉了一張凳子，坐在她對面。「瑪歌，你認識剛剛來這裡的那個男人嗎？」他問，「就是來敲過門的？」

「丹尼爾？是啊，當然認識。」她的口氣有點擔心。「他是喬爾的爸爸。」

「喬爾是誰？」

「我的前男友。」刻意強調前。

「你剛剛跟丹尼爾．貝利說過話嗎？他有說為什麼會跑來這裡？」

「沒有。我不想跟他有任何牽扯。我知道他想做什麼。」

「什麼？」

「他在找喬爾。」

「你確定嗎？」佛柯說，「他來找你，跟你母親完全無關？」

「我媽？」瑪歌看著他，好像他是白痴。「我媽又不在這裡。她失蹤了。」

「我知道，但是你怎麼能確定丹尼爾來這裡的原因？」

「我怎麼能確定？」瑪歌發出一個奇怪的哽咽笑聲。「因為喬爾做的事。他最近在網路上忙得很。」她緊握著手機，用力得手上的皮膚都發白了。然後她吸了口氣，遞出手機讓佛柯看。「我想讓你們看也無所謂，反正其他人都看到了。」

手機螢幕上的瑪歌看起來比較成熟。化了妝，放下來的頭髮閃閃發亮，沒穿牛仔褲。在那麼暗的光線下，那張照片出奇地清晰。校方說得沒錯，佛柯心想。這絕對是暴露。

瑪歌低頭瞪著螢幕，臉上有污痕，雙眼紅紅的。

「這些貼到網路上有多久了？」佛柯問。

「我想從昨天午餐的時候吧。另外還有兩段影片。」她吃力地眨著眼睛。「已經有一千多次點閱了。」

卡門把一個玻璃杯放在瑪歌面前。「你認為是喬爾・貝利貼上網的？」

「他是唯一有這些的人，或至少他曾經是。」

「在那些照片裡，跟你在一起的是他？」

「他認為那些照片很好玩。但是他保證過會刪掉的。當時我還逼他讓我看他的手機。不曉得，他一定是偷存起來了。」她開始漫無重點地說了起來，講得很急。「照片是去年拍的，在我們分手之前。只是為了——」她嘴角扯出苦笑。「為了好玩。反正本來應該是好玩的事情。我們分手後，很久都沒再聯絡，但是上星期他忽然傳簡訊給我，要我再寄些照片給他。」

「這事情你告訴過任何人嗎？你母親？」卡門問。

「沒有。」瑪歌眼中露出懷疑的神色。「我才不會呢。我叫喬爾滾遠一點，別來煩我。可是他繼續傳簡訊來，說我應該傳些新照片給他，不然他就要把舊照片給他的朋友看。我跟他說，聽他在放屁。」她搖搖頭。「他保證過他會刪掉那些照片的。」

她一手掩住嘴，淚水終於奪眶而出，滑下臉頰，同時肩膀開始抽動。接下來好一會兒都沒法說話。

「可是他騙我。」她的聲音小得幾乎聽不到。「現在照片貼到網路上，每個人都看到了。」

她雙手摀著臉哭，卡門伸手輕撫她的背。佛柯記下瑪歌手機螢幕上的那個網址，把細節e-mail給署裡一個網路部的同事。

未經同意上傳，他寫道。十六歲。請盡力刪除。

他沒抱太大希望。他們大概可以把照片從原始網站拿掉，但是如果已經有人分享出去，那就無濟於事了。他想起一句古老的諺語，有關試圖抓住散落在風中的一堆羽毛。

過了好久，瑪歌才擤了鼻子，擦乾眼睛。

「我真的很想跟我媽講話。」她小聲說。

「我知道，」佛柯說，「現在他們正在找她。但是瑪歌，你不能自己一個人待在這裡。我們得打電話給你父親，請他來帶你回去。」

瑪歌搖頭。「不，拜託。拜託別打給我爸。」

「我們必須——」

「拜託，我不想看到他。我今天晚上沒辦法去他家。」

「瑪歌——」

「不要。」

「為什麼？」

瑪歌忽然伸出手抓住佛柯的手腕，他嚇了一跳，她的手指緊得像老虎鉗。她看著他的雙眼，咬牙開了口。

「聽我說。我沒辦法去我爸家，因為我沒辦法面對他。你懂了嗎？」

唯一的聲音只剩廚房時鐘的滴答聲。每個人都看到了。佛柯點點頭。「懂了。」

他們不得不答應找別的地方讓瑪歌住，然後她才願意上樓去收拾過夜包。

「我能去哪裡？」之前她問，這是個好問題。他們問過有沒有什麼親戚或朋友家是她願意去暫住的，但她只是搖頭。「我不想見任何人。」

「我們大概可以安排某種緊急寄養家庭，」佛柯低聲說。此刻他和卡門站在走廊上。瑪歌正在樓上收拾東西，她的哭聲從臥室傳下樓梯。「不過以她現在的狀況，我不想把她丟給陌生人。」

卡門手裡握著手機。她已經設法聯絡上瑪歌的父親。「那蘿倫家怎麼樣？」她最後說。「只是個想法，待一夜就好。至少她曉得照片的事情。」

「是啊，或許吧。」佛柯說。

「好吧。」卡門朝樓梯上看了一眼。「你打給蘿倫，我去跟瑪歌聊一下，看她母親可能把機密文件放在哪裡。」

「現在？」

「沒錯，就是現在。這可能是我們唯一的機會了。」

弄到那些合約。弄到那些合約。

「也是。那好吧。」

卡門上樓了。佛柯掏出自己的手機，邊撥號邊緩緩走回廚房。在那些大窗子外，天色已經逐漸暗下來，雲影映照在水池的平滑水面上。

他靠著廚房的料理台，把手機湊到耳邊，望著牆上的一面軟木塞板。板子上釘著一個雜務工的電話，旁邊有一張愛麗思手寫的食譜，叫「藜麥活力丸子」，還有張力行女中頒獎之夜的邀請卡，日期是剛過去的星期天，也就是愛麗思被通報失蹤的同一天，一張買鞋的收據，還有一張「經營冒險家」的簡介傳單，最上端手寫著那個週末的日期。

佛柯湊近一些。在那張傳單上頭的員工團體照，他認出伊恩．卻斯在後排，斜站著，被他右邊的同事遮住一些。

耳邊的電話還在響著鈴聲，他的雙眼轉到排列在廚房牆上幾張裱框的照片拼貼。全都是愛麗思和她女兒的，有的分開，有的一起。其中很多就像是彼此照著鏡子——愛麗思和嬰兒瑪歌，第一天上學，在跳舞，穿著比基尼泳裝躺在池畔。

在佛柯耳邊，鈴響聲停止，轉到蘿倫的語音信箱。他無聲咒罵了一句，留了話要她盡快回電。

他掛斷時，又湊過去更仔細看了最接近的一組拼貼照片。一張有點褪色的吸引了他的目光。那是一張戶外照片，背景有點像紀勒蘭嶺。愛麗思站在一條湍急的河邊，身上的T恤和短褲有力行女中的校徽。她昂頭微笑，一手拿著划艇槳。在她身後有一群溼頭髮、粉紅臉頰的女孩蹲在划艇旁。佛柯的雙眼盯著邊緣一個女孩，驚訝地輕叫一聲。那是蘿倫。如今清瘦的面容被當時的一層嬰兒肥掩蓋了，但是就跟愛麗思一樣，還是完全可以認出是她，尤其是那雙眼睛。那張照片一定有三十年了，佛柯心想。這兩個人都沒什麼變，真是有趣。

他手裡的手機突然響起鈴聲，嚇了他一跳。他看著螢幕——蘿倫——然後逼自己回到現實。

「出了什麼事？」她一聽他接起就問，「找到她了嗎？」

「不，狗屎，對不起。不是愛麗思的事情，」佛柯說，很自責。他留話時應該把這點講清楚的。「我們有個狀況是關於她女兒的。她晚上沒地方住。」他解釋了有關網路上的照片。

電話另一頭沉默了好久，佛柯都懷疑斷線了。媽媽們之間的勾心鬥角是他完全陌生的領域，但是當他傾聽著一片沉寂時，也猜想著這些學校的家長會多快採取行動，讓自己的小孩跟瑪歌保持距離。

「她應付得不太好，」最後佛柯說，「尤其還有她媽媽的事情。」

又是一陣沉默，這回比較短。

「你最好帶她過來吧，」蘿倫嘆氣道，「天啊。這些女孩。我發誓，她們會把彼此生吞活剝。」

「謝謝。」佛柯掛了電話，走到門廳。在樓梯對面，一扇房門開向一間書房。卡門正坐在一張書桌後頭，面對著家用電腦。佛柯進去時，她抬起頭。

「瑪歌給了我密碼。」她低聲說，他關上房門。

「有什麼發現嗎？」

卡門搖搖頭。「沒找到。不過我只是盲目亂找。即使愛麗思真的把任何有用的東西存在這裡，她有可能取任何檔名，放在任何目錄裡。我們必須取得應有的許可，把這台電腦帶走，才有辦法仔細檢查。」她嘆了口氣又抬頭看。「蘿倫說了什麼？」

「最後是說好，但並不是很熱心。」

「為什麼？因為那些照片？」

「不曉得。或許一部分吧，但也可能不是。照我們之前聽說的，她自己的小孩就已經有夠多問題了。」

「是啊，沒錯。但是很多人會因為這件事批評瑪歌，蘿倫不會是第一個、也不是最後一個，你等著看好了。」卡門朝關上的門瞥了一眼，壓低聲音。「拜託別把我這些話告訴瑪歌。」

佛柯點點頭。「我去跟她說一聲，讓她知道要去哪裡過夜吧。」

瑪歌的臥室門開著，佛柯看到她坐在深粉紅色的地毯上，眼前有個攤開的小行李箱，裡頭完全是空的。她正低頭盯著膝上的手機，佛柯敲敲門框，她嚇了一跳。

「我們已經安排好了，你今天晚上就住在蘿倫．蕭的家。」佛柯說。

瑪歌驚訝地往上看。「真的？」

「只有今晚。她知道你的事情了。」

「麗貝卡也會在嗎？」

「她女兒？大概吧。這樣有問題嗎？」

瑪歌摳著行李箱的一角。「我只是好一陣子沒見過她了。麗貝卡知道我的這些事嗎？」

「我想她媽媽會告訴她的。」

瑪歌看起來似乎想說什麼，但是又搖搖頭。「我想，這樣也很合理吧。」

她講這些話時，感覺上好像愛麗思。女兒的嘴巴，媽媽的聲音。佛柯眨眨眼，再一次覺得異樣地不安。

「好吧。唔，反正只有一夜。」他指著那個空的行李箱。「收拾點東西，然後我們就開車送你過去。」

瑪歌心不在焉地伸手，從地板上的一堆衣服裡拿了兩件俗麗的蕾絲胸罩。她抓在手裡，然後抬頭，望著佛柯注視自己。臉上掠過一抹表情。一種測試。

他的目光堅定望著她，完全面無表情。

「我們在廚房裡等你。」他說，走出那個令人發膩的粉紅色房間，關上門時覺得鬆了口氣。

十來歲女孩什麼時候變得這麼性感的？他十來歲時的女生就是這樣嗎？大概吧，他心想，只不過當時他完全贊成那樣。在那個年紀，有太多事情似乎都有趣且無傷。

第三天：星期六下午

難得一次，貝絲很遺憾雨停了。

之前雨滴像敲鼓般落在小屋的屋頂上時，吵得大家很難交談。五個女人便散布在比較大的那個房間，同時傍晚的風透過沒玻璃的窗戶吹進來。貝絲暗自承認，小屋裡其實沒有比外頭溫暖很多，但至少大部分是乾的。她很高興她們留下來。當最後雨終於停了，又厚又重的沉默便籠罩著小屋。

貝絲挪動了一下，覺得有點悶壞了。她看得到另一個房間裡床墊的一角。「我出去外頭看一下。」

「我也去吧，」布莉說，「我要上廁所。」

蘿倫跟著起身。「我也是。」

外頭的空氣清涼而潮溼。貝絲出去後把小屋的門拉上，聽到愛麗思在裡頭跟吉兒咕噥了兩句。但無論她說什麼，吉兒都沒回答。

布莉指著那一小片空地的對面。「啊老天，那是屋外廁所嗎？」

那個小棚屋在一段距離外，屋頂已經爛掉，一邊的側面洞開。

「別抱太大希望，」蘿倫說，「這類廁所就只是在地上挖個洞而已。」

貝絲看著她姊姊小心穿過蔓生的草叢，走到那個年久失修的小棚屋。布莉朝內仔細看了一下，然後尖叫著後退。兩姊妹目光對上，同時大笑起來。貝絲覺得好幾天沒有這樣大笑了，甚至是好幾年。

「啊，老天。反正，不行。」布莉喊道。

「很多大便？」

「很多蜘蛛。不要過來看，有些東西看過會後悔的。我寧可去樹林裡碰運氣。」

她轉身走進樹林更深處裡消失。蘿倫設法擠出微笑，腳步沉重地走向反方向，留下貝絲一個人。白晝的光線已經逐漸消逝，天空變成一種更深的灰。

此時雨停了，貝絲才明白，她們能發現這棟小木屋是走運。樹林間有兩三道縫隙，以前可能是小徑，但是絕對不可能促使外來者發現這片空地。貝絲忽然覺得緊張起來，四下張望著想找其他兩個人，但是完全看不見。她頭頂上有幾隻鳥彼此唱和，高音調且急促，但是她抬頭卻一隻都看不見。

貝絲伸手到口袋拿香菸。之前被愛麗思扔出去之後，她發現那包菸半浮在一個小水窪裡。整包菸已經毀掉，被髒水泡溼了，但是她不想當眾承認，免得讓愛麗思得意。

她手指握住菸盒的邊緣，尖銳的邊角現在變得溼軟。她覺得好想抽菸，於是打開菸盒，再度確認那些香菸救不回來了。潮溼的菸草氣息點燃了她心中的某個什麼，忽然間她覺得受不了，這些菸離她這麼近、卻又這麼遠。她好想哭。當然她不想上癮。不光是對香菸，也不想對任何東西上癮。

當初貝絲流產時，根本不曉得自己懷孕了。她坐在大學診所裡消毒過的診間，聽那個醫師跟她解釋，說懷孕頭三個月流產並不稀奇。她大概懷孕不會超過三個月太多，而且她做什麼都很難避免。有時事情就是會發生。

貝絲當時只是點點頭。她小聲解釋說，問題是她一直跑出去喝酒。大部分週末都會，甚至不是週末也會。當時她是少數主修電腦科學的女生，班上的男生又都很有趣。他們年輕又聰明，而且都計畫要創辦下一家大網路公司，成為千萬富翁，三十歲之前就退休。但是在此之前，他們喜歡喝酒和跳舞，吃些不會成癮的軟性藥物，熬夜到很晚，跟漂亮的女生調情——當時貝絲二十歲，看起來還很像她亮眼的雙胞胎姊姊——而貝絲也很喜歡這些事物。事後來看，或許有點太喜歡了。

那天在消毒診間的明亮燈光下，她坦白了自己所有的罪行。那醫師搖搖頭，說其實大概沒差別。大概？幾乎確定。但是不是一定？幾乎可以確定不會有差別，他說，遞給她一本宣導小冊子。

總之這樣最好吧，她走出診所時心想，手裡抓著那本小冊子，然後扔進她碰到的第一個垃圾桶。她不會再多想，現在告訴任何人也沒有意義。布莉反正不會明白，無所謂。她原先根本不曉得自己擁有，當然失去了也無從想念起。

她本來計畫要直接回家，但是想到那間學生公寓就覺得好像有點寂寞。於是下了巴士就又跑去酒吧，跟那些男生碰面。喝一杯酒，然後又喝兩杯，因為她已沒有理由避開酒精或一點迷幻藥，是吧？現在已經太遲了，不是嗎？次日早晨她醒來，覺得頭好痛、嘴巴好乾，但是她並不在乎。好的宿醉就是這樣，不會有太多空間讓你有別的感覺。

此刻，貝絲望著四周的雜木荒林，手裡捏著那個潮溼的菸盒。她知道她們這組人麻煩大了。她們全都知道自己麻煩大了。但是只要貝絲還能抽菸，感覺上那就像是一條連到文明的線。而現在，連這一點都被愛麗思毀掉了。貝絲忽然一時生氣，閉上眼睛，把菸盒用力朝林下灌木叢丟去。等到她睜開眼睛，菸盒不見了，她看不見掉在哪裡。

一陣風吹過空地，貝絲打了個寒噤。她雙腳周圍的枯枝和落葉都是溼的。這裡不容易找到柴火。她回想起第一晚，蘿倫在營地周圍尋找乾的引火柴。她拿過菸盒的那隻手掌在身上擦一下，回頭看著小木屋。屋子有點傾斜，馬口鐵屋頂一側比較高，大概沒辦法讓下頭的地面保持乾燥，卻是她所能看到最好的機會。

貝絲走向小木屋時，可以聽到裡頭傳來的聲音。

「我已經說過了，答案是不。」壓力讓吉兒講話變得簡短。

「我不是在請求你的准許。」

「嘿，請你記住自己的身分。」

「不，吉兒。請你睜開眼睛好好看看周圍。我們可不是在工作。」

暫停一下。「我永遠都是在工作的。」

貝絲又走近一步，忽然發現腳下踩空了，整個人踉蹌著。她摔下時雙掌撐住地面，一邊腳踝扭著壓在身體下頭。她低頭看，看到自己摔在什麼上頭，胸中湧起的呻吟轉為尖叫。

那聲音劃破空氣，讓鳥鳴噤聲。小木屋裡有一段震驚的沉寂，然後兩張臉出現在窗內。貝絲手忙腳亂地扒地爬開時，聽到身後傳來接近的腳步聲，她扭傷的腳隨著撞到地上而抽痛。

「你還好吧？」蘿倫是第一個跑到她身邊的，布莉緊接在後。窗內那兩張臉消失了，接著吉兒和愛麗思也跑出來。貝絲掙扎著站起身。她剛剛跌倒時踢開一堆枯葉和森林垃圾，露出了地面上的一個淺坑。

「那裡有些東西。」貝絲聽到自己的聲音沙啞。

「什麼東西？」愛麗思問。

「我不知道。」

愛麗思不耐地嘖了一聲，走上前用靴子掃過那個淺坑，掃開落葉。所有女人都上前去看，然後幾乎又同時後退。只有愛麗思還留在原地，低頭注視著。那些小而發黃的東西半埋在土裡，即使是沒受過訓練的眼睛都能辨認出來，是骨骸。

「那是什麼？」布莉低聲問，「拜託告訴我那不是小孩的。」

貝絲伸手握住姊姊的手，感覺出奇地熟悉。讓她鬆了口氣的是，布莉沒抽回手。

愛麗思又用腳去掃過那個淺坑，清掉更多表面的落葉。貝絲注意到，這回她比較猶豫。愛麗思的靴尖掃出一個硬物，在落葉間滑行一小段距離。她的雙肩明顯繃緊了，然後緩緩彎腰撿起那硬物。她的臉先是僵住，然後發出一個鬆了口氣的輕嘆聲。

「天啊，」她說，「沒事的，只是一條狗。」

她舉起一個腐爛的小十字架，是用兩根不平整的木條釘在一起的。十字架中央刻的字因年代久遠而難以辨識：霸奇。

「你怎麼能確定那是狗？」貝絲的聲音聽起來不太像她自己的。

「你會給自己的小孩取名霸奇嗎？」愛麗思看了貝絲一眼。「說不定你真的會。無論如何，這看起來不太像人類。」她腳尖指著一個看起來是半露出的頭骨。貝絲看著，猜想的確有點像狗。她很好奇牠是怎麼死的，但是沒問出聲。

「為什麼沒好好埋葬呢？」她只問。

愛麗思蹲在那個淺坑旁。「泥土大概被沖刷掉了。看起來埋得很淺。」

貝絲好想抽根菸。她雙眼望著樹林，看起來完全就像幾分鐘前一樣。但她還是有一種被人觀察的不安之感，搞得她寒毛直豎。她的視線從樹林轉開，設法專注在別的地方。改去看被吹起的落葉，去看小木屋，看這塊空地——

「那是什麼？」

貝絲指著淺坑更遠一些。其他人循著她的目光看過去，愛麗思緩緩站起來。

小屋側牆旁有一片土地凹陷成一個低淺的弧狀。凹陷得很輕微，簡直像是不存在。上頭的草溼漉漉，且被風吹得歪到一邊，跟另一側的草形狀不一樣。貝絲立刻覺得很確定，那種差異正好顯示這片土地被挖開過。這回沒有十字架了。

「這個比較大，」布莉說，聲音像是快哭出來了。「為什麼會比較大？」

「沒有比較大。沒什麼。」貝絲努力回想。那不過是一個自然的凹陷，大概是侵蝕或土石流，或某種跟科學有關的現象。她對青草再生懂什麼？絕對一竅不通。

愛麗思手裡還握著那個十字架。臉上出現了一種奇怪的表情。

「我不是想害大家煩惱，」她說，聲音出奇地小，「但是馬丁．寇瓦克的狗叫什麼名字？」

貝絲猛吸一口氣。「媽的，不要開玩笑——」

「我沒有——不，貝絲，閉嘴，我沒有開玩笑——大家趕緊想想。記得嗎？多年前那一切發生的時候。他有一條狗用來引誘健行客，然後——」

「閉嘴！夠了！」吉兒的聲音很刺耳。

「可是——」愛麗思轉向蘿倫。「你記得的，對不對？新聞裡提到過？我們當時都還在讀中學。那條狗的名字叫什麼？是霸奇嗎？」

蘿倫看著愛麗思，好像完全不認得她似的。「我不記得。」她的臉色蒼白。

貝絲還握著姊姊的手，感覺到一滴溫暖的淚落在她手腕上。她轉向愛麗思，一股情緒湧上來。是憤怒，不是害怕，她告訴自己。

「你真是個愛操縱人的賤貨。只為了你這輩子難得一次沒法照著自己的意思做，就把大家嚇得半死！你應該感到羞愧才對！」

「我不是！我——」

「你就是！」

那些話傳遍荒林。

「他有一隻狗。」愛麗思的聲音很平靜。「我們不該待在這裡。」

貝絲吸了一口氣，胸中充滿了憤怒，然後逼自己再吸一口氣，才開始說話。

「狗屁，那一切都是二十年前的事了，而且再過半小時就會完全天黑了。吉兒？你已經同意過，在黑暗裡面亂走會害死我們的。」

「貝絲說得沒錯——」蘿倫也開口，但是愛麗思轉向她。

「沒人問你意見，蘿倫！你本來可以帶著我們離開這裡的，但是你怕得不敢去試。所以這事情你別插手。」

「愛麗思！別說了。」吉兒的目光從狗的骸骨轉向樹林，然後又轉回來。貝絲看得出她很掙扎。「好吧。」最後她終於說。「聽我說，我也不是很想留在這裡，但是鬼故事傷害不了我們，而暴露在這種天氣裡就有可能了。」

愛麗思搖搖頭。「真的？你真的要留在這裡？」

「是的。」吉兒的臉轉成一種難看的暗紅色。她潮溼的頭髮黏著頭皮，沿著分邊處露出一道灰白。「而且我知道你對這個決定不滿，愛麗思，但是這回你就別說出來。我聽你這些話已經聽煩了。」

兩個女人面對面站著，嘴唇發青，身體緊繃。有個看不見的什麼在樹下的灌木叢中移動，他們兩個人都嚇了一跳。吉兒後退。

「夠了。我決定了。老天在上，誰去想辦法生個火吧。」

四周顫抖的尤加利樹彷彿生了眼睛，觀察著她們尋找柴火，隨著每個小聲音而驚跳，直到天色黑得再也看不見。愛麗思沒有幫忙。

16

瑪歌．羅素在車上沒說什麼話。

佛柯和卡門這一天第二度開車到蘿倫家時，瑪歌坐在後座，低頭盯著手機。她執迷地一直看著影片，螢幕湊近臉，青少年性愛的小小聲音飄到前座。佛柯和卡門交換了一個眼色。播到第二遍時，卡門輕聲建議她把注意力放在其他地方。瑪歌只是關掉聲音，繼續看。

「我們會通知負責搜索的警察你晚上住在哪裡，以防萬一有什麼新消息。」卡門說。

「謝謝。」她的聲音很小。

「另外校方應該想跟你談談，但是我想他們已經有蘿倫的聯絡資料。如果你不想去上學，或許她女兒可以幫你去學校的儲物櫃，拿你需要的東西。」

「可是——」瑪歌抬頭。她的聲音很驚訝。「麗貝卡現在都沒去上學了。」

「是嗎？」佛柯從後視鏡望著她。

「是啊，她大約六個月前就開始沒去學校了。」

「完全沒再去過？」

「對啊。當然了。」瑪歌說，「你們見過她了嗎？」

「沒有。」

「喔。反正，她沒去上學好一陣子了。她之前被學校裡的一些人嘲笑。不嚴重，只是為了一些蠢照片而已。但是我猜想，她覺得——」她停下來，又低頭看著手機螢幕，嘴巴緊緊閉上，剛剛講到一半的話沒說完。

他們把車停在屋外時，前門開著，蘿倫正站在門口等。

「進來吧。」她對著下車走過來的三個人說。一看到瑪歌哭得發腫的臉，蘿倫伸出手，像是想摸她的臉頰，但是在最後一刻忍住了。

「對不起，我都忘了你長得有多麼——」她停下。佛柯知道她打算說什麼。你長得有多麼像你母親。蘿倫清了清嗓子。「你還好吧，瑪歌？很遺憾這件事發生在你身上。」

「謝謝。」瑪歌瞪著蘿倫額頭那道長長的割傷，瞪得蘿倫用顫抖的手去摸。

「來吧，你的袋子給我，我帶你去客房。」蘿倫看著佛柯和卡門。「客廳在門廳盡頭。我馬上過來。」

「麗貝卡在家嗎？」瑪歌跟著蘿倫離開時，佛柯聽到她問。

「我想她正在小睡。」

門廳盡頭的客廳凌亂得令人意外。幾杯沒喝完的咖啡被遺忘在邊桌上和沙發旁，攤開的雜誌四處亂放。地板上鋪著一張毛茸茸的地毯，每個平面上都有裱框的照片。佛柯稍微掃一眼，發現照片裡大部分是蘿倫，還有一個顯然是她的女兒。另外還有幾張小型家庭婚禮的照片，裡頭出現了一個男人。她猜想是蘿倫的新丈夫、麗貝卡的繼父。

佛柯很驚訝地看到，隨著一年年過去，蘿倫學校時代的嬰兒肥出現又消失，她的身體幾乎隨著季節變換而膨脹又縮小。不過眼神中的緊張始終都在。她每張照片中都露出微笑，但是沒有一張看起來是真正開心的。

照片中的女兒只到青少女早期。最近一張似乎是那女孩穿著學校制服，旁邊的標題是九年級。她的漂亮是那種不張揚的：羞怯的笑容、光滑的圓臉頰，還有閃亮的褐色頭髮。

「真希望我媽可以拿掉那張。」一個聲音從他們背後傳來。佛柯轉身，然後努力逼自己不要有反應。現在他明白瑪歌在車裡講的話是什麼意思了。*你們見過她了嗎？*

那女孩的雙眼很大，深陷在頭骨裡。她臉上唯一的色彩是眼睛下方的紫色眼圈，還有薄紙般皮膚底下透出來細密的藍色血管。即使隔著一段距離，佛柯仍看得到她臉上和脖子上的骨頭。那副模樣令人震驚。

癌症，佛柯立刻心想。他自己的父親過世前也是這種嚇人的模樣。但是他幾乎立刻就又拋開這個想法。這種形銷骨立不是癌症，而是某種自殘所造成的。

「哈囉。你是麗貝卡？」他說，「我們是警察。」

「你們找到瑪歌的媽媽了？」

「還沒有。」

「啊，」那女孩嬌弱得簡直要飄起來。「真糟糕。我在荒林裡迷路過一次，一點也不好玩。」

「是在麥艾萊斯特營地嗎？」卡門問。麗貝卡一臉驚訝。

「是的。你們聽說過那個地方？不過我迷路那回，跟瑪歌的媽媽狀況不一樣。我跟我的小組走散了，大概兩小時吧。」她暫停一下。「或者嚴格來說，是被她們丟下了。等到她們覺得無聊了，才回來找我。」

麗貝卡手裡把玩著什麼，手指持續在動。她回頭看了一眼空蕩的門廳。「瑪歌怎麼會想過來這裡住？」

「我們提議的。」卡門說，「她不太想去她父親家。」

「啊，我還以為或許是因為那些照片。我之前也有過類似的遭遇。不是性愛方面的，」她又趕緊補充，「是食物和其他的。」

她的口氣似乎很羞愧，手指動得更快。佛柯看得出她在做手工，把銀色和紅色的線編織在一起。

麗貝卡朝門看了一眼。「你們看過瑪歌的照片了嗎？」她問，壓低了嗓子。

「瑪歌給我們看了兩張，」卡門說，「你呢？」

「每個人都看到了。」她的口氣並不是幸災樂禍，而是就事論事。雙手繼續忙碌著。

「你在編什麼？」佛柯問。

「啊。」麗貝卡不好意思地笑了。「沒什麼，很蠢。」她舉起一個彩色的編織手環，紅色和銀色線織出了複雜的圖樣。

「友誼手環嗎？」

麗貝卡扮了個鬼臉。「應該是吧。不過我也沒送給任何人。這是一種正念療法。我的心理諮商師要我編的。每當我覺得焦慮，或是想做一些自我毀滅的行為時，就應該改把注意力放在編織上。」

「這個真的做得很好。」卡門說，湊近了仔細看。

麗貝卡把線頭綁緊，遞給她。「你留著吧。我有一大堆。」

她指著茶几上的一個盒子。佛柯看到裡頭是一大片亂糟糟的銀色和紅色，到底有多少他完全沒法猜。幾打吧。想像著編出那一堆要花多少時間，他就覺得很不安。麗貝卡細瘦的手指一直忙碌著，好轉移她心中那些煎熬的陰暗思緒。

「謝謝，」卡門說，把手環收進口袋。「我很喜歡你這個紋樣。」

麗貝卡看起來很開心，露出羞澀的微笑，臉頰凹陷得更深了。「那個是我自己設計的。」

「真的很美。」

「什麼很美？」蘿倫出現在門口。比起瘦骨嶙峋的女兒，她原先的嬌小骨架立刻顯得巨大。

麗貝卡看了蘿倫的手腕一眼。她左手戴著手錶，右手空蕩蕩的，不過上頭有一圈細細的紅印。麗貝卡的臉垮下來。

蘿倫低頭看，滿臉驚駭。「親愛的，真是對不起。我在員工自強活動裡搞丟那個手環了，本來就想告訴你的。」

「沒關係。」

「不，有關係。我真的很喜歡它——」

「沒事的。」

「真是對不起。」

「媽，」麗貝卡厲聲說，「算了吧。沒事的。我還有幾百條呢。」

蘿倫看了茶几上那個蓋子打開的盒子，佛柯很確定她討厭裡頭的東西。此時瑪歌出現在門口，蘿倫抬頭看到，表情簡直是如釋重負。瑪歌還是眼圈紅紅的，但是暫時乾了。

「嗨，瑪歌。」麗貝卡的表情有點不好意思。她伸手把那一盒手環的蓋子關上。

接下來有一小段奇異的靜默。

「你看過那些照片了嗎？」瑪歌似乎不太有辦法看麗貝卡的雙眼，她的目光不時瞟向房間的各個角落。

麗貝卡猶豫著。「沒有。」

瑪歌冷笑一聲。「是喔。那你就是唯一沒看過的人了。」

蘿倫拍拍雙手。

「好了，兩位，去廚房決定一下要吃什麼晚餐——兩個都是，麗貝卡，拜託——」

「我不餓。」

「不要跟我爭。不，我說真的，今晚不行——」

「可是——」

「麗貝卡，老天在上！」蘿倫似乎不自覺地抬高了嗓門，講到一半停下來。她又吸了口氣。「對不起。拜託，去就是了。」

麗貝卡反叛地看了一眼，就轉身離開客廳，後頭跟著瑪歌。蘿倫等著腳步聲沿著走廊消失。

「我會讓瑪歌安頓下來。如果可以的話，就想辦法叫她不要上網。」

「謝了，」卡門說，跟佛柯走向前門。「警方的聯絡官已經通知瑪歌的父親了。等她明天冷靜下來，她父親會來接她。」

「沒問題，這是我起碼可以幫愛麗思做的。」蘿倫送他們走上車道。她回頭看了房子一眼。廚房沒有傳出講話或聊天的聲音。「這屋裡最近的狀況並不輕鬆，但是至少我回到家了。」

第三天：星期六傍晚

那堆火至少是個安慰。

她們在小木屋門外的那片小空地生起火，火焰太弱了，無法散發出任何真正的溫暖，但是蘿倫坐在火堆旁，就覺得狀況比過去兩天改善一點。不好，差得遠了，但是改善一些了。

她們花了一個多小時耐心應付，才終於生起火來。當時蘿倫背對著風，拿著貝絲的打火機湊向一堆潮溼的引火柴，雙手都凍僵了。過了二十分鐘，愛麗思才放下她交抱在胸前的手臂，過來幫忙。顯然寒冷壓過了她的怒氣，蘿倫心想。吉兒和雙胞胎回小木屋裡了。最後愛麗思清了清嗓子。

「之前很抱歉。」她的聲音低得幾乎聽不到。愛麗思難得道歉，就算道歉了，聽起來也總是非常勉強。

「沒關係。我們都累了。」蘿倫準備好要再跟她爭辯，但是愛麗思只是繼續忙著準備生火的事情。她似乎心不在焉，把樹枝疊成幾小堆，然後又打散了重新堆。

「蘿倫，麗貝卡情況怎麼樣？」

這個問題突如其來，蘿倫驚訝地眨眨眼睛。

「什麼？」

「我只是想知道，她去年是怎麼應付那個照片的事情。」

那個照片的事情。聽起來好像沒什麼。「她還好。」最後蘿倫說。

「是嗎？」愛麗思的口氣似乎真心好奇。「她會回學校嗎？」

「不會。」蘿倫拿起打火機。「我不曉得。」她專注在眼前的工作，不想談自己的孩子，尤其是跟愛麗思談——她人坐在這裡，家裡有個健健康康的女兒，頒獎之夜會去領獎，而且前途無量。

蘿倫還記得她第一次看到瑪歌．羅素的情景，那是十六年前，在婦幼健康中心的疫苗接種。那也是蘿倫打從中學畢業後第二次碰到愛麗思，但是立刻就認出她來。她看著愛麗思推著昂貴的嬰兒車，裡面是一個包在粉紅色襁褓裡的嬰兒，走向護士的櫃檯。愛麗思的頭髮看起來洗得乾乾淨淨，牛仔褲腰部沒有繃緊，嬰兒車裡的寶寶沒在哭。愛麗思朝護士微笑，看起來休息充分，很驕傲，而且幸福。蘿倫溜進走廊，然後躲在廁所裡，瞪著最後那個小隔間門上的避孕宣導海報，聽著麗貝卡尖聲哭叫著。當時她不想跟愛麗思．羅素比較女兒，現在也絕對不想。

「你問這做什麼？」蘿倫很努力地點著打火機。

「我早就該問了。」

是啊，你真的早該問的，蘿倫心想。但是她什麼都沒說，只是又點亮了打火機。

「我想——」愛麗思開口，然後又停下。她還在把玩著那些引火柴，垂著雙眼。「瑪歌——」

「嘿，點著了！」蘿倫吐出一口氣，看著火星燃起，強烈又明亮。她雙手攏著以保護那朵小小火焰，直到確定燒起來為止，正好趕在夜幕降臨之前。

吉兒和雙胞胎從小木屋裡走出來，全都露出鬆了口氣的表情，她們在火邊圍成一圈。蘿倫看了愛麗思一眼，但是無論她本來打算說什麼，那一刻都算了。她們盯著火看了一陣子，最後一個接一個在地上攤開自己的防水雨布，坐了下來

蘿倫覺得身上溼掉的衣服開始乾了些。看著橘色火光在其他人臉上舞動，讓她想起此行第一夜、第一個營地，以及男生組和酒。還有食物。此刻回想，那似乎是好遙遠、好久以前的事了。彷彿是發生在別人身上的事情。

「你認為他們要花多久時間，才會發現我們迷路了？」布莉的聲音打破沉默。

吉兒目光呆滯地望著營火。「希望不會太久。」

「或許他們已經開始找了。我們沒到第二個營地的時候，他們可能就猜到了。」

「他們不會曉得的。」愛麗思的聲音劃破空氣，她往上指著。「我們沒聽到搜索直升機。沒人在找我們。」

火星噴濺的聲音是唯一的回答。蘿倫希望愛麗思是錯的，但是她沒那個力氣吵架了。她只想坐在那裡看著火焰，直到有人穿過荒林找到她。直到搜索人員找到她，她心底默默糾正自己，但是太遲了。那個想法已經播下了一個腐爛的種子，她四下張望。

周圍最接近的樹和灌木叢都染上了紅光，營火讓人錯覺那些樹在扭動。再遠些，就只是一片黑暗。蘿倫搖搖頭，覺得自己很可笑，但她還是不肯朝那個詭異淺坑的方向看。如果你認為那大概只是土壤流失，其實沒那麼恐怖。不過愛麗思說得沒錯，一個小聲音在她腦袋裡低語。的確是沒有直升機出現。

蘿倫深呼吸幾次，逼自己不要朝樹林看，轉而仰頭望著天空。她眼睛逐漸適應黑暗後，覺得

很驚奇，眨眼望著。雲層難得散開了，星星撒在墨黑的夜空，那幅景象她好幾年沒見過了。

「各位，抬頭看。」

其他人都身體後傾，避開火光往上看。

前兩天的夜空也是如此嗎？蘿倫納悶著。她只記得令人窒息的烏雲籠罩，但或許她只是懶得注意而已。

「有人認識什麼星座嗎？」愛麗思身體後傾，雙肘撐地，往上看著天空。

「南十字星座，那是當然了。」布莉指著。「另外每年這個時節，有時可以看到室女座的一些主星。射手座在地平線上的位置太低，從這裡看不到。」她發現其他人都瞪著她，於是聳聳肩。「男人喜歡指星星給我看。他們認為這樣很浪漫，這點沒錯，是有點浪漫。他們還認為這樣很有創意，這點就不了。」

蘿倫感覺到她話中帶著微微笑意。

「太神奇了，」吉兒說，「難怪以前的人總相信，自己的命運就由這些星座註定。」

愛麗思短促地笑了一聲。「現在有些人還是相信。」

「我想不包括你吧。」

「對。不包括我。我想我們全都可以做出自己的選擇。」

「我也這樣想，」吉兒說，「不過有時候我很好奇。我的意思是，我生在貝利坦能茨的這個家庭。我按照我爸的吩咐進入事務所，也一如他的期望跟我弟弟合作。」她嘆了口氣。「每一天我都做我必須做的事情，為了事務所，為了我們的家族傳承，以及我爸努力的一切。因為那就是

「我們全都有。」

「不過你有選擇的，吉兒。」愛麗思的聲音裡有種蘿倫無法明白的意味。

我非做不可的。」

「我知道。但是有時候，我會覺得自己是有點——」吉兒朝營火裡輕輕丟了個什麼，那東西嘶嘶燒了起來。「被強迫的。」

在黑暗裡，蘿倫不太能判斷吉兒眼中是否有淚。她從來沒想到，吉兒有可能對自己在貝利坦能茨的現狀並不樂意。她意識到自己盯著吉兒，於是別開目光。

「我懂你的意思，」蘿倫開口，因為她覺得自己應該這麼說。「每個人都希望能掌控自己的人生，但是或許——」她想到麗貝卡，那麼掌控自己吃的食物，卻完全無力掌控那種摧毀她的心理疾病。再多心理諮商或擁抱或威脅或正念療法手環，都似乎無法動搖那種狀態。蘿倫一根手指撫過手腕上那條編織手環。「不曉得，或許我們對自己也無能為力。或許我們生來就是某種特定的樣子，怎麼樣都改變不了。」

「但是人是可以改變的，」貝絲頭一次開了口。「我就是這樣。變好過，也變壞過。」她往前躬身，拿著一根長草湊近營火，點燃末端。「不過那些占星術或命運的玩意兒，總之都是鬼扯。布莉和我是同一個星座，出生時間只差三分鐘。這就告訴你，不必去相信自己的命運是由星座註定的。」

大家都輕聲笑了起來。稍後，蘿倫會記得那是她們最後一次相聚說笑了。

她們陷入沉默，只是往上看著星星，或是往下看著營火。有個人肚子咕嚕嚕叫得好大聲。沒有人表達任何意見，因為沒有意義。她們已經設法把各自的水瓶用雨水裝得半滿，但是食物早就沒有了。一陣冷風吹過來，吹得火焰舞動，而在周圍的黑暗中，那些看不見的樹一起嘩啦作響。

「你們覺得，我們在這裡會怎麼樣？」布莉的聲音好小。

蘿倫等著有人跟她保證，我們會沒事的。但是沒人開口。

「我們會沒事吧？」布莉又問了一次。

「當然了，」這回貝絲回答了。「等到明天下午，他們就會來找我們了。」

「那如果他們找不到我們呢？」

「會找到的。」

「但是如果他們找不到呢？」布莉雙眼睜大，「我說真的，要是愛麗思說得沒錯呢？那些說每個人都有選擇或掌控自己人生的話，就先別管了吧，要是那些都是鬼扯呢？我一點都不覺得能掌控自己的人生。要是我們根本沒有任何選擇，全都註定會在這裡一直迷路呢？孤單又害怕，而且永遠不會被發現？」

沒有人回答。在她們上方，天空的群星往下看，冰冷而遙遠的光芒覆蓋著地球。

「布莉，困在這裡絕對不是我們註定的下場。」隔著營火，愛麗思設法輕笑一聲。「除非我們有人上輩子做了很可怕的事情。」

結果簡直是好笑，蘿倫心想，在半昏暗的閃爍火光所帶來的相對私密狀況下，每個人的臉看起來都有點慚愧。

17

「那真是太難受了。」卡門說。

「哪個部分？」

「全部。」

此時他們出了蘿倫家，坐在自己的車子裡。天色已暗，街燈的光把擋風玻璃上的雨滴染上一層橘色光澤。

「我在瑪歌家的時候，根本不知道該跟她說什麼，」卡門說，「我的意思是，她說得沒錯。現在那些照片都貼上網了，她還能怎麼辦？又不能把照片收回來。然後是麗貝卡，瘦成那樣嚇死人了。難怪蘿倫那麼緊張。」

佛柯想到那個瘦得像骷髏的十來歲女孩，還有她那一盒滿滿的正念療法手環。在那些編織線裡頭，埋藏了多少憂慮和壓力？他搖搖頭。

「那接下來呢？」他看了一下手錶，發現其實時間沒那麼晚。

卡門查看自己的手機。

「署裡說，如果丹尼爾．貝利在家的話，我們可以去找他。但是要我們小心處理。」

「提醒得真好。」佛柯發動引擎。「他們還說了什麼？」

「老樣子。」卡門往旁邊看了一眼，微微一笑。弄到那些合約。她往後靠坐。「不曉得他兒子回家沒有。」

「或許吧。」佛柯說，但是覺得應該還沒有。丹尼爾‧貝利快步走出愛麗思家時，佛柯看到了他臉上的表情。不必認識喬爾‧貝利，佛柯也知道他現在很可能躲起來了。

丹尼爾‧貝利家外頭有一道精緻的鍛鐵柵門，兩旁是濃密的樹籬，從馬路上無法看到裡頭。

「是有關愛麗思‧羅素的事情，」佛柯朝門口的對講機說道。保全攝影機的紅燈閃著，然後柵門無聲盪開，門內是一條長而平坦的車道，一棵棵日本枝垂櫻夾道而立，看起來像精心修剪過的玩具。

丹尼爾‧貝利親自開了前門。他驚訝地看著佛柯和卡門，然後皺起眉頭，努力回想。「我們見過吧？」那是個問題，不是陳述。

「在接待小屋。昨天。跟伊恩‧卻斯在一起。」

「是了，沒錯。」丹尼爾的雙眼充血，看起來比前一天蒼老。「他們找到愛麗思了？他們說如果找到她，就會打電話通知我的。」

「不，還沒找到。」佛柯說，「但是我們還是想跟你談一談。」

「又要談？是關於什麼事？」

「首先，你幾個小時前為什麼去敲愛麗思‧羅素家的門？」

丹尼爾‧貝利僵住了。「你們去她家了？」

「她還在失蹤狀態，」卡門說，「我以為你希望我們盡可能詳盡追查的。」

「那是當然。」丹尼爾厲聲說，然後停下。他一手撫過雙眼，把門拉得更開，後退幾步。「抱歉。進來吧。」

他們跟著他沿著乾淨無瑕的門廳往前，進入一間寬敞而豪華的日光室。光滑的木地板在皮革沙發底下發亮，壁爐裡的小火散發出柔和的暖意。裡頭整潔得就像個商品展示間，搞得佛柯簡直想脫下鞋子。丹尼爾示意他們坐下。

壁爐上方掛著一張專業攝影師拍攝的家庭照，裡頭的丹尼爾滿面笑容，旁邊站著一名迷人的深色頭髮女子。他一手搭在一名十來歲少年的肩膀上，那少年皮膚光滑、一口健康的白牙，身上的襯衫燙得筆挺。佛柯猜想那少年就是喬爾．貝利。照片裡的他看起來不太像瑪歌．羅素手機上的那個。

貝利循著他的目光看到那張全家福。「我之前去羅素家，是想看看我兒子有沒有在那裡。結果沒有，或至少我不認為他在那裡，於是我就離開了。」

「你沒試著跟瑪歌說話？」卡門問。

「她當時在屋裡頭，對吧？我就覺得她應該在家的。不，她沒來應門。」他望著兩位客人。「你們跟她講過話了？她知道喬爾在哪裡嗎？」

佛柯正要搖頭，門口有了動靜。

「喬爾怎麼樣了？找到他了嗎？」一個聲音說。

是全家福照片裡那個深色頭髮的女人，此刻站在那裡望著他們。跟她丈夫一樣，憂慮讓她顯得蒼老。她一身精心搭配的衣服，戴著金耳環和金項鍊，但是雙眼含著淚水。

「這是我太太，蜜雪兒。」丹尼爾說。「我才在跟他們說，我剛剛去了瑪歌・羅素家，想找喬爾。」

「為什麼？他不太可能跟她在一起吧。」蜜雪兒懷疑地抿著嘴唇。「他根本不想和她有任何牽扯。」

「反正他不在那裡，」丹尼爾說，「應該是躲在某個朋友家。」

「你至少有告訴瑪歌別再煩他了吧？因為如果她還在用那些照片或影片轟炸他，我就要親自去報警了。」

佛柯清了清嗓子。「我不認為瑪歌會再傳送任何東西了。那些東西後來被貼上網，已經讓她很心煩了。」

「喬爾就不心煩嗎？他比任何人都難過。他羞愧到連面對我們都沒辦法。被扯進這些事情裡頭，根本就不是他願意的。」

「不過我聽說，他跟瑪歌要過這些照片。」卡門說。

「不。他沒有。」蜜雪兒的聲音尖銳而嚴厲。「我兒子絕對不會做這種事。你們聽懂了嗎？」

丹尼爾開口想說話，但是他太太揮手阻止了。

「即使是有過什麼差錯——」蜜雪兒雙眼轉向那張全家福照片。「比方說，即使他們是在調情，他說了什麼讓瑪歌誤解了，那為什麼她會傳那種東西給他？她不懂得自重嗎？要是她不希望那些東西被貼上網，或許她做出這種小婊子行為之前，就應該多考慮一下。」

話才剛講完，丹尼爾・貝利就連忙站起來，把他太太帶出房間。他離開了幾分鐘。佛柯聽得到隔牆傳來一個堅定的低音，以及另一個音調比較高、激動的回答。等到丹尼爾回來，他看起來更緊繃了。

「剛剛很抱歉。她太震驚了。」他嘆了口氣。「發現那些照片和影片的人就是她。我們的家庭娛樂室裡買了台新的平板電腦，不知怎地跟喬爾的手機同步。大概是因為他要下載東西時不小心按錯了，總之他手機相簿裡的照片都存到了平板電腦裡頭，她全都看到了。然後蜜雪兒打電話給我，當時我正在趕去搭巴士的路上，要去進行那趟該死的員工自強活動——結果不得不掉頭回家。當時喬爾跟兩個朋友在這裡。我請他的朋友先回家，接著當然是要他刪掉那些照片和影片。然後又訓了他一頓。」

「這就是你去參加自強活動時遲到的原因？」佛柯問。

丹尼爾．貝利點點頭。「我根本不想去，但是要取消太遲了。當老闆的人臨時退出就太難看了。此外——」他猶豫了一下。「我覺得最好警告一下愛麗思。」

佛柯看到卡門揚起雙眉。

「即使你已經刪掉了那些照片？」她說。

「我覺得這件事很重要。」他聲音裡有一絲殉道的意味。

「那你做到了嗎？警告她？」

「做到了。就在自強活動的第一晚，我們去女生組的營地時。我曾在路上設法打過電話給她，但是沒打通。等到我趕到自強活動的起點，女生組已經先出發了。」

佛柯想著之前前往紀勒蘭嶺時，他們自己手機的訊號一路愈來愈弱，到最後完全收不到。

「但是為什麼要這麼急？」佛柯問，「你剛剛說那些照片已經刪掉了，那麼即使要告訴她，為什麼不等到活動完畢後？」

「是啊。聽我說，換作我自己，只要把那些影像全部刪掉，一切就到此為止。但是——」他朝房門口看了一眼。「蜜雪兒當時非常生氣，到現在還是。她知道瑪歌．羅素的手機號碼。我開車去紀勒蘭嶺的時候，就開始擔心蜜雪兒可能會打電話去指責她。我不希望愛麗思三天後結束自強活動時，發現手機裡有一連串瑪歌傳去抱怨我太太的訊息，而愛麗思之前卻一無所知。這樣她就有合法的理由提出控告了。」

佛柯和卡門看著他。「那麼，你跟愛麗思說了些什麼？」佛柯問。

「我覺得她大概不希望其他人曉得這事情，於是我把她帶到一邊。」他勉強擠出一個緊張的微笑。「老實說，我自己就不希望其他人知道。我告訴她，喬爾有一些瑪歌的照片，但是已經刪掉了。」

「那愛麗思有什麼反應？」

「一開始她不相信，或不想相信。」他又朝房門口看了一眼。「這一點或許也猜得到。她堅持瑪歌不可能做這樣的事情，但是後來我說，我親眼看過那些照片，她的反應就變了。她開始明白過來，問我有沒有拿給其他人看過，或是打算拿給別人看。我說沒有，當然沒有。我想她當時還是有點難以接受。也不能怪她，連我自己都很難相信。」他低頭看著雙手。

佛柯想到吉兒．貝利，皺起眉。*是家裡的事。*

「你把這事情告訴你姊姊了嗎？」

「在自強活動的時候？」丹尼爾搖搖頭。「不是全部。我跟她說我會遲到，因為我們發現喬爾有一些不妥的照片。我沒提到瑪歌跟這事情有關。我認為愛麗思身為瑪歌的母親，應該由她決定要不要講出來。」他嘆了口氣。「不過自強活動結束後，愛麗思沒回來，那時我就不得不告訴吉兒了。」

「那她的反應怎麼樣？」

「她很生氣。她說我第一天晚上在營地時，就該把整件事告訴她。或許她說得沒錯。」

卡門往後靠坐。「所以那些照片和影片，是怎麼會流出去的？瑪歌說從昨天開始就被貼上網了。」

「我真的不知道。昨天蜜雪兒打電話告訴我，我就立刻開車趕回來。她是從其他媽媽那邊聽說的。」他搖搖頭。「無論如何，我真的不認為喬爾會把那些東西散發出去。我之前跟他談了很久，告訴他有關尊重和隱私，他當時似乎都聽進去了。」

佛柯心想，那一刻丹尼爾．貝利的口氣很像他太太。

「蜜雪兒發現那些照片檔案時，丹尼爾跟兩個朋友在一起，」丹尼爾．貝利繼續說，「我想最可能的狀況是，在當時的混亂中，那兩個朋友複製了影像。」他的手機在手裡轉動著。「我只希望喬爾能接電話，這樣我們就可以把這件事情搞清楚。」

一時之間，唯一的聲音就是壁爐裡柴火燃燒的劈啪聲。

「我們一開始找你談的時候，你為什麼沒提起這件事？」佛柯問。

「我是想尊重孩子們的隱私，不要害他們更難堪。」

佛柯注視著他，丹尼爾頭一次不敢看他的眼睛。還有其他隱情，佛柯想到瑪歌獨自站在她家廚房的模樣，看起來像個小孩。

「在那些照片和影片裡，瑪歌是幾歲？」

丹尼爾．貝利眨眨眼，於是佛柯知道自己猜對了。

「要是有人去查拍攝的日期，會發現她當時只有十五歲嗎？」

丹尼爾搖搖頭。「不曉得。」

佛柯很確定他其實曉得。「你兒子現在幾歲？」

丹尼爾沉默許久。「他剛滿十八歲。不過他們交往時，他才十七歲。」

「但是他現在不是十七歲了。」卡門身體前傾。「在法律上，他是成人了，被指控散發一個未成年女孩的性愛影像。我希望你們有位好律師。」

丹尼爾坐在壁爐邊他昂貴的沙發上，抬起雙眼看著那張全家福裡他微笑的兒子。然後他點點頭，看起來一點也不開心。

「有的。」

第三天：星期六晚上

愛麗思離開了好一會兒，才有人注意到。

布莉不太確定自己盯著火焰多久，才意識到圍坐在火邊的只有四個人。她掃視了空地一眼。看不到什麼。小木屋前面被照得一片橘黑色，在火光照耀下，屋子的邊角形成銳利的陰影。空地之外，只看到一片漆黑。

「愛麗思人呢？」

蘿倫抬頭看。「不是去上廁所了？」

營火對面的吉兒皺眉。「她去好一會兒了，不是嗎？」

「是嗎？我不曉得。」

布莉也不曉得。這裡的時間速度好像不一樣。她又望著火焰兩分鐘，或者可能多了好幾分鐘，然後吉兒挪動了一下。

「奇怪，她跑去哪兒了？該不會走太遠，看不到營火，就找不到路回來吧？」吉兒身子坐直了些，喊道：「愛麗思！」

她們認真傾聽。布莉聽到身後遠處一陣窸窣和一個斷裂聲。負鼠，她告訴自己。除此之外，四下一片靜寂。

「或許她沒聽到。」吉兒說。然後非常輕聲地說：「她的背包還在，對吧？」

布莉起身去檢查。在小木屋裡，她只能勉強看出五個背包的形狀，但是看不出哪個是愛麗思的，於是為了確認，她又數了一次。五個。全都在。她轉身要離去時，側邊窗子的動靜吸引了她的注意力，她朝那窗口走了一步。一個人影在屋外的樹影旁移動。是愛麗思。

她在做什麼？很難判斷。然後布莉看到了那洩漏實情的小光點。她嘆了口氣，走出去到營火邊。

「愛麗思就在那邊，屋子側邊。」布莉指著。「她在查看手機。」

「可是她的背包還在屋裡？」吉兒問。

「對。」

「你可以去找她回來嗎？」吉兒對著那片黑暗瞇起眼睛。「拜託，我不希望有人在黑暗裡走丟了。」

樹林裡傳來一陣窸窣聲，布莉又四下看了一圈。真的只是一隻負鼠罷了，她告訴自己。「好吧。」

營火照不到的地方比較暗，布莉在起伏不平的地面上跌跌撞撞，無論眼睛睜開或閉著，火焰的殘影都依然在她眼前跳動。她吸了口氣，逼自己停下來等。慢慢地，眼前的黑暗開始有了層次，她可以看到樹林邊緣那個移動的人影。

「愛麗思！」

愛麗思嚇了一跳，轉身過來看。手裡的手機發著光。

「嘿，」布莉說，「你沒聽到我們在喊你嗎？」

「沒有。對不起。什麼時候？」

愛麗思臉上有一種奇怪的表情，等到布莉走近些，她覺得愛麗思雙眼裡可能含著淚。

「就剛剛。你還好吧？」

「是啊。我以為——有那麼一秒鐘，我以為有訊號了。」

「啊老天，真的？」布莉差點要伸手搶那手機，但及時忍住了。「你有設法打電話出去嗎？」

「沒有，訊號又消失了。我一直沒辦法再找到訊號。」愛麗思低頭看。「不曉得，或許是我想像的。」

「我可以看一下嗎？」布莉伸手，但愛麗思還是站在原地，保持距離。

「沒有訊號了。我想也許我是太想看到，產生了錯覺。」

在那螢幕上，布莉看到了一個名字。瑪歌，是最後撥出的號碼。她猶豫了。那是愛麗思的手機，但是她們全都在同一艘淒慘的船上，規則也因此改變。布莉吸了口氣。

「這支手機應該只能用來打000的。」

「我知道。」

「我的意思是，我知道很難熬。每個人都想家，都想著自己的家人，我完全明白，但是——」

「布莉，我知道。電話打不出去。」

「但是就算試著打電話，也會耗掉電力，我們不曉得要多久——」

「天啊，這些我全都知道！」她眼中絕對有淚光。「我只是想跟她講話。如此而已。」

「好吧。」布莉伸出一隻手，輕撫愛麗思的背部。感覺上有點尷尬，她這才想到，她們之前的身體碰觸僅止於握手而已。

「我知道她逐漸長大了，」愛麗思用袖子擦眼睛。「但她還是我的寶貝。你不會懂的。」

的確，布莉心想，腦中浮現起那個摔破的鳥蛋，她猜想自己的確不會懂。她一手依然放在愛麗思的背部。

「別告訴其他人。」愛麗思此時注視著她。「拜託。」

「她們會想知道有關訊號的事情。」

「根本沒有訊號。是我搞錯了。」

「可是——」

「她們聽了只會期待更高，每個人都會想試著打電話給別人。而且電池的事情你講對了。」

布莉沒吭聲。

「好嗎？」

布莉的手從愛麗思背部放下時，愛麗思伸手抓住，手指堅定地握著布莉的指節，用力得她簡直發痛。

「布莉？拜託，你夠聰明，一定曉得我說得沒錯。」

布莉沉默了好一會兒。「應該吧。」

「好孩子。謝了。這樣最好。」

布莉點頭，愛麗思這才鬆開了手。

18

站在那棟巨大的豪宅前，丹尼爾・貝利看起來好小。佛柯從車子的後視鏡裡頭可以看到他，正望著兩人開車離去。護衛著這片大宅的鍛鐵柵門無聲滑開，讓他們出去。

「不曉得喬爾・貝利打算什麼時候回家，面對現實。」佛柯說，開車沿著乾淨的街道往前。

「大概要等到他需要老媽幫他洗衣服的時候吧。我敢說她會幫他洗，而且很樂意。」此時卡門的肚子咕嚕叫得好大聲，連引擎聲都壓不住。「你要不要去吃點東西？傑米出門前一定不會在家裡留任何食物的。」她望著窗外，此時車子經過一排高檔商店。「不過我不曉得這附近有什麼餐廳會是我吃得起的。」

佛柯想了一會兒，衡量著自己有什麼選擇。好主意？壞主意？

「你可以來我家。」他還沒完全決定，就說出口。「我來做點吃的。」然後才發現自己憋著氣，於是吐出來。

「比方什麼？」

他想了一下自己的食櫥和冷凍庫。「義大利肉醬麵？」

卡門在黑暗中點了個頭。他覺得她露出微笑。

「去你家吃義大利肉醬麵。」卡門絕對是笑了，他從她的聲音裡聽得出來。「我怎麼拒絕得了？走吧。」

他打了轉彎的方向燈，朝自己家開去。

三十分鐘後，他們停在墨爾本郊區聖科達一棟公寓大樓外頭。之前駛過海灣旁時，他發現今天的海浪又高又猛，白色的浪尖在月光下閃耀。佛柯領著卡門上樓來到自己那戶公寓門前，打開門。「進來吧。」

他的公寓有那種幾天沒人住的寒氣，他打開燈，一進門就看到地上自己的球鞋。那是他上回臨出門前踢掉、換上健行靴時所留下的。幾天前了？還不到三天，但是感覺上更久了。

卡門跟著他走進去，毫不忸怩地四下張望著。佛柯可以感覺到她觀察著他在客廳走了一圈，把燈逐一打開。暖氣呼嚕響著開始運作，幾乎立刻讓人覺得溫暖起來。整個客廳漆成一種素淨的白，少數幾抹顏色來自排列在牆邊的書架。角落有一張餐桌，此外僅有的傢俱就是一張面對著電視機的沙發。這個地方有另一個人進來，感覺就小了點，佛柯心想，但是不會讓人覺得太擠。他試圖回憶上次有客人來是什麼時候，已經好一陣子了。

卡門沒等他邀請，就自己坐在一張凳子上，面前是早餐吧檯，隔開了簡樸的廚房和客廳。吧檯上有兩個手編的娃娃，放在兩個氣泡袋信封上頭。卡門拿起其中一個。「這些真漂亮，」她說，「是禮物嗎？或者你是有什麼詭異的收藏嗜好？」

佛柯大笑。「是禮物，謝了。我本來打算這星期寄出去的，但是出了這些事情，就耽擱了。這些是要寄給兩個朋友的小孩。」

「是嗎？」她拿起那兩個信封。「不是本地的朋友？」

「對。一個在齊瓦拉，就是我從小長大的地方。」他打開廚房的一個櫥櫃，仔細看著裡頭，免得還要面對她。「另一個朋友其實已經死了。」

「啊，對不起。」

「沒事的。」他說，設法讓自己聽起來真心。「不過他的女兒過得還不錯。她也在齊瓦拉，那兩個玩具是過期的生日禮物。我還得找人把她們的名字繡上去才能寄。」他指著兩個娃娃衣服上的字樣：艾娃．瑞寇、夏綠蒂．賀德勒。之前他聽說，兩個女孩都像野草似的長好快。他一直沒回去親眼看看，忽然間覺得有點內疚。「這兩個禮物還可以吧？給小女孩？」

「很漂亮，阿倫。我很確定她們會愛死的。」卡門小心翼翼地把娃娃放回信封上，同時佛柯繼續在櫥櫃裡找東西。

「要喝杯酒嗎？」他找出一瓶葡萄酒，小心地擦掉上頭的一層灰塵。他有伴時就喝得不多，自己一個人更是不喝。「紅酒可以嗎？我想我可能有白酒，可是……」

「紅酒很好，謝了。來，我來開吧。」卡門說，伸手接過酒瓶和兩個杯子。「你這個地方真不錯。非常整潔。我家如果有客人要來，得提前兩星期通知我才行。不過容我多嘴說一句，你的品味也未免太簡樸了。」

「你不是第一個這麼說的。」佛柯的腦袋又探入另一個櫥櫃，拿出兩個大鍋。然後從冷凍庫拿出絞肉，放進微波爐解凍，同時卡門在兩個玻璃杯裡面倒了紅酒。

「那些講葡萄酒要醒酒的屁話，我從來沒耐心。」她說，跟他碰杯。「敬你。」

「敬你。」

他在一個平底鍋裡面放了油、洋蔥、大蒜，同時意識到她一直在旁邊觀察。趁著鍋子熱得滋滋作響，他就開了一罐番茄罐頭，她臉上浮出一抹微笑。

「怎麼了？」他問。

「沒事。」她隔著酒杯注視他，又喝了一口。「只是看到你這個標準單身漢住處，我原先還以為會吃到罐頭麵醬。」

「別太興奮。你還沒嚐到呢。」

「對。但是聞起來很香。我都不曉得你會做菜。」

佛柯微笑。「說做菜就太恭維我了。我會做這個，還有其他兩三道菜。那就像是彈鋼琴，對吧？你只要能做出五道不錯的料理，就可以唬倒朋友，讓大家都以為你很會做菜。」

「所以這是你的招牌料理了？」

「其中之一。我會的正好就是五道料理。」

「不過我告訴你，這樣已經比某些男人多四道了。」她微笑，跳下凳子。「我可以開電視看一下新聞嗎？」

卡門沒等到他回答，就拿起遙控器。電視的聲音關小了，但是佛柯眼角看得到螢幕。他們不必等太久，就有了最新消息。螢幕底部的跑馬燈秀了出來。

失蹤墨爾本健行客令人深感憂心。

一連串照片出現：愛麗思．羅素獨照，然後是在步道入口拍的團體照。馬丁．寇瓦克，他四個被害人的照片，紀勒蘭嶺的空拍照，一片濃密的綠色與褐色綿延到地平線。

「有提到寇瓦克的兒子嗎？」佛柯從廚房喊，卡門搖搖頭。

「還沒有。聽起來大概都是推測。」

她關掉電視，去看他的書架。「你的藏書很不錯。」

「歡迎你借任何一本。」他說。他的閱讀很廣泛，大部分是小說，從得獎的文學作品到不登大雅之堂的通俗小說都有。他攪拌著平底鍋，香氣充滿房間，同時卡門檢視著書架。她手指沿著書背撫過去，中間暫停一兩次，回頭唸出書名。到了一半，她停下來，把一個薄薄的東西從兩本小說之間抽出來。

「這是你父親？」

佛柯在爐子前面僵住了，不必看就知道她在講什麼。他朝著一個水煮開的鍋子裡認真攪了一下，然後才終於轉過身來。卡門舉起一張照片。另一手拿著另外一張。

「是啊，那是他。」佛柯兩手在抹布上頭擦了一下，然後伸手到吧檯對面，接過她舉起的那張照片。照片沒裱框，他捏著邊緣。

「他叫什麼名字？」卡門問。

「艾瑞克。」

這兩張照片是一名護士印出來，在葬禮上夾在一張卡片裡送給他的。他收到後從沒認真看過。裡頭是他和一個瘦弱的輪椅老人。他父親的臉憔悴而蒼白。兩個男人都在微笑，但是都笑得很呆滯，似乎是遵照攝影者的指示而硬擠出笑。

卡門看著她發現的另一張照片，高舉起來。「這張拍得很好。是什麼時候拍的？」

「我不確定。顯然是很久以前了。」

佛柯看著第二張照片，有點艱難地吞嚥著。那張照片的畫質沒那麼清晰，拍攝時相機有點震動，但是裡頭兩個人的微笑沒那麼勉強了。他猜想，當時他大約三歲吧，坐在他父親的肩頭，他兩手抓住艾瑞克的臉側，下巴擱在父親的頭髮上。

他們當時正沿著一條小徑走——佛柯認得，就是環繞在他們老家屋後牲畜大圍場外頭的那條——他父親正指著遠方的一個什麼。佛柯努力試過好多次，都無法回想起當時吸引他們目光的是什麼。而且不曉得是因為天氣，或是照片沖洗過程中出了差錯，整個畫面洋溢著一種金光，讓照片看起來像是一個永恆無盡的夏天。

佛柯好幾年沒看過這張照片了，直到他把父親的背包從安養院拿回家，清出裡面的東西後才發現。他根本不曉得他父親有這張照片，也不曉得他保存了多久。他真希望他父親還活著時，就給他看這張照片。

當初看到這張照片時，佛柯不太確定自己該對這一切——他父親的遺物、葬禮、他父親的死——有什麼想法，於是就把艾瑞克裝著地圖的背包放到衣櫥最底部，又把這兩張照片塞進兩本他最喜歡的書之間，打算日後再決定該怎麼處理。結果從此就一直沒去動過。

「你長得很像他，」卡門低著頭說，鼻子湊近相片。「我的意思是，那張醫院裡面的，顯然就沒那麼像了。」

「是啊，當時他病得很嚴重，沒多久他就死了。我們以前長得比較像。」

「沒錯，在這張你小時候的照片裡，看得出你們真的很像。」

「我知道。」佛柯說。卡門說得沒錯，那張照片中的男子，就跟佛柯現在的模樣差不多。

「即使你們的關係不是一直很好，但是你一定很想念他。」

「那當然。我非常想念他。他是我爸啊。」

「只不過，你都沒把照片陳列出來。」

「是啊。唔，我其實不是很努力布置家裡。」他想開玩笑，但是她沒笑。她隔著酒杯觀察他。

「你可以後悔的，你知道。」

「什麼？」

「後悔你沒趁有機會的時候，跟他更親近。」

他沒吭聲。

「在父母過世後有這種感覺的小孩，你不會是第一個。」

「我知道。」

「尤其你覺得，或許自己當初可以更努力一點。」

「卡門。謝謝。我知道。」佛柯放下木勺望著她。

「很好。我只是說一聲，免得萬一你不知道。」

他忍不住露出微笑。「我都忘了，你是不是受過專業心理學訓練，還是……」

「我只是很有天分的業餘心理學家。」她的笑容退去一些。「不過你們疏遠了，真的很可惜。看起來，你小時候父子在一起很快樂。」

「是啊。不過他向來有點不好相處。老是藏著心事，不肯跟別人說。」

卡門望著他。「你的意思是，有點像你？」

「不，比我糟糕多了。他老是跟別人保持一段距離，即使是很熟的人也不例外。而且他不太愛講話，所以大部分時候，你很難知道他在想什麼。」

「是嗎？」

「是啊，這表示他最後變得很孤僻——」

「懂了。」

「——於是他從來不曾跟任何人很親密。」

「老天，說真的，阿倫，你自己真的聽不出來？」

他不得不笑了。「聽我說，我知道聽起來是怎麼樣，但是其實不是那麼回事。如果我們父子真的這麼像，就不會那麼合不來。尤其是搬到墨爾本之後，我們很需要彼此。頭幾年真的很難捱。我很想念我們家鄉下的農場，想念以前的生活，但是他似乎從來不了解這點。」

卡門昂起頭。「說不定他其實了解有多辛苦，因為他自己也發現很難捱，所以他才會找你週末一起去健行。」

佛柯停止攪拌平底鍋，轉過頭來瞪著她。

「別那樣看我，」她說，「你自己應該最清楚。我根本沒見過他。我只是說，我認為大部分父母都真心想為孩子做出最好的安排。」她聳聳肩。「我的意思是，看看丹尼爾．貝利夫婦和他們的豬頭兒子。就算被相機拍下來了，他父母還是不相信他做錯任何事。另外，聽起來，就連馬丁．寇瓦克精神問題那麼嚴重的人，最後幾年也都為了他兒子的失蹤而傷心。」

佛柯又開始攪拌鍋裡的東西，設法想著要說什麼。過去幾天，他覺得父親難相處的那個既有形象，已經逐漸變得有點不一樣了。

「我想是吧，」最後他說，「另外聽我說，我的確是恨不得我們當初能多溝通，把事情講清楚。那是當然。而且我知道自己應該更努力才對。我只是覺得，我爸好像從來不想盡另外一半的努力。」

「再說一次，你自己應該最清楚。不過你把死去父親的照片夾在兩本平裝書之間，對我來說，這可不像是盡了一半努力的兒子。」她站起來把照片放回書架裡。「別生氣，從現在開始，我不會多管閒事了。我保證。」

「好吧，反正晚餐好了。」

「很好。這樣至少可以讓我閉嘴一陣子了。」她微笑看著他，最後他也露出笑容。

佛柯在兩個盤子上裝了義大利麵和濃郁的醬料，端到角落的那張小餐桌。

「這個正好是我需要的，」卡門吃了一口說，「謝謝。」她吃完了四分之一，才往後靠坐，用餐巾擦擦嘴。「那麼，你想談愛麗思．羅素嗎？」

「不太想。」她說，「你呢？」

卡門搖搖頭。「我們談別的話題吧。」她又喝了口紅酒。「比方你女朋友是什麼時候搬走的？」

佛柯驚訝地抬頭看，正要送到嘴邊的叉子停在半途。「你怎麼知道？」

卡門輕笑一聲。「我怎麼知道？阿倫，我有眼睛。」她指著沙發旁一個大大的空缺，那裡以前是放著一張扶手椅的。「這要不是我所見過最誇張的極簡主義布置，就是她搬走的傢俱、你還沒買新的取代。」

佛柯聳肩。「她是在大約四年前離開的。」

「四年！」卡門放下酒杯。「我真的還以為你會說四個月。天曉得，我自己不是那種很熱心整理家務的，但是拜託，四年耶。你在等什麼？需要我讓你搭便車去IKEA嗎？」

他忍不住笑了。「不了，我只是一直沒抽出時間去買新傢俱而已。反正我每次也只能坐一張椅子。」

「是，我知道。不過你如果邀請別人來你家，總要讓他們有地方坐。我的意思是，這樣太詭異了。你沒有扶手椅，可是倒是有——」她指著角落裡一個滿布灰塵的光滑木製裝置，「——那個。我連那個是什麼都不曉得。」

「是雜誌架。」

「上頭一本雜誌都沒有。」

「對。我其實不太看雜誌。」

「所以她帶走了扶手椅，但是留下了雜誌架。」

「差不多就這樣吧。」

「真是難以相信。」卡門搖著頭，刻意做出懷疑的表情。「好吧，那個沒雜誌的雜誌架就是個跡象，顯示缺了她之後，你沒有過得更好。她叫什麼名字？」

「瑞秋。」

「那你們是出了什麼問題？」

佛柯垂下眼睛看著自己的盤子。這個問題他向來避免去想。偶爾想起她時，他最記得的就是她微笑的模樣。當時他們剛在一起，一切都還很新鮮。他又替兩人倒了葡萄酒。「就是很常見那樣。我們只是逐漸疏遠，然後她搬出去。是我的錯。」

「是啊，這個我相信。敬你。」她舉起酒杯。

「什麼？」他差點笑出聲。「我很確定你不應該這樣說的。」

卡門看著他。「抱歉。但是你是成人了，你可以承受的。我只是覺得，你是個很不錯的人，阿倫。你願意傾聽，你似乎很有愛心，而且設法公平對待他人。如果你把她逼到必須搬走，那一定是故意的。」

他正想反駁，然後停下。有可能真是這樣嗎？

「她沒做錯任何事，」最後他終於說，「她想要的東西，是我覺得自己沒辦法給的。」

「比方什麼？」

「她希望我工作量少一點，談話多一點。休息一段時間。或許結婚吧，我不曉得。她希望我跟我爸和解。」

「你想念她嗎？」

他搖搖頭。「現在不會了，」他真心地說，「不過我有時會想，當初我該多聽她的話。」

「或許現在還不遲。」

「跟她已經太遲了。她結婚了。」

「聽起來，要是你們還在一起，她可能會對你有好處。」卡門說。她伸出一隻手，橫過桌子輕觸他的，注視著他的雙眼。「但是你不要太自責。她不適合你。」

「是嗎？」

「是的，阿倫．佛柯。像你這種男人，你的靈魂伴侶是不可能擁有一個雜誌架的。」

「說句公道話，她沒把雜誌架帶走啊。」

卡門大笑。「之後你就沒交往過其他對象了？」

佛柯沒立刻回答。六個月前，在他的家鄉。一個多年前認識的女孩，現在是女人了。「最近有過一個接近的。」

「結果沒成？」

「她——」他猶豫了。葛瑞琴。關於她，自己能說些什麼？她的藍色眼珠和一頭金髮。她的種種祕密。「事情很複雜。」

他滿腦袋沉浸在往事中，差點沒聽到他凳子上的手機所發出的嗡響。他太慢才去拿，等到接起時，對方已經掛斷了。

緊接著，卡門放在袋子裡的手機開始響起鈴聲，尖銳而急促。她翻著包包，拿出來，此時佛柯也檢查自己手機上未接來電的名字。兩人的目光都從螢幕上抬起，注視彼此。

「金恩警佐？」他問。

她點頭，同時按了一個鍵，把手機舉到耳邊。鈴響聲停止，但是佛柯幾乎還能聽到迴響，彷彿是某種遙遠但堅持作響的警鈴。

卡門聽著電話，抬起目光跟他交會。她嘴型無聲示意，「他們找到那棟小木屋了。」

佛柯覺得腎上腺素奔流過胸腔。「那愛麗思呢？」

她聽著。頭猛搖一下。

沒有。

第三天：星期六晚上

又開始下雨了。這場雨來得又急又快，遮住了群星，把營火淋成一堆冒煙的灰燼。她們退回小木屋裡，找到自己的背包和物品，各自佔領了一小片區域。打在屋頂上的雨聲讓整個空間顯得擁擠，而且吉兒覺得，之前圍繞著營火的那種同舟共濟之感，也似乎隨著營火的煙而消散了。

她打了個寒噤，不確定哪個比較糟糕：黑暗或是寒冷。外頭有個響亮的斷裂聲，她嚇了一跳。黑暗比較糟糕，她立刻判定。她顯然不是唯一這麼想的，因為有個人移動了一下，然後一支手電筒按亮了。手電筒放在地上，照出了一堆紛擾的塵埃。燈光閃爍著。

「我們應該節省電力。」愛麗思說。

沒人動。愛麗思發出一個心煩的聲音，手往前伸。

「電池一定要省著用。」

一個喀噠聲，四下又是一片黑暗。

「你的手機有訊號嗎？」吉兒問。

一陣翻找的聲音，然後是一小塊四方形的光出現。吉兒屏住呼吸。

「沒有。」

「電池剩多少？」

「百分之十五。」

「關機吧。」

那塊光不見了。「或許等雨停了之後，就會有訊號。」

吉兒不曉得天氣對手機訊號有什麼影響，但是她堅守這個想法。或許等到雨停。是的，她會選擇相信這一點。

在房間對面，另一道光亮起。這回比較強，吉兒認出是貝絲的工業手電筒。

「你耳朵聾了嗎？」愛麗思說，「我們得節省手電筒的電力。」

「為什麼？」貝絲的聲音從她幽暗的角落傳來。「他們明天就會來找我們了。這是我們的最後一夜。」

愛麗思笑了一聲。「如果你認為我們有機會明天就被找到，那就是在自欺欺人。我們偏離步道太遠了，他們根本不會找到這裡來。要是希望明天有人能找到我們，唯一的辦法就是自己走出去，出現在他們面前。」

過了一會兒，手電筒的光消失了，她們再度陷入黑暗中。貝絲低聲咕噥了些什麼。

「你有什麼話要說嗎？」愛麗思厲聲問道。

沒有回答。

吉兒設法全盤考慮自己的種種選項，開始覺得頭痛。她不喜歡這棟小木屋，一點都不喜歡，但是至少這裡是個基地。她不想再回到外頭那種林木擁擠、樹枝尖銳刮人的荒林中，還得竭盡目力，以尋找腳下老是消失的路徑。

「我們再檢查一次背包吧。」她說，覺得自己的聲音聽起來不太一樣。

「要找什麼？」她不確定是誰說的。

「食物。我們全都餓了，這樣一點幫助也沒有。每個人都檢查自己的背包、口袋等等，要仔細找。一定還能找出一根穀物棒或幾包花生或什麼的。」

「已經都找過了。」

「再找一次。」

吉兒這才明白自己一直憋著氣。她聽到布料窸窣、拉鍊拉開的聲音。

「我們能不能至少用手電筒來找，愛麗思？」貝絲說，沒等回答就開了她的手電筒。難得一次，愛麗思沒跟她爭執，吉兒暗自向上天祈禱感恩。拜託讓她們找到點食物吧，她心想，在自己的背包裡面翻找。現在只要有一個小小的勝利，就能讓她們振作到天亮。她覺得有個人走近她。

「我們應該檢查貝絲的背包。」愛麗思的聲音在她耳邊響起。

「嘿！」手電筒的光在牆面上照來照去。「我聽得到，愛麗思。我背包裡沒有任何食物。」

「你昨天也是這麼說的。」

貝絲在房間另一頭，手電筒的光轉過來對準愛麗思的臉。

「有什麼問題嗎？」愛麗思瑟縮了一下，但是毫不讓步。「這本來就是發生過的事情，不是嗎？你昨天夜裡撒謊，說你沒有食物。但是結果你明明就有。」

貝絲沉重的呼吸聲傳來。「唔，今天晚上我沒有。」

「那你就不會介意讓我們檢查一下。」愛麗思迅速往前走了一步，從貝絲手裡搶走她的背包。

「嘿！」

「愛麗思！」布莉插嘴說，「別煩她了。她沒有任何食物。」

愛麗思沒理她們兩個，逕自打開背包，手伸進去翻。貝絲從她手裡硬搶走包包，非常用力，愛麗思的一隻手臂被猛力往後扭了一下。

「天啊！小心點！」愛麗思揉著一邊肩膀。

在手電筒的光線下，貝絲睜大的眼珠一片幽黑。「你才要小心點。我已經受夠了你那些鬼扯。」

「那麼你很幸運，因為我受夠這個，受夠這一切了。明天早上天一亮，我就要離開。誰想走，可以跟我一起走。其他人就留在這裡，賭你們的機會吧。」

吉兒的腦袋抽痛起來。她清了清嗓子，聽起來不自然又奇怪。

「我已經說過了，我們不會分散的。」

「我也說過了，吉兒，」愛麗思說，轉向她，「到這個節骨眼，我才不在乎你怎麼想。我非走不可。」

吉兒試圖深吸一口氣，但是胸腔發緊。感覺上肺裡面一點空氣都沒有。她搖搖頭。她真的不希望鬧到這個地步。

「那就把手機交出來，你別想帶走。」

19

第一道曙光出現之前，佛柯就開車出發。他停在卡門的公寓大樓外頭。七個小時前她離開他家時，天還是黑的，現在也還沒天亮。她已經站在人行道上等待，準備要出發了。上車時，她沒說什麼話。前一晚金恩警佐打來那通電話之後，該講的他們已經都討論過了。

當時卡門一掛斷跟金恩警佐的電話，佛柯立刻問：「他們是怎麼發現那棟小木屋的？」

「顯然是有線報。他沒說細節。只說等我們趕過去的時候，他會知道更多。」

等到佛柯打電話回署裡，電話另一頭一陣沉默。

警方認為她還活著嗎？佛柯說不曉得。如果他們找到她還活著，她可能會說出所有的事情。是的，有可能。你們最好趕過去。別忘了我們還是需要那些合約。是的，佛柯不太可能忘記。

他和卡門依舊輪流開車，經過一個個如今已眼熟的牲畜圍場。跟之前一樣，公路上大部分時候都一片空蕩。但是這回，佛柯心想，這趟旅程似乎漫長許多。

他們終於接近自然公園入口時，佛柯看到加油站招牌的綠色亮光，於是開進去。他想到上回收銀機後頭的那名男店員。一旦你發現了所屬物品或遮蔽處，接下來通常就會發現屍體。此時他走進加油站門內，眨著眼睛。櫃檯後頭的店員是個女人。

「另外那個傢伙呢？」佛柯問，把信用卡遞過去。

「史蒂夫？請病假了。」

「什麼時候？」

「今天早上。」

「他哪裡不舒服？」

那女人詫異地看著他。「我怎麼會知道？」她把信用卡遞還給他，轉身離開櫃檯。顯然認為他又是個城市來的豬頭。

佛柯拿回信用卡，可以感覺到她目光隨著他回到車上。在店外空地的上方，攝影機鏡頭往下冷冷地望著。

之前的接待小屋如果算是忙碌，現在就是忙翻天了。到處都是反光背心和媒體採訪車。根本找不到停車的地方。

佛柯在接待小屋門口讓卡門下車，讓她先進去櫃檯，同時他自己去找停車位。金恩警佐之前說他會留話在接待櫃檯。佛柯在一長排車子末端龜速前進，最後不得不並排停在一輛公園管理人員的廂型車旁邊。

他下車等待。這裡比他記憶中更冷，於是他把外套的拉鍊往上拉。隔著停車場對面跟繁忙活動一段距離外的，是靜止而空蕩的鏡子瀑布步道入口。

「嘿。」

佛柯聽到有人出聲，於是回頭。一時之間，他認不出那個女人。原先的背景換掉之後，她看起來不一樣了。

「布莉。你出院了。」

「是啊，昨天晚上。感謝老天。我需要透透氣。」她一頭濃密的深色頭髮壓在帽子底下，寒氣把她的雙頰凍得微微發紅。她看起來真的很美，佛柯心想。

「你的手臂怎麼樣了？」

「還好，謝謝。還是有點痛。」她看著外套袖子裡探出的繃帶。「我比較擔心其他的一切。貝絲和我預定今天稍晚要離開。我明天早上要去看一個專科醫師的門診，但是……」布莉望著不遠處一群正爬上廂型車的搜索隊員。她把一綹頭髮從眼前拂開。佛柯注意到，她原先缺損的指甲邊緣都修剪整齊了。

「那棟小木屋其實不是馬丁．寇瓦克使用過的，對吧？」她完全沒試著掩飾她聲音中的恐懼。

「我不知道，」佛柯誠實地說，「我想警方會設法搞清楚的。」

布莉又開始要咬她已經修剪整齊的指甲。「他們發現了小木屋之後，接下來會怎麼樣？」

「我想他們會集中在那一帶搜索。尋找愛麗思的任何蹤跡。」

布莉有好一會兒都沒說話。「我知道寇瓦克的事情是很久以前了，但是有其他人知道那棟小木屋，對吧？所以才能給警方線報？有個搜索人員跟我說，他們就是獲得線報，才能找到那裡的。」

「應該是吧。我目前所知道的，不會比你多太多。」

「但是如果有個人知道那棟小木屋，那麼這個人就可能曉得我們之前待在那裡過？」

「應該不見得吧。」

「但是你沒去過那裡。有時候那些樹濃密得什麼都看不到，你不知道那是什麼樣子。」

「的確，」他承認，「你說得沒錯。」

他們看著那輛搜索隊的廂型車開走。

「總之，」布莉過了一會兒之後說，「我過來其實是想跟你道謝。」

「謝什麼？」

「謝謝你公平對待貝絲。她說她跟你提了她在緩刑的事情。有些人一聽到，就立刻對她妄下評判。人們常常只想到她最糟糕的那一面。」

「小事。她還好嗎？我們前兩天談的時候，她好像有點鬱悶。」

布莉看著他。「那是什麼時候？」

「兩天前的夜裡。我在接待小屋外頭碰到她。她正在看雨。」

「喔。她沒提到。」布莉皺起眉。「她當時在喝酒嗎？」

佛柯猶豫著慢了半拍，布莉的眉頭皺得更深了。「沒關係。我本來就料到她可能會喝。她壓力大，猜得到的。」

「我想只有那一瓶而已。」佛柯說。

布莉搖搖頭。「只有一瓶。只有十瓶。她根本一滴都不該喝，完全禁止的。不過貝絲就是這樣。她一直想乖一點，但總之從來都做不到——」布莉忽然停下，目光望向他後方的接待小屋。

佛柯轉身，發現小屋門前階梯上有個人站在那裡望著他們，從那個距離聽不到他們的交談。那人身穿太緊的外套，深色短髮。是貝絲。他很好奇她在那邊站多久了。

佛柯舉起一隻手招呼。貝絲頓了一下，才舉手回應。即使從那個距離，他仍看得到她沒有笑容。

布莉動了一下。「我最好回去了。再謝一次。」

佛柯往後靠著車子，看著布莉走過停車場。到了接待小屋的階梯上，貝絲還是一直站著不動，直到她姊姊走回她身旁。

第三天：星期六晚上

布莉耳邊聽到自己的呼吸好大聲。愛麗思背靠著牆。

吉兒伸出一隻手。「手機給我。」

「不要。」

「你放在哪裡？在你背包裡？拿出來。」

「不要。」

「我可不是在請求。」吉兒湊過去，抓住那個背包。

「嘿！」愛麗思想扯回來，但是背包已經脫離她的手指了。

「如果你那麼想走，愛麗思，你就走吧。」吉兒一手伸進那背包裡，然後挫折地哼了一聲，把背包底朝上，將裡頭的東西倒在地板上。「你出去就得靠你自己一個人了，要是死在路邊也是活該。但是你別想把手機帶走。」

「我的天啊。」愛麗思蹲下，收拾著自己的東西，同時吉兒雙手在裡頭翻找。潮溼的刷毛絨外套、羅盤、水瓶。沒有手機。

「不在這裡。」吉兒說。

「應該在她的夾克裡。」貝絲的聲音忽然冒出來，布莉嚇了一跳。

愛麗思看起來被逼到牆角，抓緊她的東西貼在胸前。吉兒的手電筒照著她的雙眼。「在你的夾克裡嗎？別搞得大家都麻煩。」

愛麗思瑟縮一下，然後別過身子。「不准碰我。」

「我給你最後一次機會。」

愛麗思沒吭聲。然後貝絲撲向她，兩手抓緊她的夾克。「你太扯了，愛麗思。之前你認為我藏著什麼，就很樂意搜我的東西。」

布莉想拉開她妹妹，同時愛麗思扭動著尖叫，「放開我！」

貝絲亂翻她的口袋，然後發出一個滿足的聲音，拉出她的戰利品舉高。手機找到了。她另一隻手推開愛麗思。

愛麗思踉蹌兩步，然後往前衝，想搶回手機。兩個人掙扎著，緊緊抓住對方，撞上靠牆那張桌子。嘩啦一聲，一支手電筒落到地上，房間裡陷入黑暗。布莉聽得到兩人扭打的悶哼聲。

「那是我的手機——」

「你放手——」

布莉大喊著，「別打了！」她不確定自己是在跟誰說。有個沉重的東西滾著撞到她的腳。是手電筒。她拿起來搖一搖，手電筒又亮了起來，照得她目盲。她手忙腳亂，把光線轉向聲音發出的地方。

愛麗思和貝絲在地板上緊扭成一團。四肢纏結在一起，布莉幾乎無法分清誰是誰，然後其中一人舉起一隻手臂。布莉想大喊，但是太遲了。燈光照出一道下撲的黑影，只見貝絲的手又急又快地往下揮，擊中愛麗思臉頰的那記劈啪聲，似乎搖撼了整個房間。

20

卡門從接待小屋出來時，手裡拿著一張地圖，上面畫著一個紅色的大叉。

「我們要去這裡，」她說著爬上車。「路相當遠，大概要四十分鐘。離那邊最近的進入點，是走北方路。」

佛柯看著地圖。紅色大叉位於雜木荒林深處。往北開大約五公里，然後有一條狹窄的車輛通道穿過那片綠色。

卡門繫上安全帶。「金恩警佐已經在那邊等了。另外當然，瑪歌．羅素也來了。」

「她自己一個人來？」佛柯問。

「不是，我在接待小屋看到蘿倫了。一名警方聯絡官今天清早去載她們過來。瑪歌還是不肯跟她父親見面。他自己另外開車，正要趕過來。」

他們駛出停車場時，佛柯瞥見一個人影在接待小屋門內看著他們。是雙胞胎之一吧，他心想。在那片室內的陰影中，他看不出是哪一個。

他們沿著山間道路行駛時，再度聽到風聲呼嘯著吹過樹頂，卡門只有指路時才說話。路變得愈來愈窄，最後他們沿著一條破爛的窄路顛簸前進時，看到前面有一大群警察和搜索人員。

現場的嘈雜談話聲混合了憂慮和解脫。終於有點突破了，但未必是大家期望的那種。下車時，佛柯看到人群中的一抹紅色。伊恩．卻斯穿著他「經營冒險家」的刷毛絨外套站在一群公園管理人員的旁邊，躊躇著，不完全屬於那一群人，但是也不完全被排除在外。他看到佛柯和卡門，趕緊點個頭，朝他們走來。

「嘿，有什麼最新消息嗎？他們找到她了嗎？所以你們才來這裡？」他的雙眼不時朝雜木荒林看一眼，又趕緊轉回眼前兩個人身上。

佛柯和卡門交換了一個眼色。「據我們所知是沒有。」

「不過他們找到那棟小木屋了。」卻斯的目光還是來回張望。「她的屍體可能就在附近。」

「說不定她還活著。」

卻斯停下來眨眨眼，臉上的笨拙表情一時無法掩飾。「是啊，當然，一定的。希望是這樣。」

佛柯其實也不怪他。他知道機率很低。

之前接待小屋的一名警察先打無線電通知過，金恩警佐正在荒林邊緣等他們。他面色蒼白，但是舉止中帶著一股隱隱的亢奮。看到他們走過去，他揮了一下手，接著目光往下瞥了他們的健行靴，讚許地點了個頭。

「很好，你們會需要這種靴子的。來吧。」

他領頭走入荒林，佛柯和卡門跟在後面。不到一分鐘，他們後方的談話和喧鬧聲便消失了，沉重的寂靜籠罩著他們。佛柯看到一棵樹上有一條警方封鎖帶飄垂著，指引他們路線。他腳下的小徑很模糊，大部分是靠著一片片剛被靴子踩過而壓平的草叢才能辨識。

「你們是怎麼發現這個地方的？」佛柯問。四下無人，但金恩還是壓低了嗓門。

「一名巴旺監獄的囚犯給了我們線報。他以前是機車黨的幫派分子，因為攻擊罪而被判刑很久，顯然他坐牢受夠了。他聽說我們在找這棟小木屋的新聞，就立刻曉得這是他減刑的籌碼。他說他們有幾個哥兒們以前偶爾會跟山姆．寇瓦克做毒品交易。」

「是嗎？」

「他說山姆喜歡炫耀一些他父親的事，吹噓說他知道警方不曉得的一些消息，諸如此類的。山姆帶他們來過這裡兩次。」金恩朝腳下的窄徑點了點頭。「那個機車黨幫派分子不太確定確切的位置，但是知道北方路和其他兩三個地標——往前一點有座峽谷——所以我們就可以縮小範圍。他認為自己可能還有一些其他情報，正在跟他的律師們商量，要開出一個有利的條件。」

「有關寇瓦克的事情，你們相信他的說法？」卡門問，「他不會是自己不小心發現這個地方，拿來騙你們的？」

「是，我們相信他的說法。」金恩嘆氣，稍稍暫停一下。「我們找到了一些人類遺骸。」片刻間大家都沉默了。然後佛柯望著他。「誰？」

「這是個好問題。」

「是愛麗思嗎？」

「不是。」金恩搖搖頭。「絕對不是。那些遺骸太舊了。那裡還有兩三件有趣的事情——你們可以自己去看看。但是還沒有找到愛麗思的任何痕跡。」

「天啊，」卡門說，「那裡發生過什麼事？」

在荒林深處，一隻看不見的笑翠鳥發出類似人類笑聲的啼叫。

「這也是個好問題。」

第三天：星期六晚上

貝絲先聽到自己的手擊中愛麗思臉頰的脆響，緊接著劇痛傳來。那聲音似乎在整棟小木屋裡迴盪，同時她的手抽痛著，是一種灼熱的刺痛。

有那麼一刻，貝絲覺得她們都像站在刀尖般，處於一個模糊不定的狀態，還可以後退、道歉、握手言和，回去後再向人力資源部提出正式申訴。接下來，外頭的風聲呼嘯，愛麗思喉頭發出一個緊繃的憤怒叫聲，然後一切都搖搖晃晃地跌落。大叫聲從房間裡各個角落傳來。

貝絲感覺到愛麗思抓住她的頭髮往下扯。她失去平衡，一邊肩膀朝下摔倒，肺裡的空氣被自己的體重壓得清空。兩隻手把她的臉按到地上，貝絲感覺到泥土刮著臉頰，嘴裡嚐到潮溼的臭味。有個人壓在她身上，一定是愛麗思。在那種緊密相貼的狀態下，貝絲聞到了一股隱隱的體臭味，同時對自己居然還能分神覺得驚訝，感覺上愛麗思似乎不是那種會流汗的人。貝絲試圖伸手抓對方，但是雙臂被固定在一個棘手的角度，於是她掙扎著，想抓對方的衣服，可惜手指從昂貴的防水布料上滑開。

她感覺到一股拉力，一雙手努力抓著，想把她和愛麗思分開。是布莉。

「放開她！」布莉大喊。

貝絲不確定她是在跟誰講話。她努力扭動著想掙脫，接著布莉失去平衡，砰地一聲摔跌在她們身上。三個人沉重地往一側翻，撞到桌腳，桌子被撞開時發出尖響。然後一個響亮的碰撞聲，房間另一頭有個人痛得大叫起來。貝絲想坐起身，但是又被一隻手抓著她頭髮扯回地上。她的腦袋狠狠撞在地上，一時暈眩作嘔，在黑暗中，她看到眼前有金星閃爍，然後在那些摸索、亂抓的手之下，她感覺到自己全身無力地癱軟下來。

21

他們走得愈久，腳下的小徑就愈難以辨認。過了一個小時，穿過一條小溪之後，小徑的痕跡幾乎完全消失，然後又重新出現，猛轉了一個彎，通往一處陡坡，坡下就是之前金恩提到過的那座峽谷。小徑兩旁一模一樣的樹開始讓佛柯糊塗，也愈來愈慶幸偶爾出現的警方膠帶。他可不想在這段路上獨行。從頭到尾，那種獨自漫遊導致誤入歧途的威脅都不曾遠去。

最後終於看到周圍荒林中開始出現一抹抹的橘色，佛柯總算鬆了口氣。是那些搜索人員，所以目的地一定接近了。彷彿要回應他似的，周圍的樹逐漸散開，又走了幾步，他們來到一小塊空地。

在空地中央，被警方膠帶和反光外套圍繞的，是一棟低矮而單調的小木屋。

這棟小屋在荒林的黯淡色調中非常不顯眼，而且看起來是刻意離群孤立的。從沒有玻璃的窗戶到鬆垮的門，都散發出一股絕望的氣息。佛柯聽到卡門在旁邊的呼吸聲，還有周圍樹林的低語和顫抖。風吹過空地，小木屋發出呻吟。

佛柯緩緩轉了一圈。雜木荒林從四面八方緊緊包圍，偶爾搜索人員的一抹橘色閃過，在樹林裡勉強看到一眼。他想像著，從錯誤的角度，就幾乎不可能看到這棟小木屋了。那些女人能在無意間碰到這棟小屋，真的是很幸運。他心想，也可能是不幸。

一名警察站在靠近小屋側面處看守，另一個相距不遠的也擺出同樣的姿勢。兩名警察腳邊都攤著一張塑膠布，看不出到底是蓋著什麼，不過塑膠布中間都稍微垂垮。

佛柯看了金恩一眼。「蘿倫跟我們說過，她們待在這裡時，發現了一隻狗的遺骸。」

「沒錯，就在那裡。」金恩指著最接近他們、比較小的那張塑膠布。他嘆了口氣。「不過另一個就不是了。我們已經找了專家，正在趕來的路上。」

他們盯著看的時候，風吹過來，比較靠近他們的那張塑膠布一角往後掀起。看守的警察蹲下去固定好，佛柯瞥見了底下是一道淺溝。他設法想像當初那些女人孤單又害怕，看到這個會是什麼心情。然後猜想無論自己怎麼努力設身處地，恐怕都還是差太遠了。

他這才明白，自己始終隱隱懷疑那四個倖存的女人一發現自己迷路了，就很快拋棄了愛麗思。但是現在，當他站在那棟淒涼孤立的小木屋前，他幾乎能聽到自己腦海裡面一個持續不斷的耳語。離開，快跑。他搖搖頭。

卡門正看著那塊比較大的塑膠布。「當年他們始終沒找到第四名被害人，莎拉．桑登堡。」她說。

「是啊。」金恩搖搖頭。「始終沒找到。」

「有任何初步的跡象嗎？」卡門朝那塊塑膠布點了個頭。「你一定覺得是吧。」

金恩的表情似乎想說什麼，但是沒說。「還是要等專家來看一下才行。等他們看過後，我們就會知道更多了。」他把封住小木屋入口的警方封鎖帶拉高。「來吧。我帶你們進去看。」

他們從封鎖帶底下鑽過去，踏進屋內時，那張洞開的門像個傷口。在清爽提神的尤加利樹氣味下，有一股淡淡的腐臭氣息。而且裡頭很暗；只有窗子透入少許天光。佛柯站在房間中央時，首先辨認出形狀，接著才是細節。顯然之前灰塵很厚，現在有各種打擾過的痕跡。一張桌子被以奇怪的角度推到一旁，到處散布著樹葉和垃圾。在第二個房間裡，他可以看到一張床墊上頭有塊令人不安的深色污漬。然後，靠近佛柯腳邊，在一扇破窗下方，有一片黑色的噴濺物滲入泥土地裡，看起來是新鮮的血。

第三天：星期六晚上

蘿倫找不到手電筒。她的手指亂抓著骯髒的地面時，忽然聽到砰地一聲，以及桌子滑過地面的尖響。她才剛發現那桌子飛向她，緊接著桌腳就撞上她的臉。

那重擊搾光了她肺裡的空氣，同時她往後摔，尾椎狠狠撞到地上。她躺在破窗下呻吟，頭暈眼花。她額頭原有的傷口抽痛得好厲害，摸了一下，發現溼溼的。她原以為自己在哭，但她眼睛周圍的液體太濃濁了，這才明白是血，頓時覺得好想吐。

蘿倫手指抹過眼睛，把血擦掉。等到再度可以看到，她甩甩手，鮮血從她的手指濺到地上。在窗外，她只看得到烏雲。彷彿之前看到的星星從未存在過。

「幫幫我！」有個人尖叫，聽不出是誰。她幾乎不想理，但是接著砰地一聲和一個響亮的哀號。一支手電筒滾過地面，燈光瘋狂地在牆面上彈跳，然後手電筒撞上牆，光熄了。

蘿倫吃力地爬起身，踉蹌地走向地上糾纏的那三個人，沾了血的雙手塞進混戰的人堆裡。她試圖把她們拖開來，完全不曉得自己抓的是誰。在她旁邊，有另一個人也在想辦法把人拉開。然後她明白，是吉兒。

蘿倫的手指摸到肉，於是指甲使勁往下摳，再朝後耙，不在乎弄痛的是誰，只想設法把那三具身軀拉開一些。一隻手臂忽然往上揮，蘿倫矮下身子躲過。但是那手擊中了吉兒的下巴，力道大得她牙齒發出碰撞聲。吉兒發出一聲沙啞的呻吟，踉蹌後退，一隻手緊摀著嘴。

這個動作讓緊緊糾纏的三人組失去平衡，接著蘿倫用力一拉，拉開了。一時間只有急促的喘息，然後是趕緊奔回各自角落的腳步聲。

蘿倫靠牆垮坐下來，額頭刺痛，而且此時可以感覺到之前被往後扳的右手腕發痛。她不曉得是不是腫起來了，於是一根手指探入麗貝卡給她的那條編織手環底下。暫時似乎還好，只是酸痛。反正那手環有點鬆，大概不必拆下來。

她稍微坐直身，腳邊碰到一個什麼。她手摸過去，摸到了一把手電筒光滑的塑膠表面，她找到開關，打開來。沒有反應。她搖一搖手電筒，再試試，還是沒亮。壞掉了。蘿倫覺得胸口漲滿焦慮，忽然間再也受不了這片黑暗。她跪爬在地上，盲目地摸著地面，最後終於摸到一個冰冷的金屬圓柱體。她緊緊抓住，感覺到雙手裡的重量。貝絲的工業手電筒。

蘿倫顫抖著打開手電筒，一道圓錐形的光刺穿了遍布塵埃的空氣，令她鬆了口大氣。接著她往下看，看到自己的血落在健行靴上，紅色的髒兮兮，還有另外一些濺在靠窗的地上。她厭惡地轉身，燈光緩緩照過全室。

「大家都還好吧？」光線落在吉兒身上，她垮坐在那片克難隔間板旁，嘴唇腫起，上頭有凝結的血。她一手緊握著下巴，被明亮的燈光照得瑟縮。蘿倫移開光線，聽到吉兒啐了一口。貝絲茫然地倒在附近的地上，揉著自己的後腦，而她姊姊則背靠著一面牆坐得筆直，雙眼大睜。

接下來，蘿倫花了好一會兒，才在黑暗中找到愛麗思。

她站在小木屋的門邊，微弱的黃色光線終於照到她時，她渾身凌亂滿臉發紅。而且就蘿倫記憶中，這是三十年來頭一次，愛麗思・羅素在哭。

22

佛柯看著地板上那片濺血痕。

「你們知道那是誰的血嗎？」

金恩搖搖頭。「他們會去查清楚的。不過是最近的血。」

「那個呢？」佛柯朝豎起靠牆的那張床墊點了個頭。現在床墊外頭用一張透明塑膠布包起來了，但是床墊表面的污漬還是清晰可見。

「他們告訴我，那大概已經發霉很嚴重了，」金恩說，「原先的狀況沒有那麼糟糕。」

「如果你被困在這裡，這個污漬看起來就夠糟糕了。」

「是啊。我可以想像那樣的確是很糟糕。」金恩嘆了口氣。「就像我剛剛說的，到目前為止，還沒有任何明顯的跡象，可以告訴我們愛麗思發生了什麼事。其他女人說她帶走了自己的背包，而我們還沒找到她的背包，所以希望她至少還帶在身上。但是看起來她似乎沒有再回來過，或者即使有，她也沒嘗試留下任何訊息，能讓我們看見。」

佛柯四下看著，想到他手機語音信箱的留言。傷害她。他從口袋裡掏出手機。螢幕一片空白。

「有誰的手機能在這裡收到訊號嗎？」

「沒有。」金恩搖搖頭。

佛柯在屋裡走了幾步，聽著小木屋發出的咿呀聲和哀嘆聲。這是個不友善的地方，毫無疑問，但是至少有牆、有屋頂。接待小屋那一帶的戶外夜晚就已經夠嚴酷的了。愛麗思暴露在野外會碰到些什麼？他不願意去想。

「那現在怎麼辦？」佛柯問。

「我們正在仔細搜查這棟小木屋周圍，但是真的很困難，」金恩說，「你們剛剛一路走來，也知道是什麼情況，而且四面八方的雜木荒林都一樣。光是要搜完周圍的區域，可能就要花上好幾天。如果天氣又惡化，那就要更久了。」

「那些女人是走哪條路出去的？」卡門問，「就是我們進來的那條嗎？」

「不是。我們是從馬路走最直的一條路線進來的，但她們不是走那條。小木屋背後有一條往北的小徑，要設法擠過那些樹才能找到，不過一旦找到了，就非常清楚。她們來到這個地方之前，就已經在那條小徑上。要是愛麗思真的想走出去，我猜她最可能就是循著那條路線離開。」

佛柯試圖專心聽著金恩講話。即使他聽著的時候，也明白原先自己心底一直有個小小的期盼：希望這棟小木屋終於找到時，也能同時找到愛麗思．羅素。希望她能找到路回到這裡，或許害怕又憤怒，但是還活著。隨著潮溼的牆壁發出咿呀聲，他想到那些濃密交錯的樹、外頭那兩個埋著屍骸的墓坑、地板上的血漬，他覺得對愛麗思殘存的最後一絲希望也破滅了。

小屋裡空蕩無人。無論愛麗思發生了什麼事，她都置身於外頭的荒野中，一無遮蔽。就在呼號的風聲和樹林的哀嘆裡，佛柯覺得，自己幾乎能聽到某處傳來喪鐘敲響的聲音。

第三天：星期六晚上

事後除了急促的呼吸聲，屋裡大致上很安靜。塵埃在手電筒的光線中裊裊地迴旋著，吉兒伸出舌頭檢查嘴巴，覺得嘴唇腫起且一碰就痛，另外右下方有一顆牙齒稍微有點鬆動。那種感覺好陌生，童年之後就再也沒有過了。她忽然想起自己的兩個孩子小時候，會相信牙仙夜裡來取走乳牙，留下一塊錢。她雙眼灼熱，喉頭發緊。她應該打電話給自己的孩子們。一等到她走出荒林，她就要打。

吉兒挪動著，感覺一隻腳下有個什麼。是一把手電筒，她彎腰皺著臉撿起來，摸索著開關。沒有亮。

「這支手電筒壞了。」她發腫的嘴唇冒出來的聲音含糊不清。

「這支也是。」有個人說，是雙胞胎之一。

「還能用的手電筒有幾支？」吉兒問。

「這裡只有這支。」一道黃光亮起，蘿倫把手裡的手電筒遞過來。吉兒感覺到手裡的重量，這才明白是貝絲的那把工業手電筒。或許帶這支手電筒來露營才是最好的。

「還有別的嗎？」沒人回答。她嘆了口氣。「該死。」

在房間另一頭，吉兒看到愛麗思一手抹過眼睛。她的頭髮纏結得亂糟糟，臉頰上有骯髒的淚痕。她現在沒哭了。

吉兒等著她會說些什麼。大概是要求道歉吧，或可能威脅要告誰。但愛麗思只是坐下，屈起膝蓋抱在胸前。她一直待在那個角落，靠近門邊，駝背且安靜不動。不知怎地，吉兒發現這樣更令人不安。

「愛麗思？」布莉的聲音從一個黑暗的角落傳來。

愛麗思沒吭聲。

「愛麗思？」布莉又試了一次。「聽我說，貝絲還在緩刑期。」

還是沒有回應。

「主要的問題是，如果你去報案，她就得回到法庭上了——」布莉說到一半停下，等待著。沒有回應。「愛麗思？你聽到了嗎？聽我說，我知道她打了你，但是如果你追究這件事，她就會有很多麻煩。」

「所以呢？」愛麗思終於開口，嘴唇幾乎沒動，也還是沒抬起目光。

「所以就請你不要追究了，好嗎？拜託。」布莉的聲音中有種意味，是吉兒從來沒聽過的。「我們的母親身體很不好。上回她就已經夠難受了。」

「拜託，愛麗思。」

沒有回應。

「布莉。」愛麗思的聲音有一種奇怪的特質。「要我幫忙沒有意義。下個月這個時候，你要是沒丟掉工作都算走運了。」

「嘿！」貝絲的聲音響起，嚴厲而憤怒。「不准你威脅她。她什麼錯都沒犯，一直在幫你拚了命地工作。」

愛麗思聽了抬起目光。接著她的話切穿黑暗，有如切割玻璃般。「閉嘴，你這個肥婊子。」

「愛麗思，夠了！」吉兒厲聲說，「在這裡，貝絲不是唯一處境危險的人，所以你講話小心一點，否則你就會有麻煩了，等到——」

「等到什麼？」愛麗思的口氣似乎真心好奇。「等到你神奇的救援隊伍出現嗎？」

吉兒張嘴要回答，此時突然想起手機，恐慌起來。在這場打鬥之前，她把手機放進夾克口袋了，此時趕緊伸手去摸。在哪裡？當她的手握住那光滑的四方形，感覺到一股暈眩的解脫。她拿出來，檢視著螢幕，以確定沒有損傷。

愛麗思望著她。「你明知道那支手機是我的。」

吉兒沒回答，只是把手機又放回夾克口袋裡。

「那現在怎麼辦？」布莉問。

吉兒暗自嘆息，覺得完全筋疲力盡。她又冷又餓又疼痛，而且很受不了自己溼黏骯髒的身體。她覺得其他人都在侵擾她。

「好吧。首先，」她說，盡可能克制地說，「我們都要冷靜下來。其次，我要每個人拿出睡袋，而且同意一切到此為止。至少眼前是這樣。然後，我們要設法睡個覺，等到明天早上大家都腦袋清醒一點，再商量出一個計畫。」

沒有人動。

「拜託，大家都立刻拿出睡袋吧。」

吉兒彎腰打開背包，拉出自己的睡袋，接著她聽到其他人也跟進，這才鬆了一口氣。

「把你的睡袋放在我旁邊，愛麗思。」

愛麗思皺眉，但是完全沒爭執。她把自己的睡袋鋪在吉兒指定的位置，然後鑽進去。布莉是唯一還出去用雨水刷牙的人。吉兒很高興愛麗思沒打算跟著照做，否則她還無法決定自己是不是要陪著她出去。

吉兒爬進自己的睡袋，皺起臉，感覺像是有個溼掉的塑膠袋黏在自己身上。她隔著衣服摸摸夾克口袋裡的手機，猶豫著。她不想脫掉外套，但是知道不脫會睡不好。她前一夜曾試著不脫掉，發現帽兜和拉鍊會纏結且夾痛人，而現在要設法睡著，就已經夠困難了。猶豫了一會兒，她把夾克盡可能安靜地脫掉，塞在睡袋的頸部旁邊。她覺得愛麗思一直在觀察她，但是等到她看過去，愛麗思只是仰天躺下，望著馬口鐵屋頂。

她們全都累過頭了，吉兒知道。她們需要休息，但是整個房間的氣氛感覺上像是有毒的。她躺在地面上的腦袋抽痛，而且可以聽到其他人不舒服地挪動身體的嘎吱聲。她旁邊的睡袋動了一下。

「大家都快點睡覺。」她厲聲說，「愛麗思，如果你夜裡要起來，就叫醒我。」

沒有回答。

吉兒轉頭，在黑暗中幾乎什麼都看不見。「好嗎？」

「你這話好像是信不過我，吉兒。」

吉兒懶得回答。她只是把頭枕在外套上，確保自己可以感覺到層層衣料下硬硬的手機，然後閉上雙眼。

23

佛柯很慶幸離開了那棟小木屋。他和卡門跟著金恩走進屋外空地，在天光下頭眨著眼睛。

「那些女人走過的小徑就在那個方向。」金恩指著小木屋後方，佛柯伸長脖子看。他看不到任何小徑，只看到一片樹牆。偶爾有穿著橘色制服的搜索人員出現，他們似乎隨著每一步而出現或消失。

「我們正在盡快搜索，但是——」金恩沒講完，可是也不必講完。這片雜木荒林太濃密了，而濃密就意味著緩慢，意味著很容易漏掉小事物，意味著有些東西永遠不會再出現。

佛柯聽到樹林間不時有人喊著愛麗思，然後等著回應。有的暫停似乎短促而敷衍。佛柯不怪他們，到現在已經四天了。一名搜索人員從樹林裡冒出來，舉手示意金恩過去。

「失陪一下。」金恩說，然後離開了。

佛柯和卡門看著對方。幾步以外，兩名警察腳邊的塑膠布在風中起伏波動。

「我真的很希望那底下的是莎拉．桑登堡。」卡門說，朝著比較大的那塊塑膠布說。「為了她的父母著想。不得不去求寇瓦克告訴他們資訊，這種事會一輩子忘不了的。至少其他被害者的家人還可以舉行葬禮。」

佛柯也希望那是莎拉．桑登堡。如果不是的話，他就不曉得該希望什麼了。

他轉身審視著小木屋。剛落成時大概還不錯，但是現在看起來已經快垮掉了。從那些木頭的狀況判斷，這棟小木屋早在馬丁．寇瓦克之前就已經存在。是誰蓋的呢？一個早已被遺忘的公園管理計畫？或者是一個大自然的愛好者，想要有個週末的落腳處，於是在公園法規還不嚴的時候蓋的？他很好奇這座小木屋是不是從一開始就這麼與世隔絕。

他走過去，試了一下門，打開又關上幾次。鉸鏈爛到幾乎不會發出咿呀聲。木門框似乎整個垮掉了。

「沒什麼聲音。要是有人偷溜出去，大概不會吵醒任何人。或者偷溜進來也是一樣。」卡門自己試著開關幾下。「屋子背面沒有窗子。所以從裡頭，她們沒辦法看到她走向往北的步道。」

佛柯回想著那四個女人說過的話，設法想像當初的情景。她們說自己醒來時，就發現愛麗思已經不在了。如果她是獨自離開，那就是悄悄走出小屋，進入黑暗。他想著那語音留言的時間。清晨四點二十六分。傷害她。無論愛麗思．羅素發生了什麼事，幾乎都可以確定是在黑夜的掩護下。

他望著空地另一頭。金恩還在忙著談話。在小木屋後方的某處，就是那條往北的步道。「要去走一下嗎？」他對卡門說。

他們跋涉過長草，進入樹林。佛柯每走幾步就回頭看，沒走多久，就再也看不見小木屋了。他有點擔心可能會完全錯過那條步道，但是結果不必擔心。一走到那條步道，他們就曉得了。步道雖然窄，不過很結實。底下的岩層使得步道在雨中沒變成爛泥。

卡門站在小徑中央，先看看前面，再看看後面。

「我想那個方向是北邊。」她指著，微微皺眉。「一定是。不過要分辨其實不太容易。」

佛柯轉身，已經有點搞不清方向。小徑兩側的雜木荒林幾乎一模一樣。他檢查了來時的方向，看得到身後的那些搜索人員。「是啊，我想你說得沒錯，那一定是北邊。」

他們開始往前走，步道窄得僅容兩個人並肩。

「換作是你會怎麼做？」佛柯問，「如果你是她們，會留下還是設法走出去？」

「因為有人被蛇咬了，我會設法走出去。其實沒有別的選擇。但如果沒有被蛇咬呢？」卡門思索著。「我想我會留下。不曉得。看過了那個小木屋的狀況之後，我不太會想留下，但是我應該還是會勉強待著不動，信任搜索人員的專業。那你呢？」

佛柯也正在問自己同樣的問題。留下，不曉得自己何時會獲救、或甚至會不會獲救？離開，則是不確定自己該往哪裡走？他張開嘴，還是不確定自己的答案是什麼，此時他聽到了。

一個小小的嗶聲。

他停下。「那是什麼？」

卡門領先半步，轉頭問：「什麼？」

佛柯沒回答，只是認真傾聽著。除了風吹過樹林的窸窣聲，他什麼都聽不到。那個嗶聲是他想像出來的嗎？

他希望那個聲音再出現。結果沒有，但是他腦子裡清楚記得。短暫、微弱，而且無疑是電子音。他花了片刻就想到是什麼聲音，只是片刻。他一手放進口袋裡，已經知道自己沒猜錯。那種聲音他通常一天會聽到十幾次。太常聽到了，因而往往沒注意。不過在眼前這個環境，那種奇異的非自然聲響讓他警覺起來。

他的手機螢幕正在發亮。收到一則簡訊了。佛柯沒費事去查簡訊內容；他只需要知道剛剛警告他的那個嗶聲就夠了。這裡收得到訊號。

佛柯伸出手機，讓卡門看。訊號很微弱，但是的確有。他朝她走了一步，訊號消失了。他退回原位，又有了訊號。佛柯朝另一個方向走了一步，又沒訊號了。這裡只有一個甜蜜點。難以捉摸且脆弱，但是或許足以讓一個殘缺不全的訊息傳出去。

卡門轉身奔跑。進入樹林內，沿著之前的路徑奔向小木屋，同時佛柯待在原地不動。他望著螢幕，一下有、一下沒有，視線不敢離開。過了一會兒，卡門又出現了，後頭跟著氣喘吁吁的金恩警佐。他看了佛柯手機的螢幕，開始講無線電，召集搜索人員。他們進入了小徑兩側的荒林裡，一抹抹橘色消失在昏暗深處。

傷害她。

花不到十五分鐘，他們就找到愛麗思．羅素的背包了。

第四天：星期天凌晨

烏雲散開，明亮的滿月出現。

愛麗思．羅素走出小木屋，一頭金髮像個銀色的光圈。她輕輕帶上門時，有個輕微的喀噠聲，鏽爛的鉸鏈只發出一個隱約的呻吟。她僵住，傾聽著。她一邊肩膀揹著背包，另一手有個東西垂掛下來。小木屋裡沒有動靜，愛麗思發出一聲解脫的嘆息，胸部隆起又落下。

她把背包悄悄放在腳邊，然後將搭在另一邊手臂的東西拿起來。是一件昂貴的防水夾克，大號的，不是她的。愛麗思兩手摸索著布料，拉開一個口袋的拉鍊，拿出一個薄薄的四方形物件，按了一個鍵。一抹亮光，她露出微笑。愛麗思把她的手機塞進牛仔褲口袋，然後捲起那件夾克，塞到靠近小木屋門邊一棵傾倒的樹後頭。

愛麗思把背包重新揹上肩膀，然後喀噠一聲，一道手電筒的光照亮她面前的地面。她腳步輕悄，動身走向濃密樹林間的小徑。她繞過小木屋邊緣消失，沒再回頭看過。

在她後方遠處，這片空地的另一邊，隔著尤加利樹幹剝落的紙狀樹皮，有個人看著她離開。

24

愛麗思．羅素的背包被棄置在一棵樹後頭，離小徑十公尺，被濃密的灌木遮住了，而且背包沒打開。佛柯心想，幾乎就像是主人把背包放在那裡，然後自己離開，沒再回來。

金恩警佐蹲在背包旁邊許久，仔細地繞著它移動，彷彿是在跳著一種精心設計的舞蹈。然後他嘆了口氣站起來，「封鎖這個區域，挑選幾名隊員徹底搜索周邊。」

佛柯和卡門都沒爭辯。兩人跟隨著警方標誌和兩名剛值班完畢的搜索員，沿著來時的那條路徑走向北方路。他們沉默地呈單排往前，每碰到小徑上的分岔處就暫停一下猶豫著。佛柯再度慶幸樹上綁著那些警方封鎖帶。

他跟在卡門後頭，想著愛麗思的背包。放在那裡，孤單，不受打擾，在整個荒林中成了一個人為的反常元素。那背包看起來不像被他人翻找過，他不曉得該因此推測出什麼來。背包裡的東西大概金錢價值很有限，但是在這種地方，防水衣物可能決定你的生死，價值的衡量標準就不一樣了。佛柯憑直覺知道，愛麗思．羅素不會樂意拋棄她的背包，這個想法讓他全身發冷——而且跟周圍的天氣無關。

一旦你發現了所屬物品或遮蔽處，接下來通常就會發現屍體。佛柯腦子裡不斷想著加油站那名店員的這段話。他想像著那個男店員，之前每回他們去加油站，那男子總站在櫃檯後頭。但是今天早上沒有。接下來通常就會發現屍體。佛柯嘆了口氣。

「你在想什麼?」卡門低聲問。

「只是覺得,以這樣的狀況,她又沒有背包裡的裝備,看起來不妙。」

「我知道。我認為他們很快就會找到她了。」卡門看著小徑兩側濃密的雜木荒林。「如果她在裡頭,可以找得到的話。」

他們一直走到小徑比較寬闊的地方,天光似乎比較亮了。又轉了個彎,回到北方路。發現背包的消息很快傳開了,搜索人員和警察都成群聚在路邊,低聲交談著。佛柯四下看了一圈,沒看到伊恩·卻斯,也沒看到「經營冒險家」的中型巴士。風沿著馬路開闊處呼嘯而來,佛柯把身上夾克拉得更緊,轉向一個正在指揮著搜索人員的警察。

「你有看到伊恩·卻斯離開嗎?」

那名警察心不在焉地看了他一眼。「沒有,抱歉,我不曉得他離開了。如果有急事,你可以試試看打電話給他。有個公園管理人員的小屋,從這個方向開車大約十分鐘,那裡有緊急電話可以用。」他指著馬路前方。

佛柯搖搖頭。「沒關係。謝了。」

他跟著卡門回到車上,她上了駕駛座。

「回接待小屋?」她問。

「應該是吧。」

她駛離路邊,搜索基地的活動在後視鏡裡愈來愈小,直到他們轉了個彎,就完全看不見了。他們一路往前行駛,馬路兩旁濃密的綠色植物有如高牆聳立,完全看不出牆後深處的任何騷動。

這片荒林把自己的祕密守得非常緊。

「那棟小屋隱藏得很好，但不是完全沒有人知道的。」最後佛柯終於說。

「你說什麼？」卡門正看著路。

「我剛剛想到布莉·麥肯齊稍早說過的話。那個給警方線報的囚犯知道這棟小木屋，所以至少有一個人知道。誰曉得會不會有其他人也發現過？」

「你想的是誰？那位缺席的『經營冒險家』朋友？」

「或許吧，他是一個。他獨自在這一帶度過不少時間。」佛柯想到搜索基地裡頭成群的搜索人員，以及警察和公園的工作人員。「但是我想，很多人都是吧。」

他們駛入接待小屋前的停車場，從後行李廂拿了各自的袋子。今天坐在櫃檯後頭的，是一個他們之前見過的公園管理人員。

「聽說上頭那裡很熱鬧？」他看看佛柯，又看看卡門，希望他們能提供新消息，但他們只是點頭而已，沒有新消息可以提供。

通往廚房區的門微開，從縫隙間，佛柯看得到瑪歌·羅素。她正坐在餐桌前默默哭著，一手掩著雙眼，雙肩一聳一聳。她夾在兩個女人中間，一個是吉兒·貝利，另一個看起來是社工人員。蘿倫在他們後方徘徊。

佛柯轉身。他們可以稍後再跟瑪歌談，現在顯然時機不對。隔著接待小屋的大面前窗，他看到停車場裡的動靜。一個深色頭髮的腦袋——不，是兩個。布莉和貝絲從住宿區的方向走過來，正在爭執。佛柯聽不到她們講什麼，但是看到兩人都停下來好一陣子，讓一輛廂型車開過去。那車的側面漆著明顯的字樣。經營冒險家。伊恩・卻斯不曉得從哪裡回來了。他手肘碰了一下卡門，她轉身過來看。

櫃檯後的公園管理人員幫他們完成入住登記，遞給他們兩把鑰匙。「跟上回的房間一樣。」他說。

「謝了。」佛柯接過鑰匙，跟卡門轉身要離開，看到外頭卻斯下了車。他們就要走出門時，櫃檯的公園管理人員大聲喊了。

「嘿。等一下。」他手裡拿著話筒，皺起眉。「你們兩個是警察，對吧？找你們的電話。」

佛柯看了卡門一眼，卡門聳聳肩，很驚訝。他們走回櫃檯，佛柯接過話筒，報上自己的名字。另外一頭的聲音尖細而微弱，但是可以辨識，是金恩警佐。

「你聽得到嗎？」金恩的聲音很匆忙。

「很勉強。」

「該死。我還在上頭的搜索基地附近。用公園管理人員小屋裡的有線電話，收訊向來很爛——」他停下。「這樣好一點沒有？」

「沒有。」

「算了。聽我說。我正要趕回去。你旁邊有任何省方的警察嗎？」

「沒有。」接待區裡只有他們兩人，停車場裡大半是空的。大部分警察一定都還在搜索基地那邊。「只有我們兩個。」

「好吧。老弟，我需要——」靜電雜音，然後沒聲音了。

「慢著，我剛剛沒聽到。」

「天啊。現在聽到沒？」

「聽到了。」

「我們找到她了。」

接下來是一陣靜電雜音。佛柯吸氣又吐出來。

「你聽到了嗎？」金恩的聲音很小。

「是的，我聽到了。還活著嗎？」佛柯問出口之前，就知道答案了。在她旁邊，卡門站著不動。

「不。」

聽到這個字，佛柯還是覺得胸口像是挨了一拳。

「聽我說。」金恩的聲音斷斷續續。「我們正要開車回去，會盡快趕到，但是我現在需要你幫個忙。你那裡還有誰？」

佛柯看看四周。卡門。櫃檯後的公園管理人員。瑪歌．羅素和她的社工人員在廚房，還有吉兒和蘿倫。雙胞胎在停車場。伊恩．卻斯剛鎖上他的廂型車要離開。他轉述給金恩聽。「怎麼了？」

又是靜電雜音。然後是金恩遙遠的聲音。「我們找到她屍體的時候，也發現了別的東西。」

第四天：星期天凌晨

一片雲飄過來，遮住月亮大半，把愛麗思．羅素籠罩在陰影中，同時她繞過小木屋轉角消失了。

在空地的另一頭，那個觀察者從尤加利樹牆後方走出來，摸索著拉上長褲的拉鍊。一泡熱呼呼的尿剛降落在冰冷的土地上，發出微微的尿臊味。現在幾點？腕錶上發亮的數字顯示，將近四點半了。觀察者匆匆看了小木屋一眼，裡頭沒有任何動靜。

「該死。」

那個觀察者猶豫了一下，然後低下身子繞過小木屋轉角。雲層散開，長草發出空洞的銀光。樹牆靜止。愛麗思已經不見人影。

25

兩個背包放在一輛租來的汽車後輪旁地上。後行李廂打開，雙胞胎正在低聲爭執，兩人的頭湊得很近。風吹得她們的深色頭髮飛起，混成一片。她們同時轉頭，爭執停止，看著佛柯和卡門走過來。

「抱歉，兩位。」卡門的聲音刻意不帶任何情緒。「我們要請你們回到接待小屋裡頭。」

「為什麼？」貝絲看著卡門，又看佛柯，臉上有種奇怪的表情。或許是驚訝，也或許是別的。

「金恩警佐想跟兩位談。」

「可是為什麼？」貝絲又問。

布莉沉默地站在妹妹旁邊，大眼睛輪流打量著眼前兩個人。她包了繃帶的手臂靠在胸前，另一隻手放在打開的車門上。

「布莉有個約。」貝絲說，「之前警方通知我們可以離開了。」

「我知道，但是現在他們又要求你們留下。至少暫時是這樣。來吧。」卡門說，轉身走向接待小屋。「你們可以把背包帶著。」

佛柯看著雙胞胎交換了一個他無法解讀的眼色，不情願地拿起背包。布莉似乎花了很長的時間，才有辦法關上車門，離開車旁。他們艱難地朝接待小屋走去。經過廚房窗前時，佛柯看到吉兒和蘿倫朝外看，但是他避免跟她們正眼接觸。

卡門請走了休息室裡的幾名搜救人員，帶著雙胞胎進去。吉兒和蘿倫已經進入大廳，拉長的臉帶著好奇。佛柯關上休息室的門，轉向雙胞胎。

「坐吧。」

他和卡門坐在老舊的沙發上。布莉猶豫著，然後坐進對面一張椅子。她又開始摳起手臂上的繃帶了。

貝絲還是站著。「你們要告訴我們是怎麼回事嗎？」

「等金恩警佐到的時候，會跟你們解釋的。」

「什麼時候？」

「他正在趕來的路上。」

貝絲朝窗外看了一眼。在停車場裡，一名值勤結束的搜索人員把通訊無線電湊在耳邊。他聽了一下，喊了一聲，叫其他兩個正在搬東西上車的搜索人員過來。他指著無線電。消息傳開了，佛柯猜想。

貝絲看著他。「他們找到她了，對吧？」

地板發出嘎吱聲，然後又安靜下來。

「她死了嗎？」

佛柯還是沒講話，貝絲往旁邊看了她姊姊一眼。布莉一臉木然。

「在哪裡？小木屋附近嗎？」貝絲問。「一定是，他們找到那棟小木屋還沒多久，應該不會往外搜得太遠。所以她從頭到尾都在那裡？」

「金恩警佐會——」

「是啦，我知道。你說過了。但我現在是在問你。拜託。」貝絲吞嚥了一下。「我們有資格知道的。」

佛柯搖頭。「你們得等一下，對不起。」

貝絲走到關上的門前，停在那裡，忽然轉身。「為什麼沒找蘿倫和吉兒進來？」

「貝絲，別再說了。」布莉終於抬頭，手指繼續摳著手臂的繃帶。

「為什麼？這個問題很合理。為什麼只有我們在這裡？」

「我說真的，貝絲。閉嘴吧。」布莉說，「等到金恩警佐趕到了再說。」

佛柯還能聽到金恩在電話裡的聲音，斷斷續續，但是重要的事情夠清楚了。

我們發現她屍體的時候，也發現了別的東西。

是什麼？

貝絲站著不動，瞪著她姊姊。

「為什麼只有我們？」她又問一次。

「別再說了。」布莉僵坐在椅子上，手指還在摳著繃帶。

貝絲眨眨眼。「除非不是？」她雙眼轉向佛柯。「我的意思是，不是我們。不是我們兩個。」

佛柯忍不住看了布莉一眼，她手臂上是破爛發灰的繃帶，底下是被感染的咬傷。

我們發現她屍體的時候，也發現了別的東西。金恩的聲音很難聽清楚。

是什麼？

就在她旁邊的一棵枯樹下，躲著一條很大的地毯蟒。

終於，布莉肯看著貝絲了。「閉嘴，貝絲。別說了。」

「可是——」貝絲的聲音顫抖。

「你耳朵聾了嗎？」

「可是——」貝絲猶豫著。「怎麼回事？你做了什麼嗎？」

布莉瞪著她。她的手不動了，難得一次沒再摳她的繃帶。「我做了什麼嗎？」她笑了一聲，短暫而忿恨。「你不要講話就是了。」

「這話什麼意思？」

「你知道我的意思。」

「我不知道。」

「真的？那好吧。我的意思是，貝絲，不要站在警察面前問我做了什麼，好像你什麼都不知道。如果你真的想談，那我們來談談你做了什麼吧。」

「我？我什麼都沒做啊。」

「你說真的？你打算要假裝——」

「布莉，」佛柯開口，「我強烈建議你等到——」

「假裝你完全是無辜的？好像你跟這事完全無關？」

「跟什麼完全無關？」

「天啊，貝絲！你真的要這樣玩？你真的要把矛頭指向我？就在他們面前？」布莉朝佛柯和卡門一揮手。「如果不是為了你，這一切根本不會發生的。」

「什麼一切根本不會發生？」

「嘿——」佛柯和卡門想打斷，但是沒用。布莉已經站了起來，盯著她的雙胞胎妹妹。

貝絲後退一步。「你聽好了，我根本不懂你在講什麼。」

「胡說八道。」

「真的，我不懂。」

「你胡說八道，貝絲！我不敢相信你做得出這種事。」

「做什麼？」

「想撇清自己的關係，然後推到我身上！既然如此，那我幹嘛還想救你？我幹嘛不顧好自己，說出實話？」

「有關什麼的實話？」

「有關她已經死了！」布莉的雙眼大睜，深色頭髮晃動。「你已經知道了！我發現愛麗思的時候，她已經死了。」

貝絲又後退一步，看著她的雙胞胎姊姊。「布莉，我不——」

布莉挫折地大喊一聲，然後轉身，雙眼渴求地看著佛柯和卡門。

「事情不是她講的那樣，別信她的。」布莉搖手指著她妹妹。「拜託，你們一定要讓金恩警佐明白——」

「布莉——」

「聽我說，當時愛麗思已經死了。」布莉美麗的五官扭曲，雙眼含淚。「星期天一早我發現了她，在小徑上。然後我把她移走。我就是在移走她的時候被蛇咬的。但是我只有搬動她，沒有傷害她，我發誓，這是實話。」

「布莉——」這回是卡門開口了，但是布莉打斷她。

「她就垮坐在那邊，沒呼吸了，我不曉得該怎麼辦。我怕有人會出來看到她，於是我就抓住她拖走。我本來只想把她藏在樹林裡，直到——」

布莉停下。往後看了她妹妹一眼。貝絲抓著一張椅背，用力得指節都發白了。

「直到我可以跟貝絲談。但是接著我絆倒了，然後感覺到那條蛇接近我的手臂。」

「但是為什麼你要把她藏起來，布莉？」貝絲眼中盈滿淚水。

「天啊。你知道為什麼。」

「我不知道。」

「因為——」布莉的臉紅了，臉頰冒出兩塊紅斑。「因為——」她好像講不下去，朝貝絲伸出一隻手。

「因為什麼？」

「因為你。我是為了你這麼做的。」她手伸得更遠，這回抓住了妹妹的手臂。「你不能再被關起來了。那會害死媽媽的。她從來沒跟你說過，但是上回的狀況糟透了。她惡化了好多，太可怕了。看著她狀況那麼差，知道都是我的錯，而且——」

「不。布莉，上回我被關起來，是我自己的錯。」

「不，是我的錯。」布莉握緊了妹妹的手臂。「去報警說你偷我東西的，不是我的鄰居，是我。我打電話報警的，因為我太氣你了。我當時不曉得結果會那麼嚴重。」

「那不是你的錯。」

「就是。」

「不，那是我的錯。但是這個——」貝絲後退，抽出她被抓住的手臂。「這個太糟糕了，布莉。為什麼你要這麼做？」

「你知道為什麼的。」布莉又伸手，她的指尖只抓到空氣。「你當然知道。因為你是我妹妹！我們是家人。」

「但是你完全不信任我。」貝絲又後退一步。「你真以為我會做出這種事？」

佛柯看到窗外有動靜，一輛警車駛入碎石停車場。金恩下了車。

「那不然我應該怎麼想？在你闖過那麼多禍之後，我怎麼有辦法信任你？」布莉哭了起來，她發紅的臉滿是淚水。「我不敢相信你站在那裡撒謊。告訴他們！拜託，貝絲。為了我。告訴他們實話！」

「布莉——」貝絲停下。她張開嘴巴，好像準備要再說些什麼，然後又閉上，接著沒再多說一個字，就轉過身去。

布莉伸手，她那隻沒受傷的手亂抓著，哭聲響徹整個房間，此時金恩警佐打開休息室的門。

「你這個撒謊的賤貨！我恨你，貝絲！我為了這個恨你！告訴他們實話！」布莉邊哭邊設法講出話來。「我是為了你這麼做的！」

兩人的臉都因為背叛而憤怒扭曲，佛柯覺得，他從沒看過這對雙胞胎長得如此像。

第四天：星期天凌晨

愛麗思・羅素站住不動。

在往北那條小徑上的一小段距離外，她的身影只能勉強辨識，月光籠罩著她。此時小屋早已看不見了，藏在濃密的樹林後頭。

愛麗思低著頭，背包放在地上，靠著一塊大石頭。她一手按著耳朵。即使從遠處看去，在手機的藍白兩色微光下，仍能清楚看到她的手在顫抖。

26

雙胞胎姊妹被帶上兩輛不同的警車離開了。

佛柯和卡門站在門廳裡目送。蘿倫和吉兒站在接待區，不敢置信地張著嘴，直到金恩警佐交代她們去休息室等著。一名警察會叫她們去接待小屋辦公室，一次一個，更新她們的證詞，他說。如果必要時，她們要準備好到鎮上的警察局去。蘿倫和吉兒都無言地點點頭，看著金恩警佐開車離開。

蘿倫先被叫進辦公室，她蒼白的臉凹陷，走過大廳。佛柯和卡門待在休息室裡陪吉兒。比起前幾天剛認識時，她似乎縮小了一圈。

「我跟愛麗思說過，如果她死在路邊，那也是活該。」吉兒忽然沒頭沒腦地說。她注視著壁爐裡的火。「我當時是真心這樣想的。」

隔著門，他們可以聽到瑪歌．羅素的哭號。警方聯絡官的聲音幾乎被蓋過了。吉兒別開頭，一臉痛苦的表情。

「你是什麼時候知道你侄子有瑪歌那些照片的？」卡門問。

「知道的時候已經太遲了。」吉兒往下看著自己的雙手。「星期二的時候，丹尼爾終於把整件事告訴我，只因為當時那些照片已經公開了。要是他第一晚來我們營地時就跟我坦白，或許這一切都不會發生了。當時愛麗思要求離開的時候，我會答應的。」

「丹尼爾那一晚告訴你多少？」佛柯問。

「只說他太太逮到喬爾有一些照片，所以他出發才會遲到。或許我該多動點腦筋，就可以推理出來的，但是當時我真的沒想到那些照片會是瑪歌的。」她搖搖頭。「比起我以前讀書的時候，現在的狀況真的很不一樣了。」

隔著門，哭聲還是清晰可聞。吉兒嘆了口氣。

「我真希望愛麗思自己告訴我。過了第一晚之後，要是她告訴我的話，我會讓她回去的。我當然會讓她回去。」聽起來有點像是吉兒在試圖說服自己。「另外喬爾是個蠢孩子，不懂得道歉就算了。他太像丹尼爾年輕的時候；想到什麼就去做，從來不去想一個小時以後的事情。不過小孩總是不明白，對吧？他們就只是活在當下。他們不曉得那個年紀做的事情，多年以後還會糾纏著他們。」

她沉默下來，但是放在膝上交扣的雙手仍不斷顫抖著。休息室的門有人敲了一下，然後打開。蘿倫站在門口往裡看，蒼白的臉頰凹陷。

「該你了。」她對吉兒說。

「他們問了什麼？」

「跟之前一樣。他們想知道發生了什麼事。」

「那你告訴他們什麼？」

「我告訴他們，我不敢相信愛麗思沒離開。」蘿倫看著吉兒，然後往下看著地上。「我要去睡覺了。我沒辦法面對這件事。」她沒等到回應，就後退帶上門。

吉兒注視著關上的門好一會兒，然後重重嘆了一口氣，站起來。她打開門走出去，瑪歌的哭聲環繞著她。

第四天：星期天凌晨

愛麗思幾乎是對著手機咆哮。她一邊臉頰被手機螢幕照出一片藍光，講出口的話沿著小徑傳來。

「緊急通報處？你聽得到嗎——？狗屎。」她的聲音絕望而高亢。她掛斷電話，低頭檢視手機。又試了一次，按了三碼，還是一樣。000。

「緊急通報處？幫幫我們。有人在嗎？拜託。我們迷路了。你們能不能——」她停下，手機拿離耳邊。「狗屎。」

她深吸一口氣，背部隨之起伏。她又按了螢幕。這回是不同的號碼，不是000。接著講話時，她的聲音平靜多了。

「佛柯探員，我是愛麗思．羅素。我不曉得你能不能聽到。」她聲音顫抖著。「如果你聽到這個留言，拜託，我求你，拜託明天不要把那些檔案交出去。我不曉得該怎麼辦。丹尼爾．貝利有一些照片，或者是他兒子有。是我女兒的照片。眼前我不能冒險得罪他，對不起。我會設法再跟你解釋。如果你能往後延，我會想別的辦法幫你弄到那些合約。對不起，但她是我女兒。拜託。我不能做出任何事情，免得傷害她——」

一陣窸窣，然後她背後傳來腳步聲。黑暗中冒出一個聲音。

「愛麗思？」

27

只剩佛柯和卡門坐在休息室裡，沒說什麼話。門外瑪歌・羅素的啜泣聲持續了好久，然後忽然停止了，留下一片詭異的寂靜。佛柯很好奇她去了哪裡。

他們聽到一輛車開到碎石停車場停下，卡門走到窗邊。「金恩回來了。」

「有看到雙胞胎嗎？」

「沒有。」

他們到大廳跟金恩會合。他的臉色比平常更灰敗。

「警察局那邊狀況怎麼樣？」佛柯問。

金恩搖搖頭。「她們兩個都找了律師，不過眼前都死守各自的說法。布莉堅持她發現愛麗思時，她已經死了；貝絲則說她根本不曉得這回事。」

「你相信她們嗎？」

「天曉得。不管相不相信，要證明什麼都會是一場夢魘。墨爾本派來的一個鑑識小組已經趕到搜救基地了，但是屍體躺在戶外的風雨中好幾天。到處都是灰塵、泥巴和各種垃圾。」

「她的背包裡有什麼有趣的東西嗎？」卡門問。

「比方一疊貝利坦能茨的財務紀錄？」金恩擠出一個冷笑。「我想沒有，對不起。但是這個——」他翻了一下自己的背包，拿出一個隨身碟。「現場照片。要是你們看到什麼需要的，等到鑑識小組把所有東西都搬下來，你們可以跟他們問問看。」

「謝了。」佛柯接過那隨身碟。「他們也會去看小木屋旁邊的那個墓穴吧。」

「是啊，沒錯。」金恩猶豫著。

「怎麼了？」卡門觀察著他。「怎麼回事？他們確定那是莎拉嗎？」

金恩搖頭。「不是莎拉。」

「他們怎麼知道？」

「那具屍體是男性。」

兩人瞪著他。「誰？」佛柯問。

「我們警察局一個小時前接到一通電話，」金恩說，「那名獄中的機車黨談好了一個他滿意的條件，然後跟他的律師說，他認為那個洞裡的屍體是山姆．寇瓦克本人。」

佛柯眨著眼睛。「山姆．寇瓦克？」

「對。這小子說，五年前有人付錢給他們機車黨要除掉他。山姆一直在吹噓他跟他老爸的關係，大概是想加入那個幫派。但是這傢伙認為山姆腦袋不靈光，太不穩定，無法信賴。所以等到有人出了更好的條件給機車黨，他們就接受了。付錢的人不在乎他們怎麼做，只要求屍體永遠不會被發現。他們希望山姆消失。」

「出錢的人是誰？」卡門問。

金恩看了窗外一眼。風停了，荒林難得一次出奇地平靜。「他們是透過一個中間人，但顯然是一對老夫婦。財力雄厚，打算要付大錢。但是很詭異，不太對勁。」

佛柯想著有什麼可能，只想到一個。

「不會是莎拉・桑登堡的父母吧？」他說，金恩輕輕聳了一下肩。

「現在要斷定還太早，但是我認為第一個就會去查他們。可憐。我想二十年的哀悼和不確定，會對一個人造成致命的影響。」金恩搖搖頭。「該死的馬丁・寇瓦克，毀了這個地方。他本來可以給那些可憐人一點平靜的，或許自己也可以躲過一些災禍。誰曉得？你們兩人有小孩嗎？」

佛柯搖頭，腦中浮現出莎拉・桑登堡的模樣，在報上的照片露出微笑。又想到她的父母，過去二十年一定非常痛苦。

「我有兩個兒子，」金恩說，「我一直很同情莎拉・桑登堡。私下跟你們說，如果買凶的真是他們，我也沒辦法太責怪他們。」他嘆了口氣。「我想，千萬別低估你會為子女做到什麼地步。」

在接待小屋深處，瑪歌・羅素悲傷的哭聲又開始了。

第四天：星期天凌晨

「愛麗思？」

愛麗思．羅素嚇了一跳，手指摸索著掛斷那通電話，同時轉向聲音發出的方向。她的雙眼睜大，明白小徑上不再是只有她一個人。她後退半步。

「你剛剛在跟誰講話，愛麗思？」

28

佛柯覺得喪氣到極點。他和卡門沿著小徑走向住宿區，從卡門臉上的表情看來，她也有同樣的感受。又起風了，刺痛他的雙眼，掀起他的衣服。等到他們來到兩人的房間前停下，佛柯手上旋轉著金恩警佐之前給的那個隨身碟。

「我們應該看看照片嗎？」他問。

「最好是看一下。」卡門的口氣跟他一樣很不起勁。愛麗思．羅素在荒林中的陳屍處。公園管理人員終於可以停止搜索了，只不過不是他們兩人期望的結果。

佛柯打開自己房門的鎖，背包放在地板上，一一拿出裡頭的東西，最後終於抽出他的筆記型電腦。卡門坐在床上看著。

「你還帶著你爸的地圖。」她說，看著他把那疊地圖放在她旁邊的床單上。

「是啊。我回家待的時間太短了，沒空把用不上的東西拿出來。」

「沒錯，我也一樣。我想接下來我們很快就能回家了。面對工作上的現實吧，現在愛麗思找到了。上頭還是會跟我們要那些合約的。」卡門的口氣對於未來很不樂觀。「總之——」她往旁邊移動，騰出空間，同時佛柯打開他的筆電。「我們來把這件事處理掉吧。」

佛柯把記憶卡插進去，兩人並肩而坐，他打開裡頭的照片集。

愛麗思的背包照片充滿螢幕。遠景照顯示出背包靠著一棵樹幹底部放著，那布料在一大片晦暗的綠色和褐色的背景下非常突兀。特寫照則確認了佛柯之前在雜木荒林裡的第一印象：那背包被雨淋溼了，但是除此之外毫無破損，也沒被打開。它放在那裡的模樣有點令人不安，像是靜待著主人來拿——但是她永遠不會回來了。佛柯和卡門不慌不忙，從各種可能的角度看過那些背包的照片，接著就換下一批。

濃密的樹林保護了愛麗思．羅素的屍體，躲過了最惡劣的風雨摧殘，但是大自然還是產生了影響。她平躺在一片茂盛的林下草叢上，雙腿伸直，雙臂垂放在身側。那裡離小徑不到二十公尺，但是從照片看來，除非是在近距離，否則根本看不到。

她的頭髮亂糟糟，臉上的肌肉鬆弛。除此之外，她幾乎就像是在睡覺。幾乎。早在警察之前許久，動物和鳥類就已經發現這具屍體了。

雜木荒林就像一片海浪般淹沒了愛麗思。樹葉、細枝、樹林碎屑黏在她的頭髮和衣褶間。一個看似歷經長途旅行的破爛塑膠袋，壓在她的一條腿下頭。

佛柯正要接著看下一張，忽然停下來。是什麼不對勁？他眼睛又仔細看了那張照片一次。是關於愛麗思躺著、四肢張開、身上散布著垃圾的那個模樣。一個想法困擾著他，但是當他想伸手抓住時，卻又迅速飛逝而去。

佛柯回想著他和卡門所認識的愛麗思。她的名牌口紅和傲慢的表情都已消失，身體在林地上看起來像一具空殼。她看起來好脆弱，而且非常孤單。佛柯希望瑪歌．羅素永遠不會看到這些照片。即使是死了，愛麗思跟她女兒的相似度還是非常顯著。

他們一張張看下去，直到螢幕變成空白，看完了。「好吧，這些照片大概就像我預期的那麼糟糕。」卡門低聲說。

窗子被風吹得嘩啦響，她往後靠坐，一手放在床單上的那疊地圖上。她拿起最上頭一份，打開來瀏覽。

「你應該利用這些地圖。」她口氣哀傷地說。「這整件事至少應該留下一點好處。」

「是啊，我知道。」佛柯翻著那堆地圖，找出了紀勒蘭嶺的那份。

他把地圖攤平了，尋找北方路，發現那條路穿越一片沒有標示的濃密荒林。他大致猜測著那棟小木屋的位置，然後推測出愛麗思・羅素被發現的地方。

整個區域都沒有鉛筆記號，也沒有他父親寫的字或註記。佛柯不太確定自己期望能找到什麼，但是無論如何，反正都沒找到。他父親從來沒去過那一帶，紙上只有一片印刷出來的圖案。

他嘆了口氣，在地圖上找到了鏡子瀑布步道。那裡的鉛筆註記還很清楚，他父親潦草難認的字跡寫在發黃的紙上。夏季步道。小心落石。乾淨水源。他還勤奮地更正了地圖上的狀況。一個觀景點被他改為關閉，然後又開放，又反覆多畫了幾圈，加上幾個字：常有危險。

佛柯看著那些字良久，自己也不確定是為什麼。有個什麼在他意識深處閃現。他正要去拿筆電，卡門忽然抬起頭。

「他喜歡這個區域，」她說，手裡拿著一張地圖。「這張上頭他做了好多記號。」

佛柯立刻認出那個地名。「那是我長大的地方。」

「真的？哇。你之前講的不是開玩笑，這裡真的是很偏僻。」卡門又湊近些看。「所以你們搬家之前，兩父子會一起在那邊健行？」

佛柯搖頭。「我不記得有。我甚至不確定他當時常獨自出去健行。他在農場裡很忙，大概新鮮空氣已經吸夠了。」

「根據這張地圖，你們似乎一起去健行過，至少一次。」卡門把地圖遞過來，一根指尖指著艾瑞克・佛柯的筆跡。

與阿倫。

這幾個字寫在一條夏日步道旁。佛柯從來沒走完全程，但是他知道通到哪裡。那條步道沿著牲畜圍場邊界延伸，他常在上頭奔跑發洩精力，同時他父親則在農場裡工作；靠近河邊他父親教他釣魚的地方；步道中途有一道籬笆，三歲的阿倫那年夏天坐在他父親雙肩上大笑的照片，就是在那裡拍的。

與阿倫。

「我們沒有——」佛柯覺得雙眼沉重而發熱。「我們其實沒有真的一起走過那條步道。至少沒有走完過全程。」

「唔，或許他想要。還有其他步道也是這樣。」卡門一直在檢視那堆地圖。她又遞給他兩份，指出上面手寫的註記。接著又有五份。

幾乎每一張地圖上，隨著年歲而褪淡、模糊的筆跡寫著：與阿倫。與阿倫。挑出一條又一條父子要一起去征服的路線。他父親，表面總是拒絕溝通；但是地圖上的字卻表明他的願望並非如此。

佛柯往後靠著床頭板。然後發現卡門在觀察他，於是搖搖頭。他覺得自己可能講不出話來了。

她伸手放在他的手上。「阿倫，沒關係。我相信他知道的。」

阿倫吞嚥著。「我不認為他知道。」

「他知道的。」卡門微笑。「他當然知道。父母和子女天生就彼此相愛。他知道的。」

佛柯看著那些地圖。「他比我善於表達。」

「唔，或許吧。但是你也不是頭一個。我認為父母通常愛子女勝於子女愛他們。」

「或許吧。」佛柯想著莎拉．桑登堡的父母，還有他們為了女兒歷經的悲慟。之前金恩說過什麼來著？千萬別低估你會為子女做到什麼地步。

又有個什麼在佛柯的思緒邊緣蠢動起來。他眨眨眼。那是什麼？他試著抓住，但是那個想法掙扎著又要消失。放在卡門旁邊的筆電還打開著，螢幕上還是隨身碟裡的照片集。

「我再看一次。」佛柯把筆電拉過來，把愛麗思的照片從頭看一次，這一次更仔細。有個小細節困擾著他，但是他說不上來是什麼。他看著她蠟黃的皮膚，微微鬆開的下巴。那張袒露的臉幾乎是輕鬆，而且說來奇怪，整個人看起來比較年輕了。外頭風聲呼號，忽然間聽起來很像瑪歌．羅素的慟哭。

他繼續找。看著愛麗思破裂的指甲、骯髒的手、纏結的頭髮。她周圍到處都是森林碎屑和垃圾。他又感覺到有個什麼在心底閃現。佛柯停在最後一張照片，湊近了看。一個舊塑膠袋壓在她一條腿下。靠近她頭髮處有半片髒兮兮的食物包裝紙。他把照片放大。

一截扯斷的紅銀兩色線，卡在她的夾克拉鍊上。

他看著那截斷掉的線，思緒邊緣閃現的火光漲大成火焰。忽然間，他想的不是愛麗思或瑪歌，而是另一個女孩，脆弱得不堪一擊，手指堅持編織著紅色和銀色的線。一條線卡在拉鍊上。一隻光裸的手腕。那女孩凹陷雙眼裡的愁容。還有他母親眼中的內疚。

第四天：星期天凌晨

「愛麗思。」蘿倫注視著另一個女人。「你剛剛在跟誰講話？」

「啊老天。」愛麗思一手放在胸口，那張臉在黑暗中一片蒼白。「你嚇死我了。」

「手機有訊號嗎？你跟誰通上話了？」蘿倫伸手要拿手機，但是愛麗思躲開了。

「訊號太弱了。我不認為他們聽得到我講話。」

「打000。」蘿倫又伸手要搶手機。

愛麗思後退。「我打了。一直斷掉。」

「狗屎。所以你剛剛是在跟誰講話？」

「是語音信箱。我不認為接通了。」

「那到底是誰？」

「你不認識的。只是有關瑪歌的。」

蘿倫一直盯著愛麗思，直到愛麗思肯看她的眼睛。

「幹嘛？」愛麗思厲聲說，「我跟你說過了，我已經試過000了。」

「現在沒有訊號，電也快用完了。我們得節省著用。」

「我知道。但是這件事很重要。」

「信不信由你，有些事情比你的寶貝女兒更重要。」

愛麗思沒說話，但是手機更貼近身體了。

「好吧。」蘿倫逼自己深吸一口氣。「總之，你是怎麼拿到手機，卻沒吵醒吉兒的？」

愛麗思差點失笑。「那個女人昨天雷雨交加還不是照睡不誤，不太可能因為你去拿她的夾克而驚醒的。」

蘿倫相信，吉兒似乎一直比其他人睡得沉。她往下看著愛麗思的另一手。「你還拿了貝絲的手電筒。」

「因為我需要。」

「我們還能用的手電筒就只剩這支了。」

「所以我才需要。」愛麗思又不肯看她的眼睛了。手電筒的光在昏暗裡急速上下擺動著，小徑的其他地方都是一片黑暗。

蘿倫看得到愛麗思的背包靠著一塊石頭，準備好要隨時離開。她又深吸一口氣。「聽我說。我們得去叫其他人過來。她們會想知道訊號的事情。我不會告訴她們你正要離開。」

愛麗思什麼都沒說，只是把手機塞進牛仔褲的口袋裡。

「愛麗思，天啊，你不會真的還考慮要離開吧？」

愛麗思彎腰拿起背包，揹在一邊肩膀上。蘿倫抓住她的手臂。

「放開我。」愛麗思甩掉對方的手。

「你自己一個人不安全。而且現在手機收得到訊號了。這樣會有助於讓外界找到我們。」

「不會的。訊號太弱了。」

「至少有訊號！愛麗思，這是我們幾天以來最好的機會。」

「小聲一點，好嗎？聽著，我沒辦法在這邊等到有人來找到我們。」

「為什麼？」

愛麗思沒回答。

「老天在上。」蘿倫設法冷靜下來。她可以感覺到自己心臟跳得好厲害。「你一個人要怎麼走出去？」

「往北，就像我們昨天該做的。你知道這個方法有用的，蘿倫，但是你不肯承認，因為你根本不想嘗試。」

「不。我不想往北走，是因為不安全。尤其是你自己一個人，根本是在盲目亂走，你連羅盤都沒有。」蘿倫摸著她外套口袋裡的那個塑膠圓盤。

「如果你那麼擔心，那可以把羅盤給我。」

「不，」蘿倫的手握住羅盤。「休想。」

「我也猜到是這樣。總之，我們知道這條步道是往北的，我反正會想出辦法。我在麥艾萊斯特營地做過。」

該死的麥艾萊斯特。一聽到那營地的名字，蘿倫就覺得胸口發緊，心跳也稍微加速一點。三十年前，她們在那個荒涼的營地，就像現在這樣，整組人盡可能聚集在一起，進行信任挑戰。當時想家、悲傷的蘿倫被蒙住眼睛，當愛麗思堅定的手握住她的手臂，在她耳邊開口時，她整個人鬆了一口大氣。

「我扶住你了。往這邊走。」

「謝謝。」

愛麗思引導，蘿倫跟從。周圍傳來腳步聲，還有一個咯咯笑聲。接著愛麗思的聲音又在她耳邊響起，低聲警告著：「小心。」

她手臂上那隻指引的手抬起，忽然間輕得像空氣，然後消失了。蘿倫伸出手，茫然無措，她一腳絆到面前的一個東西，感覺到那種在空中墜落的作嘔感。唯一的聲音是遠處一個搗住嘴的笑聲。

她落地時右手腕骨折了。她很慶幸。這表示當她揭開眼罩、看到暮色中四周只有濃密的雜木荒林、只剩自己一個人時，她眼中的淚水有了藉口。其實也沒差。直到四個小時後，其他女孩才回來找到她。當她們終於出現時，愛麗思一直在笑。

「我跟你說過要小心的。」

29

佛柯瞪著螢幕上局部放大的影像，上頭是愛麗思．羅素夾克的拉鍊，卡著一條紅銀兩色線，然後他把螢幕轉向卡門。她眨眨眼。

「狗屎。」她說，一手翻找著自己夾克的口袋，掏出麗貝卡編織的那條友誼手環。上頭的銀色線在燈光下發亮。

「我知道蘿倫說她搞丟了她那條，但是她真的戴去了嗎？」

佛柯抓起自己的夾克翻找，找出之前在接待櫃檯拿的那張尋人傳單。他撫平了那張皺巴巴的紙，沒理會愛麗思微笑的臉部特寫照片，而是專注在五個女人的最後一張合照。

她們站在鏡子瀑布步道入口，愛麗思在微笑，手臂攬著蘿倫的腰部。蘿倫一隻手臂環著愛麗思的肩膀。只是輕輕搭著、沒有緊抱，佛柯這回湊得更近細看，心中想著。在蘿倫夾克袖子的邊緣，有一條清楚的紅色編織帶環繞著手腕。

卡門已經去拿房間裡的有線電話，打給金恩警佐。她聽了一會兒，然後搖搖頭。沒人接。她撥到接待櫃檯。等她查到房間號碼時，佛柯已經穿上夾克。他們兩人走出門，來到住宿區的另一端。傍晚的太陽已經落到樹頂之下，黑暗從東方悄悄逼近。

他們來到蘿倫的房間外，佛柯敲門。他們等著。沒人應。他又敲，然後試轉了一下門把。門盪開了，房間裡面沒人。他看著卡門。

「或許在接待小屋？」他說。

佛柯猶豫著，然後朝她後頭看了一眼。鏡子瀑布步道的入口一片空蕩，木牌在漸暗的天色中幾乎看不見。卡門沿著他的視線望去，看穿了他的心思，頓時一臉警覺。

「你過去看看，」她說，「我去找金恩，隨後趕過去。」

「好。」

佛柯急步走過碎石車道，來到稍微低一些的泥土步道入口。周圍沒有其他人，但是他看得到腳下的靴印。他走進步道。

他想的是對的嗎？不曉得。然後他又想到那個瘦女孩和紅線還有她母親光裸的手腕。

千萬別低估你會為子女做到什麼地步。

佛柯的腳步愈來愈快，最後，隨著鏡子瀑布的水聲在耳邊愈來愈響，他開始奔跑起來。

第四天：星期天凌晨

「我有辦法找到出去的路。我在麥艾萊斯特營地做過。」

蘿倫望著愛麗思。「你在麥艾萊斯特營地做過很多事。」

「啊老天，蘿倫，別又來了。當時發生的事情我已經道歉過了，還那麼多次。」愛麗思轉身。「聽我說，對不起，但是我得離開了。」

蘿倫伸手，這回抓到愛麗思的夾克。

「你不能帶著手機走。」

「可以，這是我的手機。」愛麗思把她推開，蘿倫往後稍微踉蹌。周圍高高的樹影似乎搖晃起來，蘿倫看著愛麗思轉身離開，忽然感覺到一陣強烈的憤怒。

「不要走。」

「老天在上，」愛麗思這次沒有回頭。蘿倫又往前撲，感覺到腳下有點不穩。她一手抓住愛麗思的背包，把她往回扯。「不要丟下我們。」

「天啊。別這麼可悲。」

「嘿！」蘿倫覺得胸中有個什麼湧起且爆開來。「不准你這樣跟我說話。」

「很好。」愛麗思一隻手揮動。「聽我說，如果你想的話，就跟我走吧。或者留下，等到你終於明白他們不會來找你再走。我不在乎。但是我得走了。」

她設法想拉回背包，但是這回蘿倫抓緊不放。

「不行。」蘿倫的手因為用力緊抓而發痛，覺得有點暈眩。「就這麼一次，愛麗思，你想想別人，不要只顧自己吧。」

「我就是在想別人！我得為瑪歌趕回去。聽我說，她出事了，而且——」

「而且上帝不允許任何事煩擾你的寶貝瑪歌。」蘿倫打斷她。她聽到自己笑出聲。在夜裡聽起來好奇怪。「我不曉得誰比較自我中心，是她還是你。」

「你說什麼？」

「別假裝你聽不懂我的意思。她跟你一樣壞。你假裝為了自己當年在學校、還有現在的行為而抱歉，但是你養出來的女兒跟你的行為一模一樣。你希望她追隨你的腳步？那麼你絕對達到目的了。」

愛麗思冷笑一聲。「哦，真的？好吧，真巧，蘿倫。這種事情你很清楚的。」

蘿倫頓了一下。「什麼——？」蘿倫張嘴，但是剩下的話說不出來了。

「算了吧。只不過——」愛麗思壓低聲音。「只不過不要扯上瑪歌。她沒做錯任何事。」

「是嗎？」

愛麗思沒回答。

蘿倫望著她。「你知道她也參與了，愛麗思。」

「什麼？你是說有關麗貝卡的問題？事情全都解決了，你很清楚的。校方調查過，要為那些照片負責的女生都被停學了。」

「只有校方能查出證據的那幾個。你以為我不曉得那些女生都是瑪歌那個小圈圈的？瑪歌也參與了，毫無疑問。她八成還是主謀。」

「如果真的是這樣，校方應該會說的。」

「真的？會嗎？今年你多捐給學校多少錢，愛麗思？要買通校方放過瑪歌，代價有多大？」

沒有回答。樹林裡傳來一陣窸窣聲。

「是啊，我想也是。」蘿倫顫抖得好厲害，幾乎無法呼吸。

「嘿，我一直盡力在幫你，蘿倫。一開始不是我推薦你得到這份工作的嗎？而且你分心照顧家裡、忙不過來的時候——最近有多少次了？——我不是一直在掩護你嗎？」

「因為你覺得內疚。」

「因為我們是朋友！」

蘿倫望著她。「不，我們不是朋友。」

愛麗思一時之間沒說什麼。「好吧，聽我說，我們心情都很亂，這幾天真的很辛苦。我也知道麗貝卡的一切有多麼煎熬，對你們兩個都是。」

「你不知道。你根本無法想像那是什麼樣子。」

「蘿倫，我可以想像。」愛麗思的雙眼在月光下發亮。她吞嚥著。「聽我說，顯然可能有一些瑪歌的照片，所以——」

「所以怎樣？」

「所以我得趕回去——」

「現在被拍的是你女兒，而不是我的，你期望我在乎？」

「天啊，蘿倫，拜託。你女兒在那些蠢照片流傳出去之前，早就已經很悲慘了。」

「不，她才沒有——」

「她有！她當然就是有！」愛麗思的聲音是一種急切的耳語。「你想把麗貝卡的問題怪到某一個人頭上，那何不好好看看你自己？我說真的。你看不出她那些毛病是從哪裡得來的嗎？」

蘿倫聽得到耳中血液奔流。愛麗思站得很近，但是她的話遙遠而微弱。

「看不出？」愛麗思瞪著她。「你需要提示？她十六年來都看著你被人欺負，隨便讓別人踐踏。你從來沒對自己滿意過，多年來過度節食，我敢說你從來沒教過她要去勇敢對抗任何人。你還搞不懂自己為什麼老是得到不公平待遇嗎？你在學校的時候就是自找的，現在你又讓這個狀況重演。要是你肯幫忙，我們全都可以走出這裡，但是你害怕得不敢信任自己。」

「我沒有！」

「你就是有。你實在太軟弱了——」

「我沒有！」

「如果你看不出你對你女兒造成的損害，那你這個媽媽當得比我原來以為的還糟糕。而且老實說，我本來就以為你一塌糊塗了。」

蘿倫耳裡的心跳聲好大，幾乎聽不見自己的話了。

「不，愛麗思。我改變了。你才是完全沒改變的人。你在學校就是個賤貨，現在還更嚴重了。」

愛麗思大笑一聲。「你是在欺騙自己。你沒有改變。你生來就是這樣，那就是你的天性。」

「麗貝卡沒有——」一股自責的淚意迅速湧上來，蘿倫差點哽咽了。她狠狠嚥下去。「她的問題很複雜。」

「你付給你的心理治療師多少錢，讓你相信這些鬼話？」愛麗思譏嘲道。「沒那麼複雜，世界就是這樣，不是嗎？你以為我不知道我女兒可能是個心機很深的小賤貨？所以很有攻擊性、愛操弄別人，等等等？我不是瞎子，我看得出她是個什麼樣的人。」

愛麗思湊近，雙頰發紅。儘管天氣很冷，但是她在流汗，額頭黏著一撮頭髮。她雙眼含淚。

「而且天曉得，她做了一些很蠢、很蠢的事情。但是至少我願意承認。我可以舉起手，承認我也有責任。你想浪費幾千元，查出你女兒為什麼生病，不吃飯又哀傷，蘿倫？」兩人的臉湊得好近，呼出來的白氣都混在一起了。「把錢省下來，去買一面鏡子吧。她是你造就的。你認為我女兒就跟我一樣？你的女兒就跟你一樣。」

30

腳下的步道又滑又溼。佛柯盡全力奔跑，胸口起伏著，小徑旁蔓生的樹枝刮過他身上。雷鳴般的流水聲愈來愈近，他衝出林際線，喘著氣，皮膚上的汗水已經變得又冷又黏。

一片水幕轟然往下落。他呼吸急促，逼自己停下來仔細看，在消退的天光中瞇著眼睛。什麼都沒有，瀑布的觀景處空蕩無人。他暗自詛咒自己想錯了。或者太遲了，一個聲音在他腦海裡低語。

他朝木橋走了一步，接著又一步，然後站住。

她坐在鏡子瀑布頂端突出的岩石上，襯著後頭那片陡峭的背景，幾乎看不見。她雙腿懸垂在岩石邊緣外，低著頭注視著下方池中洶湧的白色水花。

蘿倫坐在那裡，哀傷而顫抖，而且非常孤單。

第四天：星期天凌晨

你的女兒就跟你一樣。

那些話仍在空氣中迴盪，蘿倫就狠狠朝愛麗思撲過去。這個動作連蘿倫自己都很意外，她的身體撞上了愛麗思的，兩人踉蹌著，手臂揮舞，雙手亂抓。幾根指甲劃過蘿倫的手腕，她感覺到一陣疼痛。

「你這個賤貨。」蘿倫覺得喉嚨又熱又緊，聲音模糊不清，兩人扭打著一起往後倒，撞上小徑側邊一塊大石頭。

一個啪噠聲迴盪在空氣裡，蘿倫摔到地上，覺得自己肺裡的空氣都被搾光了。她喘著氣翻身，感覺到崎嶇的小徑扎著她的背部，耳邊依然聽到心臟狂跳。

在她旁邊，愛麗思輕輕呻吟。她一隻手臂壓著蘿倫的，躺得很近，蘿倫可以感覺到她衣服裡面傳出來的熱度。她的背包倒在她旁邊。

「放開我。」蘿倫把她推開。「你滿嘴屁話。」

愛麗思沒回答；她躺在那裡，四肢鬆弛。

蘿倫坐起身，想要深吸一口氣。她的腎上腺素迅速退去，留下顫抖與寒冷。她往下看了一眼，愛麗思還是仰天躺著，注視天空，眼皮顫動，雙唇微張。她又呻吟了，抬起一隻手去摸後腦。蘿倫望著小徑旁那塊大石頭。

「怎麼了？你撞到頭了？」

沒有回答。愛麗思眨著眼，緩緩閉上又打開。手摸著自己的頭。

「要命。」蘿倫還是覺得很生氣，但是現在減弱了，被一股悔恨壓下。愛麗思或許太過分了，但她自己也是。兩人都又累又餓，她一時忍不住。「你還好嗎？我來──」

蘿倫站起來，雙手插入愛麗思的腋下，拉著她呈坐姿。她把愛麗思的頭撐靠在那塊大石頭上，背包放在她旁邊。愛麗思緩緩眨著眼，眼皮垂下，兩手放在膝上，雙眼失焦。蘿倫查看一下她的後腦，沒有血。

「你沒事的。你沒流血，大概只是一時頭昏。等一下就好了。」

沒有回答。

蘿倫一手放在愛麗思的胸口查探。就像麗貝卡嬰兒時期那樣，她凌晨時分站在嬰兒床邊的黑暗中，那種母女的緊密聯繫讓她哽咽，責任感的重量壓得她顫抖。你還在呼吸嗎？你還活著嗎？現在，當蘿倫憋住氣息，她感覺到愛麗思的胸部在她掌下微微起伏，於是鬆了一口大氣。

「天啊。愛麗思。」蘿倫站起來，後退一步。接下來怎麼辦？她忽然覺得非常孤單，非常害怕。發生的這一切讓她累壞了，累得沒辦法再吵架了。

「聽我說。你想怎樣就怎樣吧，愛麗思。我不會叫醒其他人。我不會跟她們說我看到你了，只要你也不說──」她停下。「我剛剛只是一時失去理智。」

沒有回應。隔著半睜的眼皮，愛麗思注視著前方的地面。她眨了一下眼睛，胸部隆起，然後緩緩落下。

「我要回小木屋了。你也應該回去。別跑掉了。」

愛麗思的嘴唇微微動了一下，喉嚨深處發出一個小小的聲音。蘿倫好奇地湊近了。又一聲，幾乎像是呻吟。但是在四周樹林的風聲、在她耳裡的轟然心跳，還有她腦袋的抽痛中，蘿倫很確定她知道愛麗思想跟她說什麼。

「沒關係。」蘿倫轉身。「我也很抱歉。」

她幾乎不記得自己是怎麼回到小木屋的。在屋裡，三具身軀躺著不動，輕輕呼吸著。蘿倫找到自己的睡袋，爬進去。她在發抖，而且當她躺下時，一切似乎都在旋轉。她胸口彷彿有一團硬硬的球，壓得她發痛。不光是憤怒，蘿倫心想。也不是悲傷。而是別的。

內疚。

那個字眼往上爬，像膽汁般染遍她的喉嚨。蘿倫努力把它往下壓。

她的眼皮好沉重，整個人好疲倦。她盡可能留心聽著，但是沒有愛麗思隨後進來的聲音。最後，她筋疲力盡了，只好放棄。就在即將沉睡之際，她明白了兩件事。第一，她忘了拿走手機；第二，她的右手腕空蕩蕩的，她女兒幫她做的那個友誼手環不見了。

31

佛柯爬過欄杆，來到岩石表面上，覺得腳下滑溜得像是結了冰。他犯了個錯：往下看了一眼。頓時感覺整個人跟著腳下的岩石搖晃。他抓住欄杆，試著望向遠方，直到那個感覺過去。在逐漸昏暗的天空下，樹頂的輪廓模糊不清，他也實在很難辨認腳下岩石的邊緣在哪裡。

「蘿倫！」佛柯在轟隆水聲中盡可能柔聲喊道。

她聽到自己的名字，瑟縮了一下，但是沒抬頭。她只穿著薄薄的長袖上衣，以及之前的那件長褲。沒穿夾克。她的頭髮被水花濺溼了，貼在腦袋上。即使在漸暗的暮色中，仍看得出她的臉色發青。佛柯很好奇她冰冷又潮溼地坐在那裡多久了，有可能超過一小時。他很擔心她會累垮而摔下去。

他回頭朝步道看了一眼，不確定該怎麼做。步道依然是空的。蘿倫離岩石邊緣好近，光是看著她就令人暈眩。他深吸一口氣，開始小心翼翼地走過岩石。至少現在烏雲散開了。在暮光中，早升的蒼白月亮發出些許銀光。

「蘿倫。」他又喊了一次。

「你離得夠近了。」

他停住，冒險往下看了一眼，只能從下落的洶湧水花中勉強看到瀑布底在哪裡。他設法回想卻斯第一天說過的話，瀑布高度大約十五公尺。卻斯還說了什麼？致死原因不是墜落，而是那種衝擊和冰冷的水溫。蘿倫已經抖得很厲害了。

「聽我說，」佛柯開口了。「這裡太冷了。我把我的夾克丟給你，好嗎？」

她沒立刻反應，然後木然地點頭。他認為這是個好跡象。

「來吧。」他拉開夾克的拉鍊，脫下來，身上只剩一件套頭毛衣。瀑布的水花立刻沾在毛衣上，沒多久就潮溼了。他把夾克拋給蘿倫，結果相當準，落在蘿倫旁邊很近的地方。她的目光慢吞吞從瀑布轉向毛衣，但是沒動手去拿。

「如果你不想穿，那就扔回來給我吧。」佛柯說，他的牙齒已經在打顫了。蘿倫猶豫了一下，然後把夾克披在身上。他認為這是另一個好跡象。那夾克罩住了她小小的身軀。

「愛麗思真的死了？」隔著滔滔水聲，她的聲音小得幾乎聽不見。

「是啊。我很遺憾。」

「那天早上，我回到小徑，發現她不見了，我還以為——」蘿倫還是抖得好厲害，講話都變得很困難。「我還以為最後只有她會走出去。」

第四天：星期天上午

布莉不確定是什麼吵醒自己的。她吃力地睜開眼睛，看到了黎明的冰冷灰光開始出現。小木屋窗子透進來的光很微弱，房間裡大部分還是籠罩在模糊的黑暗中。她聽得到四周輕柔的呼吸聲，其他人還沒起床。很好。她默默嘆息，想試著再睡。但是堅硬的地面抵著她的背部，而且她的膀胱發痛。

她翻身側躺，看到了旁邊地板上的血濺痕。蘿倫的，她記得。她厭惡地把睡袋裡的腳蜷縮起來，又回想起前一夜的爭吵，這回的嘆息發出聲音了。她一手摀住嘴，躺著不敢動。她想盡量拖到最後一刻，再去面對其他人。

布莉溜出睡袋，穿上靴子和夾克，躡手躡腳走到門邊。地板的嘎吱聲搞得她皺起臉，然後她來到外頭冰冷的早晨空氣中。關上門時，她感覺到身後的空地有腳步聲，嚇了一跳，差點尖叫。

「噓——別吵醒其他人。」貝絲的耳語。「是我。」

「老天，你嚇死我了。我以為你還在裡頭。」布莉確定門關好了，然後朝空地走了幾步。

「你這麼早起來做什麼？」

「跟你一樣吧。」貝絲朝那間戶外廁所點了個頭。

「喔，好吧。」

接下來有一段尷尬的沉默，前一夜的回憶還陰魂不散地糾纏著她們。

「聽我說，有關昨天晚上——」貝絲低聲說。

「我不想談——」

「我知道，但是我們非談不可。」貝絲的聲音很堅定。「聽我說，我知道我給你惹了一堆麻煩，但是我會彌補的——」

「不，貝絲，拜託。別提了吧。」

「不，我沒辦法。愛麗思太過分了，她威脅了你，不能就這樣算了。尤其你一直替她工作得這麼賣力。她不能這樣欺負人，還以為別人不會反擊。」

「貝絲——」

「相信我。你一直在幫我，幫了一輩子。這回幫你，是我起碼可以做的。」

布莉以前聽過這類話。失敗了總是有各種理由，她心想，然後立刻覺得自己太刻薄了。她妹妹正在努力。這一點該肯定她，她總是在努力。布莉吞嚥了一口。

「好吧。唔，謝了。但是別把事情搞得更糟糕了。」

貝絲朝雜木荒林揮了一下手，扯著一邊嘴角半露微笑。「還能更糟糕嗎？」

布莉不確定是誰先主動的，但是接著她感覺到自己的雙臂環抱著妹妹，是好幾年來的第一次。狀況有點尷尬，以往曾經那麼熟悉的身體，現在感覺卻截然不同了。等到她們放開彼此，貝絲在微笑。

「一切都會好轉的，」她說，「我保證。」

布莉看著妹妹悄悄走進小木屋，還能感覺到貝絲身體剛剛緊靠著她的餘溫。

她沒理會那間戶外廁所——她絕對不要進去——而是繞過小木屋側面，然後看到那個可怕的狗墳，猛然停下來。她都差點忘了這個地方。布莉別開臉，徑直走過狗墳旁邊，來到小木屋背面。她經過長草，走向樹林中的那條小徑，直到狗墳完全看不見了。正要解開長褲拉鍊時，她忽然聽到一個聲音。

那是什麼？一隻鳥？聲音來自她背後的小徑，尖而細，那種人工的音質刺穿了清晨的沉寂。布莉憋住氣，竭力傾聽著。不是鳥，布莉認出來了。她轉向聲音的來處，沿著小徑奔跑，差點在凹凸不平的地面上跌倒。

愛麗思坐在地上，身體往後靠著一塊大石頭，雙腳在面前張開。一綹綹金髮在微風中飛揚。她的雙眼緊閉，頭稍微後仰，彷彿正在享受著不存在的陽光。而且她牛仔褲的一邊口袋正在發出鈴聲。

布莉跪下去。

「愛麗思，手機。快點！你的手機在響！」

她看到那手機抵著愛麗思的大腿。螢幕摔破了，但是正在發亮。布莉抓了手機拔出來，雙手顫抖得好厲害，幾乎掉下去。手機在她手裡繼續響，尖銳而持續。

在摔破的螢幕上，亮出了來電者名字。是兩個字母縮寫：A．F．。

布莉不曉得是誰，也不在乎。她手指僵硬地戳著接聽鍵，匆忙間差點沒按到，連忙把手機湊到耳邊。

「喂？啊老天，拜託。你聽得到嗎？」

沒有聲音，連靜電雜音都沒有。

「拜託。」

她拿離耳邊。螢幕一片黑。剛剛的來電者名字消失了。沒電了。

布莉搖搖手機，冒汗的雙手溼滑。沒有反應。她按了手機開關，然後又一次，再一次。螢幕還是一片漆黑。

「不！」

希望像是一條地毯從她腳下被抽走，布莉忽然覺得反胃。她轉身把膽汁吐到草叢裡，感覺到淚水刺痛雙眼，失望緊壓在胸口。為什麼愛麗思不早點接這通該死的電話？說不定還有足夠的電力接一通電話求救的。這個愚蠢的賤貨到底在想什麼？就這樣讓電話響個不停，浪費電力。

嘔吐和憤怒害得布莉喉嚨灼痛，直到她轉頭要質問，這才發現愛麗思還以同樣的姿勢坐在那裡，往後靠著大石頭，一動也不動。

「愛麗思？」

沒有任何回應。愛麗思四肢放鬆的模樣現在看起來軟趴趴的，像木偶。她的背部角度也很奇怪，腦袋懶洋洋地往後垮。她看起來不是平靜，而是呆滯。

「該死。愛麗思？」

布莉原以為愛麗思的眼睛是閉著的，但是這會兒她看到有點張開。兩道白白的小縫往上對著灰色的天空。

「你聽得到嗎？」布莉心跳得好厲害，幾乎聽不到自己的聲音。

愛麗思沒動，也沒回應。布莉覺得腦袋發暈，好想坐在愛麗思旁邊，完全不動，然後消失。

愛麗思微開的眼縫繼續往上看著，直到布莉再也受不了。她往旁邊走了一步，免得還要看到她的臉。愛麗思的後腦看起來有點奇怪，布莉彎身湊近看。沒有血，但是她金髮分邊處底下的頭皮看起來斑駁發紫。

她差點漏掉了嵌在愛麗思和石頭底部之間的那個東西，幾乎被愛麗思的下背部完全遮住了，只有末端露出來。是圓柱形的，有金屬的閃光。布莉瞪著看，感覺上好像看了好久。她不想去碰，她不想承認自己認得出那是什麼，但是她已經知道自己不能丟著不管。

最後，布莉終於逼自己蹲下去，用手指把那工業金屬手電筒拉出來。她知道側邊刻了什麼字，但是在晨光中看到那個發亮的名字，還是令她很震驚。貝絲。

愛麗思太過分了，她威脅了你，不能就這樣算了。

出於本能，布莉手臂往後一拉，然後對著前方丟出去，那個手電筒旋轉著落進林下灌木叢裡。砰地一聲，手電筒撞到個什麼，然後不見了。布莉的手刺痛，她在牛仔褲上擦了擦。又朝那手掌啐了一口，再擦。然後她轉頭看了愛麗思一眼。還是坐著，還是沉默無語。

布莉心中打開了兩扇門，然後一搖頭，她關上一扇。現在那種糊塗的感覺沒了，她的腦袋忽然變得非常清楚。她得開始行動。

布莉往後看著小徑，暫時還一片空蕩。她不確定自己在這裡多久了。有其他人聽到電話鈴響嗎？她傾聽著，沒聽到任何動靜，但是其他人就算還沒醒，也很快就會醒了。

她先處理背包。這個比較簡單，她又檢查一下手機，確定沒電了，把手機放進背包側邊的袋子，抓起背帶，走進林下灌木叢裡，直到她看不見小徑為止，然後將背包豎放在一棵樹後頭。放好之後，她站起來，有那麼恐怖的一刻，她不記得剛剛那條小徑的方向了。

布莉僵在那裡，做幾個深呼吸，逼自己冷靜下來。「別慌張。」她低聲說。她知道該朝哪個方向走的。她又深吸最後一口氣，然後逼自己朝著之前過來的方向直走，穿過長草和樹木，愈走愈快，直到她可以看到靠著石頭而坐的愛麗思。

看到她的後腦勺時，布莉差點停下來，望著那金髮在風中飛起，望著那可怕的靜止。布莉的脈搏好快，她覺得自己可能要暈過去了。她逼自己跑完最後幾步，然後趁自己改變心意前，她雙手勾住愛麗思的腋下，往後拖。

她倒退著走，拖著愛麗思深入林下灌木叢。風繞著她旋轉，在她走過之處撒下樹葉和垃圾，彷彿她從來沒經過。布莉一直拖，直到她雙臂發痛、胸口灼痛，直到突然間她踉蹌著跌倒了。

愛麗思的屍體落地，仰天躺著。布莉重重地跌坐在一棵枯樹的殘幹上。她的雙眼盈滿熱淚和憤怒。片刻間，她想著自己是不是在為愛麗思而哭。但是她知道不是。總之不會是此時。在那一刻，她的眼淚只是為自己，還有她妹妹，以及她們怎麼會落到今天這步田地。

彷彿她的心還不夠痛，這會兒布莉才感覺到手臂的一股刺痛。

32

有個什麼吸引了佛柯的視線。

在遠遠的下方，瀑布底部，他看到一件反光外套上頭的發亮條紋，有個人走出樹林，那步態很熟悉，是卡門。她站在瀑布底部，佛柯看到她往上抬起頭，尋找著他們。天色太暗了，沒辦法看清她的臉，但是過了一會兒，她舉起一隻手臂。*我看到你們了*。她周圍有幾名警察，緩緩移動著到各個位置，設法不要引起他們的注意。

蘿倫似乎渾然不覺，於是佛柯很慶幸。她希望她的注意力盡可能遠離墜落瀑布這件事。隔著轟隆水聲，佛柯聽到木橋上傳來的腳步。蘿倫一定也聽到了，因為她轉頭望向木橋。金恩警佐出現了，旁邊有另外兩名警察。金恩沒走近，但是把無線電舉到嘴邊說了些話，佛柯離得太遠，沒聽到。

「我不希望他們再接近了。」蘿倫的臉溼溼的，但眼睛是乾的，而且她臉上的那個表情讓佛柯緊張起來。他覺得自己以前看過那個表情。那是打算放棄了。

「沒關係，」佛柯說，「但是他們不可能整夜都停在那裡不動。他們會想跟你談。如果你離開岩石邊，我們可以設法釐清這件事。」

「愛麗思那天想告訴我有關瑪歌那些照片的事情。如果我認真聽的話，或許一切就會不同了。」

「蘿倫——」

「什麼？」她打斷他，盯著他看。「你認為可以補救？」

「我們可以試試看。我保證。拜託。過來這邊，跟我們談。如果你不肯為了自己，那麼——」

他猶豫了，不確定打這張牌對不對。「還有你的女兒。她需要你。」

他立刻發現自己這張牌打錯了。蘿倫的臉一緊，然後身體前傾，抓著岩石邊緣的指節發白。

「麗貝卡不需要我。我幫不了她。我努力過了，從她出生就開始。而且我對天發誓，我知道我犯過一些錯，但是我真的盡力了。」她低下頭，望著底下的深淵。「我只是把事情搞得更糟而已。我怎麼能這樣對她？她只是個孩子。愛麗思說得沒錯。」她又前傾。「都是我的錯。」

第四天：星期天上午

蘿倫睜開眼睛時，第一個聽到的，就是小木屋外傳來的尖叫。

她感覺到周圍的動靜，聽到有個人站起來，然後是沉重的腳步踏在地板上。小木屋的門砰地一聲被推開。她緩緩在睡袋裡坐起身。她的頭抽痛，眼皮好重。愛麗思。她立刻回想起步道上的事情，接著四下查看，發現小木屋裡只剩自己一個人了。

蘿倫擔心地站起來，走到門口。她眨著眼往外看。空地上有某種騷動。她設法搞清楚眼前是怎麼回事。不是愛麗思，是布莉。

布莉倒臥在昨夜的營火旁，抓著自己的右臂，一臉蒼白。

「舉高一點！」貝絲喊道，想把她姊姊的手臂舉到頭部以上。

吉兒匆忙翻著一本薄薄的小冊子。沒有人在看蘿倫。

「上頭說，我們需要一個夾板，」吉兒說，「找個東西來，好把手臂保持固定。」

「什麼？什麼樣的東西？」

「我不知道！我怎麼會知道？一根棍子之類的！什麼都好。」

「我們得趕快動身，」貝絲喊道，抓起一把小樹枝。「吉兒？我們得立刻送她去看醫生。要命，誰去上過急救課嗎？」

「有的，是該死的愛麗思！」吉兒終於轉向小木屋，看到蘿倫站在門口。「她人呢？把她叫醒，跟她說有人被蛇咬了。」

蘿倫忽然怪誕地想著，吉兒的意思是要她到小徑前頭去把愛麗思叫醒嗎？但是吉兒正指向小木屋。彷彿作夢一般，蘿倫腳步不穩地回到屋裡，四下看一圈。屋裡還是只有她一個人，地上有四個睡袋。她檢查了每一個，全都是空的。沒有愛麗思，她沒回來。

門口有動靜，吉兒出現了。

蘿倫搖搖頭。「她離開了。」

吉兒僵住，接著忽然從地上抓起自己的背包和睡袋，拚命搖晃著。

「我的夾克呢？手機放在裡面。狗屎。那個賤貨拿走了。」

她丟下自己的東西轉身走出小屋，把門狠狠甩上。

「她走掉了，還把手機也帶走。」吉兒的聲音從外頭傳來。蘿倫聽到一個憤慨的叫聲，只可能是雙胞胎之一發出的。

蘿倫穿上自己的靴子，踉蹌走出去。她知道夾克在哪裡。前一夜她看到愛麗思塞在一根原木後頭。蘿倫現在但願自己夜裡沒起來上廁所。她但願自己當時花一分鐘叫醒其他人，而不是在黑暗中獨自去追愛麗思。她但願自己能阻止她離開。她但願很多事情都能不一樣。

蘿倫看得到那根原木後頭的一抹色彩。她彎腰去拿。

「夾克在這裡。」

吉兒一把搶過來，翻遍了各個口袋。「沒有。她絕對是把手機拿走了。」

貝絲站在布莉上方，布莉仍垮坐在地上，一隻手臂用克難夾板固定住。

「好吧，接下來我們還有什麼選擇？」吉兒呼吸沉重。「留在這裡不動，或者分開來，把布莉留在這裡——」

「不！」雙胞胎姊妹齊聲說。

「好。好，那麼我們就得走了。我們全都得幫布莉，但是走哪條路——」吉兒緩緩轉著身子。

「持續往北走。」蘿倫說。

「你確定嗎？」

「確定。只要往北走，盡可能走直線，盡可能快，希望最後能走到馬路。這是最有希望的辦法。」

吉兒思索了片刻。「好吧。但是首先我們得找到愛麗思。以防萬一。」

「你在開玩笑吧？以防萬一什麼？」貝絲張大嘴。

「以防萬一她去上廁所，或者不小心扭傷腳踝。我不知道！」

「不！我們得上路！」

「那就要快。我們三個去找，布莉留在這裡。」然後吉兒猶豫了一下。「別找得太遠。」

蘿倫已經穿過長草，朝步道走去。

「最好是讓其他人先找到愛麗思，」蘿倫聽到貝絲說，「如果讓我先找到，我會殺了她。」

蘿倫上氣不接下氣地奔跑著。她還清楚記得自己跟愛麗思倒地時的那種力道，記得自己肺裡的空氣被搾光。她還能感覺到那些話有多麼刺傷人。

想到這些，蘿倫稍微放慢腳步。那條步道白天時看起來不太一樣，她差點錯過那個地點。差一點。她都走過了那塊光滑的大石頭，這才明白。她停下腳步，轉身，剎那間明白自己看到了什麼。空的，只有那塊大石頭。小徑是空的。

愛麗思不見了。

蘿倫覺得血液衝向腦袋，暈眩起來。小徑前後都一片空蕩。她四下張望，很好奇愛麗思走了多遠。荒林裡一點線索都看不出來。

她掃視地面，但是沒有手環的蹤影。有可能是無意間掉在小屋裡嗎？眼前看不出什麼，但是空氣中有一種強烈的氣味，她覺得這個地方被打擾過。她猜想算是吧，但是此刻她環視四周，卻看不太出她們打架的痕跡。她雙腿略微發抖地轉身，往小木屋走回去。

快到的時候，蘿倫聽到其他人喊著愛麗思的模糊叫聲。她在想自己是不是也該照做，但是當她張開嘴巴時，卻喊不出來。

33

蘿倫往下凝視著水面，緊咬著牙吸了口氣，佛柯抓住這個機會朝她迅速走了一步。她太專注看著那些水，根本沒注意。

佛柯看得到他們兩個人都凍得發抖，很擔心蘿倫凍僵的指頭抓不住岩石邊緣，可能不小心就會掉下去。

「我真的不是故意害死她的。」蘿倫的聲音在滔滔水聲中幾乎聽不見。

「我相信你。」佛柯說。她還記得他們的第一次談話。那彷彿是好久以前了，就在這條步道上，當時黑夜已經降臨。他還記得她當時的臉，完全被壓垮而不知所措。出錯的不是任何一件大事情，而是一百件小事。

此刻，她看起來下定決心。「不過，我當時的確是想傷害她。」

「蘿倫——」

「不是因為她以前對我做的事。當初那是我自己的錯。但是我知道瑪歌對麗貝卡做了什麼；她唆使她、引誘她。或許瑪歌聰明到可以隱瞞，而且愛麗思敢跟學校爭，逼得校方視而不見。但是我知道瑪歌做了些什麼。她就跟她母親一模一樣。」

那些話懸在凜冽的水霧裡。蘿倫還是往下看著。

「但是我犯了太多錯。」她的聲音很小。「因為我太軟弱。這點我不能怪愛麗思或瑪歌。麗貝卡總有一天會明白，也或許她已經明白了。她會因此恨我的。」

「她還是需要你，而且她愛你。」佛柯想起他自己父親的臉。他的字跡寫在地圖上。與阿倫。「即使她現在不見得都明白。」

「但是如果她不諒解我呢？」

「不會的。家人都會彼此原諒的。」

「不曉得。不是所有事情都應該被原諒的。」蘿倫又往下看。「愛麗思說我軟弱。」

「她錯了。」

「我也這麼想。」她的回答讓他很驚訝。「我現在不一樣了。現在，我要做我必須做的事情了。」

空氣中有個什麼動靜，佛柯感覺到自己手臂上的寒毛豎起來。他們跨過了一條無形的界線。他沒看到她動，但是忽然間，她忽然離岩石邊緣近了許多。在底下，他看得到卡門往上看，蓄勢待發。他做了個決定。眼前的情況已不能再拖延了。

他的想法還沒成形，就已經開始行動了。他在滑得像玻璃的岩石上迅速走兩步，雙手往前伸直。他的手接近她的夾克——其實是他的——一把抓住了，但是因為太冷而手指笨拙，只抓到了衣服。

蘿倫看著他，眼神冷靜，然後一個流暢的姿勢，她就一聳肩，同時纖瘦的軀體往前倒，把夾克像蛇皮般褪下。她鬆開雙手，堅決而精準地墜落。

岩石邊緣是空的，彷彿她從來沒在那裡過。

第四天：星期天上午

吉兒可以看到，眼前那三張回望著她的臉上，有著和自己同樣的恐懼。她的心臟跳得好厲害，同時聽到其他三個人急促的呼吸聲。在上方，樹林圈出的一小方天空是黯淡的灰。大風搖撼樹枝，一陣水花灑落在底下的這群人身上，但是沒有人閃躲。在她們後方，另一陣風吹過，小木屋的腐爛原木發出哀嘆，然後又平靜下來。

「我們得離開這裡。」吉兒說，「馬上，」

在她左邊，雙胞胎立刻點頭，因為恐慌而難得地意見一致，布莉抓著自己的手臂，貝絲扶著她。她們深色的雙眼睜大了。在她右邊，蘿倫挪動著，稍微猶豫片刻後點了頭，接著又吸了口氣。

「那麼愛麗思——」

「愛麗思什麼？」

「……那麼愛麗思怎麼辦？」

一陣可怕的沉默。唯一的聲音是頭上那些樹所發出的咿呀和窸窣聲，彷彿往下瞪著緊緊圍在一起的四個人。

「這是愛麗思自找的。」

一陣沉默。然後蘿倫指著。「北邊在那裡。」

她們開始走，沒再回頭，任樹林吞沒掉她們所留下的一切。

34

佛柯喊著蘿倫的名字，但是太遲了。他只是對著一片空蕩的空氣講話。她已經不在岩石上了。

他匆忙趕到岩石邊緣，剛好來得及看到她落入水中。濺起的水聲被瀑布的咆哮淹沒了。佛柯數到三——數得太快了——但是她沒浮上來。他把套頭毛衣脫下，又猛扭著擺脫靴子。他試著深吸一口氣，但是胸部好緊，同時他往前一步跳下。在下方轟隆水聲和上衝的氣流呼嘯中，他唯一聽到的就是卡門的大叫。

他腳朝下落入水中。

一種詭異的虛無裹住了他，他覺得懸浮在一片空白中。緊接著，一片寒冷狠狠撞上他。他踢水往上，抗拒著吸氣的衝動，直到破水而出。然後他吸著那潮溼的空氣，覺得胸口灼痛。冰冷的水害他根本來不及吸夠氣。

瀑布的水花令他目盲，刺痛他的臉和雙眼。他看不到蘿倫，什麼都看不到。在震耳欲聾的水聲中，他聽到一個模糊的聲音，於是轉頭看，擦擦自己的眼睛。卡門站在河岸上，她旁邊的兩名警察抓著一條繩子。她正朝他大喊，指著某個方向。

是蘿倫。

佛柯立刻明白，轟然奔流的水幕可能會把她拉下去。他已經感覺到水下的逆流在把他往下拖，威脅著要把他拖得更深。他吸了口氣，努力把空氣逼入緊縮的肺，然後七手八腳地朝蘿倫游過去。

佛柯從小在河邊長大，泳技還算不錯，但是水的拉力和推力讓他很難施展。他的衣服又很累贅，拖慢了速度，只能慶幸自己之前居然想到要脫掉靴子。

在前方，蘿倫浮沉著朝危險區移動。她沒有翻騰，甚至幾乎沒動，臉埋入黑色湖水中連續好幾秒。

「蘿倫！」他喊道，但是那聲音被淹沒了。「在這裡！」

離瀑布轟然落下的底部只剩幾公尺之處，他終於追上她，一把抓住，她的手指冰冷而僵硬。

「放開我！」她尖叫。她的嘴是一種恐怖的紫藍色，正在反抗亂踢，想擺脫他。他一隻手臂抱住她，擁在胸前，抱緊了，感覺到她身上一點熱度都沒有。他開始使勁踢水，逼著自己沉重的雙腿動起來。他聽得到卡門在河岸上喊他。他設法循著她的聲音而去，但是蘿倫反抗得更用力了，猛抓著他的手臂。

「放開我！」她現在拳打腳踢，拖著兩個人一起往下沉。佛柯什麼都看不見，還沒來得及吸氣，臉就沉入水中。蘿倫一隻手臂往後揮，擊中了他，害他的腦袋又沉入水中。

所有聲音都變小了，然後他又冒出水面，嘴裡滿是水，只吸了半口氣，還不夠，就又沉入水中了。蘿倫努力掙扎，他的手逐漸放鬆。他撐住，抗拒著放開她的生物本能。他覺得水流移動，然後一隻手臂伸過來，不是蘿倫的，沒在掙扎。那手臂勾住他的腋下拖。他的臉破水而出，另一個東西勾住他手臂下方，是一根繩子。忽然間，他不必想盡辦法往上浮了。他的頭在水面上，猛吸著氣。這時他才發現自己沒再抱著蘿倫，忽然恐慌起來。

「沒事了，我們救到她了，」一個聲音在他耳邊響起，是卡門。他想回頭，但是沒辦法。

「你做了困難的那部分，現在離岸邊很近了。」

「謝謝。」他想說，但只是拚命喘著氣。

「你專心吸氣就好了。」她說，同時他手臂下方的繩子拉得他好痛。然後兩名警察拖著他上岸，他的背部刮擦著岩石。他躺在泥濘的河岸上，轉頭看到蘿倫也被拖出水面。她在發抖，但是暫時已經停止反抗了。

佛柯的肺發疼，腦袋抽痛，但是他不在乎，唯一的感覺就是鬆了口氣。他全身顫抖得好厲害，因而肩胛骨不斷撞擊著地面。一條毯子蓋在他身上，然後又一條。他感覺到有個重量壓在他胸口，於是睜開眼。

「你救了她。」卡門彎腰看著，他只看得到她臉的輪廓。

「你也救了我。」他想說，但是他的臉凍僵了，那些話講不太出來。

他往後躺，設法呼吸。瀑布四周的雜木荒林分開，一時之間，他看不到樹了。只看到彎腰看著他的卡門和她上方的夜空。她湊得更近，忽然間她的嘴唇貼上他的，兩人嘴唇都是冰冷的，然後他閉上眼睛。一切都麻木，只除了注入他胸膛的那股暖意。

現在結束還太早，他眨著眼睛。卡門正看著他，不害羞，不後悔，她的臉還是離他很近，但是不像先前那麼近了。

「別搞錯了，我還是要結婚。另外你這個白痴，你不該跳的。」她微笑。「不過我很高興你沒事。」

他們靜臥在那裡，一齊呼吸，直到一名公園管理人員帶著另外一條太空毯過來，然後她翻身離開。

佛柯凝視天空。在看不到的地方，他聽到了樹木搖動的聲音，但是他沒轉頭去看，只是望著上方微弱的星光，尋找南十字星座，就像多年前跟他父親在一起那樣。他找不到，但是無所謂。反正就在天空的某處，他知道的。

他感覺剛剛卡門貼著他身上的那塊地方變冷了，但是他心底的一股暖意開始擴散開來。當他躺在那裡，望著星星、傾聽著樹林窸窣，他發現自己燒傷過的那隻手再也不痛了。

35

佛柯往後靠坐，欣賞著牆上自己的手工成果。不完美，但是好多了。午後的陽光照進窗內，照得他的公寓一片暖亮。在遠方，墨爾本的天際線閃閃發光。

自從他和卡門最後一次離開紀勒蘭嶺——至少佛柯希望是最後一次——至今已經過了兩星期。佛柯覺得，他往後很久都不想再去那片荒林了。

他回到墨爾本三天後，收到一只未具名的褐色信封。是寄到他辦公室，裡頭只有一個隨身碟。佛柯插入電腦打開來，然後瞪著螢幕，覺得自己的血流加速。

他上下捲動螢幕，盯著看了一個多小時。然後他拿起電話，撥了一個號碼。

弄到那些合約。弄到那些合約。

「謝謝。」他說。

在電話另一頭，他聽到貝絲．麥肯齊吸了口氣。

「你有聽說貝利坦能茨怎麼出賣布莉嗎？」她說，「他們全都置身事外，不想跟她沾上任何關係。」

「我聽說了。」

「我也沒在那邊工作了。」

「是啊，我也聽說了。你現在打算找什麼工作？」

「不曉得。」

「或許找一份可以善加利用你那個電腦學位的工作吧，」佛柯說，「你之前待在資料室太浪費了。」

他聽到貝絲猶豫了一下。「你真的這麼想？」

「是的。」

這麼說還是太輕描淡寫了。他邊講電話時，一邊把螢幕頁面往下滑動。裡頭是愛麗思曾透過貝利坦能茨檔案系統調閱或追溯的文件。有些她以前就已經交給佛柯他們，有些沒有。那些白底黑字的合約秀在螢幕上，他感覺一陣腎上腺素冒上來，同時大感解脫。他可以想像自己告訴卡門時，她臉上會有什麼表情。他又轉回關於檔案的話題。

「你是怎麼——？」

「我只是從來不信任愛麗思。她總是對我很沒禮貌。而她和布莉工作上關係太緊密了，如果她做錯了什麼，很容易就可以賴到布莉頭上。所以她調閱的檔案，我都存了備份。」

「謝謝。我是真心的。」佛柯說。聽到她嘆了口氣。

「接下來會怎麼樣？」

「你是指布莉？」

「還有蘿倫。」

「不曉得。」佛柯誠實地說。

驗屍報告確認了愛麗思是死於腦出血，最可能是腦袋撞上了她陳屍處附近的那塊石頭。蘿倫和布莉都會被起訴，但是佛柯私下希望最後的罪名不會太嚴重。無論他怎麼看，都不禁替她們覺得遺憾。

由於有一批不雅照片據說是丹尼爾的兒子散發出去的，貝利一家已經陷入了一場非常公開的調查。媒體也聽到了這樁醜聞的風聲，刊登了長達兩版的分析報導，還配上了喬爾那所綠蔭繁茂的私校照片。根據報導，他已經被退學了。瑪歌．羅素的名字一直沒有被提起，至少眼前是如此。

拜貝絲之賜，貝利一家即將有更多麻煩上身了。佛柯實在無法同情他們。這一家的兩代人都從他人的悲慘中獲利。包括吉兒。無論她覺得自己是不是有選擇，一碰到家族事業，她就是不折不扣的貝利家作風。

自從離開紀勒蘭嶺之後，佛柯花了很多時間思考。有關人與人之間的關係，以及這種關係有多麼容易出現嫌隙。有關心懷怨恨。有關原諒。

他和卡門曾試圖去拜訪瑪歌和麗貝卡。瑪歌拒絕見任何人，她父親告訴他們。拒絕講話，拒絕離開她房間。她父親的氣色糟透了。

麗貝卡至少答應離開自己家，到附近一家小餐館，隔著餐桌沉默坐在他們對面。卡門沒問就幫三個人都點了三明治，麗貝卡只是看著他們兩個人吃。

「在瀑布那邊發生了什麼事？」最後她終於問。佛柯告訴她一個刪節過的版本。但是仍盡可能說實話。加強愛的部分，減少悔恨的部分。

麗貝卡看著自己沒動過的餐盤。「我媽沒說多少。」

「那她說了什麼？」

「說她愛我，還有她很抱歉。」

「這些才是你應該在意的。」佛柯說。

麗貝卡把玩著她的餐巾。「這事情是我的錯嗎？因為我不吃東西？」

「不。我真的覺得，原因要更深遠得多。」

麗貝卡的表情並不相信，但是當她站起來離開時，用紙餐巾把她的三明治包起來帶走。佛柯和卡門隔著玻璃窗看她離開。到了街尾，她停在一個垃圾桶旁邊。她把那三明治懸在垃圾桶蓋上方許久，然後看起來費了很大的力氣，又放回自己的袋子裡，接著繞過轉角消失。

「我想，這是個開始吧。」佛柯說。他想到幾百件小事加起來，鑄成這樣的大錯。或許幾百件小事也可以加起來，走向正確的目的。

在家裡思索幾天後，佛柯採取了幾個行動。他為了買兩樣東西去了傢俱店，到店裡又臨時起意多買了兩件。

現在，他坐在自己公寓角落裡的一張新扶手椅上，看著一片陽光在地毯上緩緩移動。買這張椅子是個正確的決定，坐起來很舒服，而且讓他家看起來不一樣了。比較忙碌，比較充實，但是他覺得自己喜歡這樣。而且從他新的優越位置，可以清楚看到公寓裡最新的改變。

他和父親的兩張合照掛在牆上，裱框且擦亮了，因而改變了整個客廳的感覺，但是他覺得他也喜歡這樣的改變。他在瀑布跟蘿倫說的那些話是認真的。家人都會彼此原諒的。但是認真還沒有用，他必須實踐才行。

此時佛柯往上看了一下時鐘。這是個美好的星期五下午。卡門明天就要在雪梨結婚了。他希望她一切安好。他們始終沒再提起那天河岸邊兩人間所發生的事情。他感覺，對她來說，那是一場到此為止、從此不再提起的短暫經歷。他明白。他的西裝外套和包好的結婚禮物都跟行李放在一起，準備要跟他一起搭飛機到雪梨。

快到出門的時間了，但是他覺得應該還來得及迅速打個電話。

他聽著手機裡的撥號聲，可以想像電話另一頭，在他的家鄉齊瓦拉，那具電話響起鈴聲。一個熟悉的聲音接了電話。

「我是葛瑞格．瑞寇。」

「我是阿倫。你在忙嗎？」

電話那頭傳來一個笑聲。「沒有。」

「還在逃避工作？」佛柯問。他想像著這位鄉下警長在自己家裡的畫面，還沒重新穿上制服。

「謝了，老兄，這叫做康復期，而且要花一陣子的。」

「我知道。」佛柯說，把他有燒傷疤痕的那隻手轉過來，檢查上頭的皮膚。他的確知道。他比較幸運。

他們聊了一會兒。自從乾旱結束後，狀況好了一點。佛柯問起瑞寇的女兒，然後問起賀德勒一家。全都還不錯。還有其他人呢？

瑞寇大笑。「老兄，如果你這麼好奇，或許你應該自己過來看看。」

或許吧。最後，佛柯看了一眼時鐘。他得動身去趕飛機了。

「聽我說，你厭煩了這段康復期嗎？」

「非常厭煩。」

「我在考慮要去健行。找個週末。如果你也想的話。輕鬆一點的健行。」

「好啊，沒問題。那太棒了。」瑞寇說，「去哪裡？」

佛柯看著他父親的那些地圖，正攤在茶几上，沐浴著午後的陽光。太陽已經照不到牆上的相框了。

「隨你挑。我知道一些不錯的地方。」

那些仔細標示、寫下的鉛筆紀錄會幫他指引方向。他有很多地方可以探索。

謝辭

再一次，我很慶幸身邊有一群很棒的人，從許多方面協助我。

誠摯感謝我的各個主編，包括Pan Macmillan出版公司的Cate Paterson，Flatiron Books出版公司的Christine Kopprasch和Amy Einhorn，以及Little Brown出版公司的Clare Smith，謝謝你們的忠誠和從不動搖的支持。你們的洞見和忠告都是無價之寶，真心感謝你們為我的作品創造出那麼多絕佳機會。

還要謝謝Pan Macmillan出版公司的Ross Gibb、Mathilda Imlah、Charlotte Ree和Brianne Collins，以及所有才華洋溢的美術設計師、行銷與業務團隊，那麼努力讓這本書問世。

我沒有茫然迷失，都要感謝我了不起的經紀人，包括Curtis Brown經紀公司澳洲分社的Clare Forster、倫敦總部的Alice Lutyens和Kate Cooper，以及Writers House的Daniel Lazar，以及Intellectual Property Group的Jerry Kalajian。

謝謝Healesville野生動物自然保護區的資深爬蟲保育員Mike Taylor、維多利亞省警局的資深警佐Clint Wilson，以及Grampians Gariwerd國家公園遊客與社區小組主任Tammy Schoo不吝分享他們對於當地野生動物、搜救過程，以及露營與健行技巧的知識和專業意見。

還要感激眾多盡心盡力的書商如此熱心推廣我的書，當然，還要謝謝所有樂意閱讀的讀者。

我要向墨爾本郊區Elwood鎮的媽媽和他們漂亮的寶貝孩子所給予我的溫暖和友誼致謝。你們始終是我寫作過程中的明燈。

一如往常，要對我的家人致上愛與謝意，他們一直支持著我的每一步：Mike and Helen Harper、Ellie Harper、Michael Harper、Susan Davenport、Ivy Harper、Peter和Annette Strachan。

最重要的，我深深感激我了不起的丈夫Peter Strachean——謝謝你多年來對我的協助，讓我得以持續寫作——以及我女兒Charlotte，她是我們的摯愛，且讓我們的人生更豐富許多。

Storytella 103

消失的吹哨人

Force of Nature

消失的吹哨人/珍・哈珀作;尤傳莉譯.–初版.–臺北市:春天出版國際,2020.11
面; 公分.–(Storytella;103)
譯自:Force of Nature
ISBN 978-957-741-305-5(平裝)

887.257

版權所有・翻印必究
本書如有缺頁破損，敬請寄回更換，謝謝。
ISBN 978-957-741-305-5
Printed in Taiwan

FORCE OF NATURE by JANE HARPER
Copyright:© 2017 BY JANE HARPER
This edition arranged with CURTIS BROWN - U.K.
through Big Apple Agency, Inc., Labuan, Malaysia.
Traditional Chinese edition copyright:
2020 SPRING INTERNATIONAL PUBLISHERS, CO., LTD
All rights reserved.

作　者　珍・哈珀
譯　者　尤傳莉
總編輯　莊宜勳
主　編　鍾靈

出版者　春天出版國際文化有限公司
地　址　台北市大安區忠孝東路四段303號4樓之1
電　話　02-7733-4070
傳　真　02-7733-4069
E－mail　frank.spring@msa.hinet.net
網　址　http://www.bookspring.com.tw
部落格　http://blog.pixnet.net/bookspring
郵政帳號　19705538
戶　名　春天出版國際文化有限公司
法律顧問　蕭顯忠律師事務所
出版日期　二〇二〇年十一月初版

定　價　420元

總經銷　楨德圖書事業有限公司
地　址　新北市新店區中興路二段196號8樓
電　話　02-8919-3186
傳　真　02-8914-5524
香港總代理　一代匯集
地　址　九龍旺角塘尾道64號 龍駒企業大廈10 B&D室
電　話　852-2783-8102
傳　真　852-2396-0050